COLLECTION OF FAMOUS CHINESE
SCIENCE FICTION WRITERS

中国
科幻名家
典藏系列
纪念收藏版

人人都爱查尔斯
EVERYBODY LOVES CHARLES

全球华语科幻星云奖组委会/编

北方联合出版传媒(集团)股份有限公司
万卷出版有限责任公司

图书在版编目（CIP）数据

人人都爱查尔斯 / 全球华语科幻星云奖组委会编
. -- 沈阳 : 万卷出版有限责任公司 , 2023.6
ISBN 978-7-5470-6227-2

Ⅰ . ①人… Ⅱ . ①全… Ⅲ . ①幻想小说 – 中国 – 当代
Ⅳ . ① I247.5

中国国家版本馆 CIP 数据核字 (2023) 第 047912 号

出 品 人：王维良
出版发行：北方联合出版传媒（集团）股份有限公司
万卷出版有限责任公司
（地址：沈阳市和平区十一纬路 29 号　邮编：110003）
印 刷 者：三河市九洲财鑫印刷有限公司
经 销 者：全国新华书店
幅面尺寸：148mm × 210mm
字　　数：258 千字
印　　张：10.125
出版时间：2023 年 6 月第 1 版
印刷时间：2023 年 6 月第 1 次印刷
责任编辑：张鸿艳
责任校对：张　莹
装帧设计：天行云翼 · 宋晓亮
ISBN 978-7-5470-6227-2
定　　价：48.00 元
联系电话：024-23284090
传　　真：024-23284448

目录

目录

189

开　光 / 陈楸帆

假设宇宙是一个程序，我们所能观测到的一切都是代码实现后的结果，而宇宙微波背景辐射可以看成是某个版本的源代码记录，我们能通过计算调用这个版本的记录，这意味着，我们也能够用算法去改写当前的版本。

215

出巴别记 / 索何夫

他能够感觉到自己的生命正像海绵中的水一样被逐渐挤干、耗尽，消散在这处很可能不会再度开启的密闭空间之内，甚至就连他原有的意识也已经随着逐渐失去活性的脑组织而陷入了永久的沉眠。

267

中国百科全书——黑屋 / 夏　笳

当我躺着的时候，千军万马踏过。你来让它们灰飞烟灭。

285

桃源惊梦 / 江　波

天与地，我和你。

这像是一个梦。

所有的梦都是要醒的，但这一个，我会守护它，直到时间的尽头。

人人都爱查尔斯 / 宝　树

我感到自己离地球前所未有地远，在这一刻，“我”的存在，世界和我，变成了相对的两极。我就是我，不再是地球上芸芸众生的一分子，而是孤独的宇宙流浪者。

一

他进入了太空，宛如获得自由的鱼儿跃出水面。

透过“飞马座号”的舷窗向下看去，最初是灰色的城市、棕色的小镇，然后是绿色的农田和黄色的沙漠，很快一切都被白茫茫的云海覆盖。等他钻出云海，已经在太平洋上空，世界变成了一个蔚蓝色的曲面，隐约显出巨大的球体轮廓，北美大陆是天边一线，亚洲隐藏在弯曲的海天线下面，整个地球被裹在一层朦胧的光晕中，那是大气层。而在他头顶，点点星光已经从暗黑色的天穹露出头。随着引力的减弱，他感到了失重效应，虽然身体被牢牢地固定在座椅上，但是仍然感到自己在飘浮着。飞行器仿佛翻了个儿，太平洋的无尽海水悬在他头顶，而身下是黑暗的无底深渊，让他有一种错觉，觉得自己不是在太空，而是安睡在大海的底部，一切显得恬静而悠远。有那么几秒钟，查尔斯·曼觉得自己是世界上最远离尘嚣的人，似乎可以永远就这样飘荡在地球之外的空间里，融入大自然的高远纯净。

但他很快想起来，不，应该说他一直都知道，这是一个不可实现的幻想，即使在这颗星球之外，整个世界都在看着他，至少有十亿人在观看他的“直播”。“飞马座号”正在世界最高规格的航天飞行大赛——“跨太平洋锦标赛”之中。现在飞船正在大气层外以9.7马赫的高速射向太平洋西岸，目的地——日本东京。

像弹道导弹一样，比赛的飞行器往往在中途进入太空，以便最大限度减少空气阻力。在太空中，为节省燃料，基本依靠惯性飞行，重新进入大气层后才会点燃发动机。因此有那么几分钟，查尔斯悠闲自在地观赏着窗外的蓝色星球，打开了座舱里的爵士乐，甚至发布了一条脑写的“维博”：

“我感到自己离地球前所未有地远，在这一刻，‘我’的存在，世界和我，变成了相对的两极。我就是我，不再是地球上芸芸众生的一分子，而是孤独的宇宙流浪者……”

“飞马座号”的电脑屏幕上清楚地显示出了他的位置，他大约在阿留申群岛上空，一大队蓝色光点正从星星点点的岛屿上空向西移动，一个醒目的红点在它们前列，正是“飞马座号”自己。他的背后有一百多架飞行器，前面有三架，排在第四，还算不错，但这还不足以取得名次。最前面的飞行器已经在一百多公里外，最近的一架也有十多公里。似乎是为了提醒他，背后一架银白色的飞碟迅速接近，很快从只有三百多米的近处悠然掠过他的左面，像一颗流星一样划过。那是乔治·斯蒂尔的“仙女座号”。

“查尔斯，今天怎么不行了？泡妞花的精力太多了吧？”通话频道中传来斯蒂尔的讥笑。

“乔治，我只是在休闲，欣赏欣赏太空美景，对我来说，比赛尚未开始。”

“恐怕对你来说，比赛已经结束了，伙计。”乔治反唇相讥。

“不，比赛现在刚刚开始。”查尔斯冷冷地说，同时按下了一个按钮。

骤然间，“飞马座号”抛掉了整个尾部，宛如蜕皮新生的蝴蝶。新露出的尾部喷管中吐出蓝色的强光，标志着核聚变发动机启动了。查尔斯感到了加速效应，有一股力量压着他，几乎喘不过气来，这种熟悉的感觉却让他热血沸腾。减轻了一小半质量之后，“飞马座号”的速度短时间内提升了 2.2 个马赫，轻松地反超了“仙女座号”。

“Surprise！”查尔斯吹了一声口哨。

“这不可能！你怎么可能有……12 马赫的速度？！”

“东京见，乔治，”查尔斯说，“如果你的小飞碟能撑到那里的话。千万别掉海里，我可不想在庆祝酒会的生鱼片里吃到你的戒指。”他知道上亿人都通过广播听到了这句俏皮话，嘴角泛起得意的微笑。

似乎为了印证他的预言，身后的“仙女座号”颤抖起来，显示出自己已经到达速度的极限，但它仍加速了一小段，进行了一番绝望的尝试，但最后放弃了。

“你等着吧，查尔斯，总有一天……”乔治在电波里气急败坏地叫喊着。

查尔斯大笑着，风驰电掣，飞向前方，核聚变发动机全力运转着，将飞行器的速度推向顶峰。

“卡伦斯基！哈米尔！田中！游戏开始了！”

以梦幻般的速度，“飞马座号”超过了一架又一架飞行器，很快重新进入大气，启动了防护罩，空气在他周围燃烧起来，“飞马座号”宛如灿烂的火流星划过太平洋的天空，落向日本列岛。

在离东京不远的海上，“飞马座号”最后超过了田中隆之的“天照号”。为了降落，“天照号”不得不在离东京还很远的时候就开始减速，而“飞马座号”却嚣张地没有减速，从“天照号”的头顶飞过去，然后飞过了东京上空。

“查尔斯，你去哪里？再不停下来就要飞到西伯利亚了！”耳机里传来教练的警告。

但查尔斯在飞过东京后才开始全力减速，绕了一个圈子再飞回来，仍然赶在“天照号”之前降落在东京奥林匹克体育场的草坪上。查尔斯看到，满场的观众都起身为他鼓掌欢呼。

“查尔斯，恭喜你蝉联了冠军！”教练在耳机里说，“颁奖仪式将在一个小时以后举行，你准备一下致辞吧。”

“你代我领奖好了，”查尔斯说，“我还有一个浪漫的樱花约会。”

“别耍性子，这次是爱子女天皇亲自颁奖！晚上还有日本读者的见面会。你要赏樱花，明天我们会安排的。”

“我对女皇没兴趣，”查尔斯大笑，“为什么要在没兴趣的事情上浪费时间？我对她的兴趣可远不如仓井雅。”他知道女天皇会因为自己把她和著名AV女优相提并论而气得浑身发抖，仓井雅听到后会莞尔一笑，有亿万观众将和他一起开怀大笑，而这句话会登上全世界主要报纸的头条，至少是娱乐版头条。

“查尔斯，你实在是太……”

然而“飞马座号”已经再度起飞，在亿万观众的众目睽睽之下升到高空中，消失在东京的高楼广厦间。

二

突如其来的微微刺痛让宅见直人睁开眼睛，有好半天他没反应过来自己身在何处。这是他的房间，只有七八平方米，一张榻榻米就占了一半，另一半是一张电脑桌，没有别的家具，不过他需要的主要也就是这两样东西。

直人坐起身来，才意识到自己已经有七八个小时躺在床上，膀胱憋得有点儿发疼。许久没有进食，血糖已经低到了危险的程度，所以手腕上的健康监测仪才开始报警。如果再不吃点儿东西，健康监测仪就会断定他已经昏迷，直接向附近的医院发出求救信号。

直人去厕所撒了泡尿，接了一杯矿泉水，打开放在电脑桌上的药瓶，瓶子里是满满的高纯营养片，富含人体所需要的主要营养成分，并且能抑制胃酸的分泌，吃五片就相当于一顿饭。当然这玩意儿的味道不敢恭维，和塑料泡沫差不多，但是既然每天都可以享受鹅肝、松露和鱼子酱的顶级大餐，谁还在乎这些！

直人倒了十片营养片，和着冷水吞服下去。然后打开电脑，调出一个界面，分秒必争地敲打着一般人看来毫无意义的数字和符号。他在为一个金融管理软件编写代码，这份工作枯燥无味，好在收入不菲。但他每天最多工作两个小时，这是维持他每天能在这个小房间里吃营养片活下去的最低工作时长。他不想为此付出更多劳动，但也没法要得更少了。

“必须赶快，”直人一边干活儿一边想，“不能再这么割裂了，这会破坏好不容易形成的内在协调性，必须快点儿回去……最多再有五分钟……”

但是偏偏有人呼叫他，直人皱了皱眉头，打开对话视频，一个胖胖的短发女孩子蹦了出来，是住在隔壁的朝仓南。她做了一个表示可爱的表情：“直人，你在吗？”

废话。“在啊。”

“告诉你一个好消息，你知道吗？查尔斯来了。”

又是废话。“我听说了，怎么？”

“是查！尔！斯！”朝仓强调说，“查尔斯·曼，你的偶像啊！他刚才拒绝去领奖，说去和仓井雅约会了，现在轰动了整个网络，不过听说晚上他在银座那边还有一个见面会和签名售书活动，这是千载难逢的机会，不如我们去看他好不好？我有一本他写的《彼岸之国》，想让他签名呢！”

“对不起，”直人想都没想就拒绝了，“我很忙，我要工作。”

“可你每天都在房间里工作，花两小时出去走走都不行吗？何况今天是查尔斯——”

“我赶着要交任务呢。”

“可是——”

“对不起，再见！”直人径自关掉了视频对话。

幼稚的女人，浪费我的宝贵时间，直人想。他知道朝仓暗地里喜欢他，可是在和伊丽莎白·怀特、玛丽安娜·金斯顿、宝拉·克劳齐亚、杨紫薇等世界各地的艳星名媛有过肌肤之亲后，再对着朝仓那张小圆脸，他实在提不起兴趣。何况朝仓的存在总让他想起自己是谁，而他现在最不需要的就是他自己。

不行，不能再在这个房间里待下去了，多待一秒钟都会令人发疯。直人草草地结束工作，推开电脑，在榻榻米上躺下去，闭上眼睛，营养片已经开始消化，虽然胃里并不舒服，但是至少没那么饥饿了，可以再撑七八个小时。

建立连接通路，感觉信息传递，脑电波变为电磁波，又变成中微子束，然后再次变为电磁波和脑电波。

重力感同步：我站在什么地方。触觉同步：微风从我身上吹过，带着春天的暖意和海洋的潮润。听觉同步：风声和婉转的鸟啼。视觉同步：满目粉红粉白，凝结为千万树樱花，在春天的绿意中绽放着，一个穿着和服的女郎跪坐在樱树下，眉目如画，绽放笑靥，是仓井雅！

而我是查尔斯，独一无二的查尔斯。

三

“飞马座号”在箱根的一个小湖边降落。

仓井雅在湖边的一片樱花林中等着他，正当春深，这里的樱花开得如云霞般绚烂。地下已经铺上了洁白的野餐布，上面摆好了精致的鱼片、海胆刺身和清酒。仓井雅穿着宽松的青缎和服跪坐在一棵樱树下，见到他，温柔而不失妩媚地一笑：“Hi，查尔斯。”

“Hi，小雅。”查尔斯在她身边坐下，揽住了她纤细柔美的腰肢。

“我刚刚看了直播，”仓井说，“查尔斯，恭喜你再次蝉联世界冠军，干一杯？”她用白皙的手托起了小巧的酒杯。

“那个嘛，算不了什么，”查尔斯接过酒杯一饮而尽，顺便在她吹弹可破的脸上亲了一下，“你知道，我这么快飞过来，全是为了见你……”

“骗人！”仓井笑盈盈地说。

“真的，我们已经有好几个月不见了，我一直在想着你。”

“想着我？”仓井歪着头，似笑非笑地说，“哼，那你和克劳齐亚小姐是怎么回事？”

查尔斯微有些尴尬，含含糊糊地说：“她嘛……其实你们都是很好的姑娘，都跟我的亲人一样……”

仓井雅聪明地没问下去，换了个话题，“对了，我最近拍的那部电影你看了吗？我送了你首映式的票，不过你没来。电影叫作《北海道之恋》。”最后五个字她咬得字正腔圆。

“当然！你演得棒极了，宝贝。”查尔斯抚摸着她散发着樱花清香的秀发，“我非常喜欢……”他努力回忆仓井雅扮演的人物名字，可惜想不起来，“……你演的那个角色，情感诠释得太到位了。”

仓井的嘴边露出了一丝浅笑，她知道这意味着世界上已经至少有一千万人听到了这句话，很快就会有上亿人在网上查询她演的电影，好莱坞仿佛已经在向她招手。“那查尔斯你说，你最喜欢哪一段呢？”她撒娇地问道。

“当然是……是结尾的那段，我觉得非常、非常感人……”查尔斯说，忙设法岔开话题，“对了，这里不是风景区吗，怎么一个人也没有？”

“这一带是私人的地产，地主是三上集团的总裁。听说你要来，所以免费让我们在这里约会，不会有人打扰的。”

“替我谢谢他，这里真的很美。”查尔斯望向四周，富士山头的皑皑白雪在远处发亮，千树万树的樱花在春风中摇曳着，落樱如雨，飘向凝碧的湖面。空气中都是清新的芬芳。

“这里会让梭罗妒忌得发狂，”查尔斯深深吸了口气，“我有一种预感，如果我住在这里，或许可以写一部比《瓦尔登湖》更优美的作品。”

“瓦尔登湖？是什么？”仓井雅不解地问。

“是……没什么，”查尔斯露出狡黠的笑容，“小雅，你尝试过在樱花树下……”他咬着仓井的耳朵说了一句悄悄话，当然世界上无数人还是听到了。

“坏蛋，就知道你不肯放过我。”仓井咯咯笑了起来。

查尔斯搂住了半推半就的仓井雅，这古怪的和服是从哪里解开来着？哦，是在后面……

远处传来马达声响，打破了湖边的宁静。查尔斯回过头，看到一个蓝色的小点在天边出现。“不会又是那些狂热的粉丝跟踪吧……”他咕哝着。

小点迅速变大，旁边出现了双翼，查尔斯很快看到了机身上的日本国旗和下面的一行英文，这居然是东京警视厅的空中警车。

警车在湖边降落，就停在“飞马座号”边上，一名女警从警车里出来，大步走到他们面前：“先生，你是查尔斯·曼？”她用口音很重的英文问。

“是的，你是要来签名吗，小姐？”查尔斯嬉皮笑脸地盯着面前的女警，她很年轻，算不上美丽，但身材挺拔，神态庄重，自有一种英姿飒爽的气质。

“查尔斯·曼先生，”女警面无表情地说，“我们怀疑你涉嫌从事恐怖活动，按照我国的反恐法律，请你跟我们回去协助调查，你有权保持沉默……”

我？恐怖活动？是某个拙劣的恶作剧？查尔斯回头望向仓井雅，但仓井也是一脸莫名其妙的表情。

“等等，什么恐怖活动？”

“低空超速飞行，”女警简略地解释说，“超过 2 马赫已经违法，超过 5 马赫就是对城市的严重威胁，被视为有恐怖袭击的可能，而你刚才的速度超过了 10 马赫！按照《日本反恐特别条例》第七章第八十二款，必须立刻拘留审问。”

“开什么玩笑，你不知道今天有比赛吗？！”

“是的，比赛有特殊规定，在一定区域内可以获得豁免，但是你很快再次起飞，速度仍然超过了法定额度，且超出了比赛规定的范围，所以我们必须逮捕你。”

“你们要逮捕我？就因为超速飞行？这简直……”查尔斯怒气上涌，忍不住要大骂，但很快控制住了自己。“查尔斯，保持风度，记住有一千万人在你身后。”他心里默念道。

“你们不能这么做，这太荒谬了！”仓井雅整理好衣服，上前护着查尔斯，然后开始用日语和女警快速交涉起来，伴随着各种激动的手势。

不过查尔斯看出来这没有意义，对方是不会退让的，警车里还有几个膀大腰圆的男警员。“好吧，”他平静下来，做了个打住的手势，耸了耸肩，“有机会参观一下日本的警察机构也不错，小姐，我将来可要把你写到小说里，你不会反对吧？”

“随您的便，”女警似乎松了口气，“如果您需要和律师联络的话……”

“已经找了，”查尔斯说，指了指自己的脑袋，意思是他的律师已经看到了他的直播，“对了，能否请问你的芳名？”他已经看到了她的胸牌，但上面是他不认识的汉字。

女警犹豫了一下，然后微微垂下眼睛：“细川穗美。”

“细川——穗美，”查尔斯重复了一遍，“你能否答应我一件事？”

细川穗美用询问的目光望着他，查尔斯摊了摊手说：“你破坏了我的一个约会，所以等这件事完了之后，你可要赔我一个。”

“查尔斯先生，”细川说，脸有些发红，忘记了其实应该叫“曼先生”，“让我提醒你，骚扰警官在日本可是重罪。”语气中带着几分恼怒。

但查尔斯分明在她的眼神中看到了一丝喜悦。

一股狩猎的兴奋从他的心底升起。

四

按照规矩，查尔斯被戴上手铐，在几名警员的押解下坐上空中警车，被送往东京警视厅，仓井雅被警方拒绝随行。一路上，查尔斯一直和穗美搭讪，穗美装作冷冷地不理他，但脸上偶尔也会露出笑意，旁边几个男警员的脸色自然要多难看有多难看。

当他们到达警视厅大厦的楼顶停车场时，几家本地新闻社的空中采访车已经闻讯赶来。还有一群粉丝不顾阻拦，喊着支持查尔斯的口号，驾着私人飞行器强行在楼顶降落，警视厅不得不又出动了七八辆空中警车，调来了几十名警员维持秩序，场面一团混乱。查尔斯在一群警察的簇拥下向入口走去。穗美在他身边，由于拥挤，常常尴尬地碰到查尔斯身上，触到他健美的身体。

“你知道吗？”查尔斯对穗美笑着说，“上次我在马尼拉搞签售会的时候也是，一大群菲律宾人冲过来要我签名，简直是人山人海……我还没什么，人群中一个女人摔倒了，后来才知道被挤得流产了，真可怜。”

“真的？那太不幸了。”穗美忍不住说。

“真的，不过也有一个好消息，我边上一个女孩被挤怀孕了。”

“啊？”穗美一愣才反应过来，好不容易才忍住笑，“又编瞎话。”

“真的，”查尔斯一脸无辜，“最倒霉的是，她居然说那孩子是我的！”

穗美终于忍不住“扑哧”一声笑了出来，然后说了句什么，但查尔斯什么也没有听见。周围忽然奇怪地死寂下来，一点儿声音也没有，只看到周围人头攒动，闪光灯此起彼伏。随后，重力感也没有了，查尔斯如同悬在自己的身体里，仿佛要飞起来，触觉也随之而消失。

然后画面变为一片花白。他缓缓睁开眼睛，只觉得头脑昏沉沉的，头顶是陋室斑驳的天花板，身边的机箱还在嗡嗡作响。

他过了片刻才想起来，他不是查尔斯，只是宅见直人。

直人不知道发生了什么事，摇摇晃晃站起来，坐到电脑前上网查询，看到网上也在议论纷纷，无数人在破口大骂警方无事生非，不但看不成仓井雅的激情戏，还导致直播中断。不过很快有人给出了答案，东京警视厅出于保密原则，进行了中微子屏蔽，外界暂时无法接收到查尔斯的直播了。

“可恶的条子，正事不干，就知道妨碍大家，马鹿！马鹿！”直人大声咒骂着，在房间里转着圈。天知道直播要中断多长时间？两小时？八小时？难道要超过一天？那他该怎么办？整整一天里他不能再成为查尔斯，他们为什么不干脆戳瞎他的眼睛，扎聋他的耳朵？

他平静了一下，打开编程软件，想再编一段程序，但怎么也集中不起精神，一行内连着出了好几个错，根本无法工作。直人绝望地摔下键盘，躺回到榻榻米上，辗转反侧，浑身每一块肌肉都不自在，像毒瘾发作一样难受。周围的一切感知都是陌生的，查尔斯的感觉离他越来越远，他本该高高飞翔的灵魂被困在宅见直人的卑微肉体之中。

门铃忽然响起来。直人终于找到一点儿可以转移注意力的东西。他跳起来，走到门口，在门边的显示屏上看了一眼门口站着的人，一个矮矮胖胖的女孩，是朝仓南。

“怎么是你？”直人拉开门，没好气地问。

“我……”朝仓窘迫地提起手上的一个饭盒，“我下午做了点儿便当，想请你尝尝。”

“我不……”直人看了看朝仓涨红的脸，把嘴边的拒绝收了回去，“好吧，谢谢你。”

他去接便当，但是笨手笨脚地竟没接住，饭盒摔在地上，热腾腾的鳗鱼饭和油炸天妇罗撒了一地。“对不起，”朝仓忙蹲下收拾，“我怎么没拿稳……”

直人忽然感到一阵惭愧：“不不，没有的事，是我没接住。”也蹲下来收拾起来。

他们手忙脚乱地弄了半天，总算把地板收拾干净了，朝仓很沮丧：“唉，可惜这些饭都不能要了。”

“没事，其实我吃过了，一点儿不饿……”直人犹豫了一下，“那个，进来坐坐吧。”

朝仓走进房间，四下看着，直人觉得脸上有点儿发烧：“不好意思，房间太乱……”

朝仓却嘻嘻而笑：“男生的房间都是这样的嘛……我是这么听说的。宅见君，你每天就在房间里工作吗？”

“嗯，”直人倒了杯矿泉水给她，“现在在家里工作的人很多，何况我的工作只需要一台电脑就够了。”

“那你每天不出门，不和外面的人接触，不闷吗？”

“一点儿不闷，我可以……上网。”直人犹豫了一下说，“网上什么都看得到。”

“那是两码事，”朝仓认真地看着他，眼中充满了关怀，“你应该多活动活动，我看你脸色不太好，好像很久没出门了？”

“我没事……”直人含含糊糊地说。但朝仓已经看到了床头一个硕大的黑色六边形箱体，“这是什么？”

“没什么，这是电脑配的设备……”直人不想多说，但朝仓已经认出来了，“这是……中微子波转换器！难道你在接收感官直播？”

“这个……你怎么知道？”直人反问。

“我朋友里美家有个一模一样的。”朝仓说，“她说是用来收看感官直播的，可是我不知道具体怎么用。”

“这是一种接收中微子波并转换成电磁波的装置，”直人解释说，“用中微子通信可以直接穿过整个地球，最少延迟，所以是最方便的。但因为技术原因，脑桥芯片无法接上笨重的中微子发射器，只能以电磁波的形式发送信号，通过附近的转换器变成中微子波束，再通过另一端的转换器变成电磁波。对了，你收看过感官直播吗？”

“没有，”朝仓叹了口气，“我一直觉得这东西很可怕。”

“可怕？怎么会？”

“别人的视觉、听觉、触觉传到你的大脑里，感觉好像是被妖魔附体了一样。”

“哈，哪有那么严重？”直人笑着摆手，“恰恰相反，是你附在别人身上，你可以看到他看到的，听到他听到的，知道他生活的每一个细节，多有意思！”

“说得倒也是，像我最喜欢的言真旭和金东俊，要能知道他们在干什么也挺好的。”

“言真旭好像没有开通感官直播，金东俊……我帮你上网查查，”直人在键盘上敲击了一阵，“有了，他去年开通了直播，每天大约有两个小时直播时间。”

朝仓也挤到电脑前，念着弹出视窗上的几行大字：“你想和东俊哥合体吗？在东俊哥深邃的脑海里触摸他的灵魂，和东俊哥一起生活和工作，向你揭示出韩国演艺圈不为人知的秘辛……哇！

好厉害！”

但她很快又露出了害怕的神色：“可是听说接收广播要切开大脑做手术，很疼的，这我可不敢。”

“没那么吓人，只是一个小手术，植入一块带发射器的脑桥芯片，并且和各感官对应的脑神经连接，如果没有它，你不可能收到外来的广播，也不可能建立感官协调性。现在全世界有上亿人都做过这个手术了，日本就有将近五百万呢。”

“可是手术费用应该会很贵吧？”

“不贵，你肯定能负担得起。不过要接收金东俊的直播倒是价值不菲，你看这里写着——这些优惠条款都是虚的，不用管——九百九十八日元一小时。如果你每天都接收两小时的话，一个月得要六七万日元。”

“这么贵啊？”

“要不然金东俊为什么会开感官直播呢？”直人冷笑，“多少粉丝想要知道偶像的生活是什么样的，他眼中的世界又是什么样子的，用他的眼睛和耳朵去感知是什么感觉，就是十万日元一小时也有许多人愿意，当然财源广进了。这还是韩国的，好莱坞那些大牌明星的直播价格更高得离谱。不过你放心，在他们设定的直播时间里，你不可能看到任何真实的东西，那些宴会啊，旅行啊，慈善活动啊，一切都是刻意美化的，只不过是变相的演戏罢了。”

“这么说感官直播也没什么意思嘛！”

“那些娱乐明星当然没有意思……”直人眼中闪着热烈的光，“但是也有一些非常有意思的直播。有一个名人，他每天基本二十四小时打开直播，而且全免费，你可以看到他生活中任何一个细节，完全是真实的人生，光明磊落，绝无虚假。他不是那些肚子里空空如也的明星，他有思想，有情趣，是一名才华横溢的作家，还是一名飞行家，而且还投身了慈善事业——”

“等等，你说的就是查尔斯？”

“是的，就是……”直人勉强把那个“我”字咽下去，“……查尔斯·曼，世上独一无二的查尔斯，那个大写的‘人’。”他轻轻叹息了一声，脸色黯淡了下来。

查尔斯，我真正的自己，你现在怎么样了？

五

“你可以走了。”细川穗美的身影出现在拘留室门口，冷冷地说。

查尔斯一副早在意料之中的样子，从椅子上站起来，看了看表：“还不到七点，晚上一起吃饭？”

“我还有工作。”穗美还是淡淡的，“走这边。”

“你刚才不是说不能保释吗？怎么现在又放我走了？”

“你的那些崇拜者，”穗美没好气地说，“至少有十万人堵在警视厅门口，简直要把整座大厦给拆了。他们要求立刻恢复你的直播，半个东京的交通都瘫痪了。真不知道你这样的人怎么会有那么多人喜欢？”

“因为有支持者抗议，你们就放了我？”

“既然你不是恐怖分子，上面决定这件事不必追究了，警方不会起诉你，走吧。”

"不，"查尔斯摇头，"如果你们不打算起诉我，又为什么要抓我？我要求一个合理的解释，否则我不会离开警视厅。"

"你……"穗美瞪着查尔斯。一个高大的金发女人适时出现在她背后："这完全是日本警方的失误造成的，你们应当向曼先生道歉。"

"丽莎，"查尔斯招呼自己的经纪人，"我等了你半天，你怎么现在才到？"

"麦克唐纳那边已经处理好了，"丽莎对查尔斯点点头，"查尔斯，因为你当时并没有离开飞行器，所以可以视为比赛并未结束，顶多是意外偏离航线，在箱根迫降……你没有违反日本法律，他们无权扣留你。日本警方应该为浪费你的宝贵时间正式道歉，我们将在各大媒体发表声明，并保留法律追究的权利。"

"算了，"查尔斯大度地说，"只要这位美丽的小姐和我共进晚餐，警方那边我可以都既往不咎。"

穗美忍不住想反唇相讥，但电话铃声急促地在她耳边响起，接通之后，她的脸色微微变了，是警视总监亲自打来的。

"查尔斯，"丽莎拉过查尔斯，低声说，"你必须尽快离开这里，恢复直播。现在有几百万人在网上抗议了。"

"干吗那么急？难得清净几分钟。"

"不，你必须尽快恢复直播。"丽莎的口吻不容拒绝。

查尔斯看了丽莎一眼，她脸色平静，看不出喜怒。查尔斯不禁有些发怵。当他刚刚出道，诸事不顺，遇到人生最大瓶颈的时候，丽莎·古德斯坦主动来到他身边，帮他打理一切，无论是比赛、写作还是公众活动，都是她安排的。在查尔斯的灿烂星途上，丽莎功不可没。但查尔斯一直谈不上喜欢丽莎，甚至有些怕她，但他知道自己离不开她。近年来，随着查尔斯的事业如日中天，丽莎越来越多地顺从他的意思，但每当丽莎坚决表示自己意见的时候，查尔斯还是无力否决。

“好吧。”他不情愿地说。

丽莎也放缓了语气：“查尔斯，你知道随时有一千多万人收看你的直播，有一百二十万人每天收看五个小时以上，有三十万人差不多无时无刻不在看着你。因为你的直播几乎从不中断。人们信任这一点，刚才的直播中断了两个小时，已经有很多人无法忍受了。”

“但他们可以收看别人的，全世界至少有十万人开着直播。”

丽莎笑了：“别人怎么能跟你比？你可是独一无二的查尔斯。不过别忘了，每天都开直播的人可不少，许多人想取代你，如果你再不开直播，可能有很多人会转向其他直播者，这会对你很不利。”

“是的，我……明白了。”穗美挂断了电话，板着脸对查尔斯说，“查尔斯先生，我在此代表东京警视厅向你郑重道歉。”说完深深鞠躬。

查尔斯笑了：“没关系，我想尝尝日本的小吃，现在你能陪我一起去吗？”

穗美不置可否：“请这边走。”

丽莎脸上现出了暧昧的笑容，侧过头在查尔斯耳边低声说：“整个世界都在看着你们，征服她，收视率会再翻一番的。”

六

“宅见君？你怎么了？”

“嗯？”直人回过神来，发现朝仓正关切地看着自己，“对不起，你说什么？”

“我是问你，收看别人的感官直播是什么感觉？”

“这个很有趣，”直人想了想说，“首先需要一个磨合阶段，无论收看谁的直播都是这样。一开始不会很顺利，你看到的颜色不像颜色，声音不像声音，好像是在看20世纪的2D电影，有一种无法形容的古怪。人与人的感官在生理上差不多，但神经元结构上总有微妙的差别，所以你必须非常努力才能把握这些感觉的意义，更不用说体会其中的细微差别了。你会有好几天都觉得云里雾里，很不真切，然后某一天，突然像顿悟一样，真正感到那些感觉是你自己的。”

“你能感到那个人身上所有的感觉吗？”

“差不多是所有的，视觉、听觉、触觉、嗅觉、味觉、重力感、冷热感……以及身体痛苦。比如，如果直播者的手被一根针扎了，你也会感到同样的尖锐刺痛感，不过因为信号的过滤，在强度上要低一些，这是对接收者大脑的一种保护。你知道英国歌手菲利普·波尔特吧，三年前直播的时候忽然被一名狂热的粉丝在腹部连捅十多刀而死，两万收看者同时痛得死去活来，其中近五百人立刻昏厥，三十多人因此猝死……那是轰动世界的大新闻，从那以后就加强了对接收者的保护，以防直播者出现险情时危及他人。”

“嗯，那么……”朝仓问，“快乐呢？直播能传递快乐吗？”

“这个……”直人想了想，“一般来说无法直接传递快乐，快乐涉及人整体的状态，不是个别的感觉。但某些生理性的愉悦感是可以传递的，比如享用美食的感觉。”

“那你也不知道对方在想什么了？”

“是啊，无法知道。各种感觉都有固定的脑活动区域，但是思想没有。思想是大脑各区域协调工作的产物，不可能定位到具体的部分，而且依赖于特殊的记忆模块，难以一一对应地传递。实际上，正是因为思想无法传递，人们才敢于进行直播，因为他们心中还能保留一块属于自己的隐私之地。”

“所以，收看一个人的直播是什么样子呢？”朝仓越发好奇了，“你能看到他看到的，听到他听到的，就像活在他身体里那样，但是你又不知道他在想什么，而且也无法控制他的身体动作，感觉好像自己的身体被别人控制了一样，那应该很别扭吧？”

“你说得不错，”直人的谈兴被勾了起来，忽然很想倾诉他这几年的心得，“但请注意，这只是第二阶段！下一阶段就是建立意识协调性。也就是说，你要和他建立同步的思想活动，以配合他的动作，就好像那是你自己的动作一样。”

“这怎么可能呢？”

“有点儿难，但并非完全不可能，你必须尝试。首先得学会放弃自己多余的想法，习惯直播者的生活和做事方式，当然也要学会理解他用的语言。当你做到了这些之后，你在大部分情况下可以像直播者那样去思考和行动。实际上这并不像你想象得那么艰难。人大部分的念头和行动都基于身体感受，当把后者视为‘自己的’之后，也就得到了打开前者的钥匙。比如面前有杯香喷喷的咖啡，端起来喝一口不是很正常的动作吗？”

“但是……总有一些事情是接收者无法想到的吧？比如一些比较高级的思维过程和决定。”

“呃，是的……所以需要你用心去体会。但也有一些技巧，你必须什么也不去想，把自己的内心空出来，让接收到的感觉带着你走，这样经过一定时间，你会感到自己渐渐和直播者建立了冥冥中的感应，就好像你变成了他本人一样。”

“那你只能和一个直播者建立这种关系吧？”

“理论上当然不止一个人，不过同一个对象是最理想的。如果经常调换接收对象，就很难保持意识协调性了。”

“可这是为什么呢？”朝仓问。

“什么为什么？”

“为什么你要成为直播者本人呢？这不是过分的想法吗？我们希望了解直播者，并不代表你要成为他本人啊？何况这也是不可能的。”

“怎么不可能？”直人有些恼火，“你没有尝试过，所以完全无法体会那种奇妙的感觉，那种灵肉合一的理想状态，那种你真正拥有另一种生活，另一种人生的感受……否则你就不会那么说了。”

“嗯，大概是我不了解，”朝仓无意争辩，“不过直人君，你也应该多出去运动一下啊。附近新开了一家体育馆，我每天都去打球或者游泳，我们一块去吧？”

直人觉得有些可笑，他今天刚飞行了上万公里，从地球的一边飞到了另一边，现在这个小姑娘要带自己去运动？她懂得什么？！

不过查尔斯的直播看来一时半会儿无法恢复，那么不管怎么说，总需要打发时间，或许这也是一个不错的选择，总比在家里不知干什么好，不如……

"这么说的话，"直人点点头说，"我就——"

"叮咚"的提示音在他耳边响起，脑桥芯片将讯息传达进他的脑海。天，查尔斯的直播又开始了！

"我就过两天再去吧，谢谢你！"直人忙打了个哈欠，"对不起，我有点儿累，现在想先睡一会儿……"

"可是……"朝仓无力地抗议着，但终于被直人请了出去。

直人关好门，热血沸腾地躺下，觉得眼前的陋室又变得美好而温馨了，接下来会发生什么？我会和仓井雅、细川穗美还是其他什么人在一起？做什么事情？怎样打发这个美好的夜晚？

无论如何，真正的生活又开始了。

七

查尔斯戴着墨镜，手里拿着一串章鱼丸子，坐在秋叶原街头的一家小吃店里，津津有味地咀嚼着。细川穗美坐在他对面，面前的一碗豚骨拉面一口也没碰。虽然经过初步掩饰，但店里的不少客人还是认出了他，跟他打招呼，查尔斯也挥手致意。还不时有人来要签名或合影，但都很礼貌有序。

穗美左右看看，稍稍松了一口气："你就这么大摇大摆地坐在这里，不怕被那些粉丝围堵？"

"不怕，我的粉丝当然会第一时间收看我的直播，既然他们可以直接看到我在干什么，为什么还要跑来围着我们？对了，你怎么不吃面？”

“我……还是没法适应，”穗美觉得自己脸上发烧，“这种一千万人都在盯着我们的感觉……”

“不是盯着我们，”查尔斯笑嘻嘻地，“是盯着你，一千万人在通过我的眼睛看着你。”

“反正感觉很不对劲。”穗美嗔怪道。

“刚见面的时候，你可没那么紧张。”

“因为我不太清楚这些什么感官直播的玩意儿，刚才你跟我说我才知道的。这是近几年才兴起的吧？”

“不，有十年了，我是最早进行直播的人之一。”

“哦对，不过近几年才在东亚普及的。日本是一个重视个人隐私的国家，我很难想象如何完全公开自己的一切。”

“并不是一切，”查尔斯微笑着说，“至少我上厕所的时候一定会暂时关闭直播，要不然可太臭了，没人爱看。”

“但是你的各种生活，甚至那种……事情……”穗美不由得吞吞吐吐起来。

“你是说性爱？”查尔斯直言不讳，“这是人正常的生理需要和人际交往，没什么可隐瞒的。”

“但毕竟是个人的私事呀。”

“但全世界都在看着你酣畅淋漓地享受的感觉也是很棒的，”查尔斯对她眨眼睛，“仓井雅说她很喜欢呢。”

“她？当然喜欢了，”穗美撇了撇嘴，“她就是干这个的。”

查尔斯大胆地继续发动进攻：“也许你应该尝试一下新的生活

方式，现在天体运动在日本也流行了，何况——”

“听着，查尔斯先生，”穗美有些羞恼地直视着他，一字一顿地说，“不是所有人都欣赏你这套生活哲学。因为不得已的缘故，我受一些上级人士的嘱咐尽力招待你，但吃完这顿饭，我们从此之后再也没有任何关系，你懂吗？”

看来是块难啃的骨头。查尔斯想，摊了摊手：“当然，那是你的自由。”

曾经有好些个女孩对我说过类似的话，查尔斯想，因为她们对暴露在公众面前最初有一种本能的恐惧。但是不久后，她们就离不开这种被全世界关注的美妙感觉，她们会一个个爱上这种新生活，放弃之前的固执……细川穗美也许会和她们一样，但如果不一样，或许更有意思……

三个七八岁的男孩蹦蹦跳跳地走到他们身边，打破了二人间的沉默，对查尔斯说：“こんばんは，チャールズ様！”

“Konbanwa！”查尔斯知道这是“晚上好”的意思，笑着学道。

孩子们用日语叽里呱啦说了一堆话，查尔斯不解地看着穗美，穗美只好充当翻译：“他们说下午看了你飞行的直播，说很喜欢你，将来也要做像你这样的大飞行家和作家。”

查尔斯摸了摸一个男孩的小脑袋：“孩子，做不做作家或者飞行家并不重要，重要的是，做你自己，去做你心里想做的。”

“可是我就想当一个飞行家，太帅了！”男孩说，穗美又为他翻译了。

“那就先做一个小飞行家！你可以先去三维虚拟机上体验一下，参加虚拟飞行比赛。”

"虚拟的太无聊了，我想开真的飞行器，就像您的'飞马座号'一样！"

"事情总要一步步来，"查尔斯耐心地说，"如果你真的热爱这项运动，首先就会喜欢上虚拟机。或者你也可以多收看我或者其他飞行家的直播，能从中学到很多东西——对了，儿童不宜时段除外。"

一番问答后，孩子们拿着查尔斯送给他们的签名照片高高兴兴地走了，穗美撇了撇嘴："你还挺能说的。"

查尔斯笑笑："我只是说出自己内心的想法。这是我一直坚持的价值观，每一个人都该做他自己，实现自己的价值。我不是什么高高在上的偶像，要人去顶礼膜拜。我开放直播和其他人不一样，我只是想让大家都了解，查尔斯就是这样一个人。"

"你不是靠这个赚钱的吗？"穗美尖锐地说。

查尔斯皱起眉头，他最反感这种误解："你错了，我不用靠这个。无论是作为飞行家还是作家，我的收入都可以维持一个相当舒适的生活。我的直播也完全免费，我没有从中获得过一分钱的利润。"

"对不起，我不是那个意思。"

"没关系，"查尔斯耸耸肩，"有很多人都这么看我，我也无力改变别人的想法，我只是不希望我的朋友误解我。如果你了解我，应该知道在开始直播之前，我就发表了好几篇小说，并且拿了跨太平洋飞行赛的季军，我根本不需要靠直播来提升自己的知名度。不错，这些年我顺应了直播时代的发展，现在随时都有上千万人收看我的直播，但我一向认为，我作为个人并不重要，重要的是我代表了直播的理念。这个理念并不是要摧毁个人隐私，而是共享更多的信息，分享彼此的苦乐，使得人类作为一个整体连为一体。在这个过程中，人们在从直播中丰富自己的生活经验的同时，才能更真切地理解自己的内心，知道自己的价值在哪里。”

“说得也有些道理……”穗美若有所思，“但总有无数人盯着你的一举一动，还是太……太不自由了。”

“这么想其实是不自信的表现，”查尔斯不以为然，“我就是我，独一无二的查尔斯，即使被亿万人看着，我的自由也不会削减。”

“也许因为你是美国人，”穗美说，“你们美国人一向充满了自信，但日本人不是这样。从小父母都教给我们太多的礼仪，我们必须学会在别人的注视下来规范自己的行为，因而更渴望自己的私密空间。我记得，在我读幼儿园的时候，每天我和其他孩子都在一个小花园里面玩耍，说是玩耍，其实还是要遵守很多规矩。那个花园的尽头是一排树，树的后面就是墙，但事实上在树和墙之前还有一小片空间，只是一般人注意不到。有一次，我发现了那么一小块地方，上面有几丛野花。虽然是树枝下普通的一小块地方，但我开心极了，每次都偷偷爬到那里自己玩。我不是不愿意和朋友分享，但只有一个人在那里的时候，才会感到安静和放松。我可以一个人傻笑，或者一个人流泪，不会有人打扰。可惜过不了多久，这里被其他人发现了，好多人都跑过来，践踏草地，采摘野花，我的小世界也就毁了。”穗美有些黯然，她不知道自己为什么会和查尔斯说这些，她和其他人都没有说过，现在倒好，全世界都知道了她的童年秘密。

查尔斯有些动容，想了想说：“但那是别人破坏了你的小花园，他们并不只是在一旁看着你。”

“不，事实上，这和有没有破坏区别不大。只要他们在那里，我的感觉就被毁了，我就不再是我自己了。难道你没有过这样的感觉？”

“这个……大概小时候会……”查尔斯第一次有些犹豫，“不过现在早就没了。”

穗美看着他，眼波流动：“那么我倒有一个建议：关掉你的直播，感受一下在自己的世界里，一切只属于你自己的感觉，也许你会感到有区别的。”

“关掉直播？”

“也许只需要一分钟，你就会感到有什么不同。”

“不行，这会破坏我对收看者的承诺……”

“查尔斯，你不是说你推崇的价值是做自己想做的事吗？”穗美有些嘲讽地说，“难道仅仅是一个实验，你都不敢？”

“这个……”

“查尔斯，你不能听她的！”查尔斯眼前跳出了一个虚拟视窗，是丽莎通过脑桥芯片输入他的视觉神经的，只有他自己能看到，直播者那边都被过滤掉了。

“可是，我只是想试一两分钟而已。”查尔斯也将自己的念头通过芯片发射出去。

“一秒钟也不行，几千万人在盯着，这关系到你的形象！”查尔斯仿佛看到丽莎声色俱厉的样子。

穗美察觉到了查尔斯的细微动作，她猜到了他是在用脑桥芯片和他人联络，她似笑非笑地说：“我猜，是你老板不让吧？那就算了……”

“老板？”查尔斯被激怒了，“我没有老板，我就是我自己的老板，我可不需要听其他任何人的！”

他用大脑命令智能芯片停止直播，并在心里念出控制密码进行了确认。刹那间，似乎有一种嗡嗡的背景音消失了，四周异常安静。这不是他第一次中止直播，但却是第一次为了中止而中止，感觉似乎确实不同。现在，无论他说什么，做什么，都只有眼前的这个女孩知道了。他和她之间一下子奇妙地亲密起来。

“感觉如何？”穗美问。

“没什么特别嘛，”查尔斯轻描淡写，“不过还不错。”

不，不是那么简单。世界仿佛消失了，只剩下他和对面的女郎，但又仿佛打开了一个新的维度，通往一个无限延伸的深邃空间。

八

宅见直人喘着粗气，在一片蕨类丛林中狂奔，身后一头张牙舞爪的霸王龙追赶着他，每迈出一步，大地都发出震颤。但它走得不快，如同猫戏老鼠一样不紧不慢地跟在他后面。直人几乎能感受到它鼻子里喷出的热气。

直人竭力迈动步子，要逃离怪兽的魔爪，但越跑越大汗淋漓，腿脚酸软，脚步不由得慢了下来。没多久，霸王龙一个大步，反超到了他前面，转过硕大的身子，张开血盆大口，咬向他的脑袋。直人不由得大叫一声，瘫软在地上。

霸王龙和丛林消失了，变成了一行行浮动的数据：“距离：546米；时间：116秒；平均速度：4.7米/秒；肺活量：1250cc，健康状况：B-……”

朝仓的小圆脸朝他俯下来，直人趴倒在三维视景跑步机上，累得说不出一句话。

“才跑了五六百米就不行了？”朝仓嘻嘻笑着说，“我都能跑一千米呢。直人，你真是太久没锻炼了。”

直人总算能爬起来，喘息着说：“什么事……都得……有个过程嘛……”

“那咱们继续吧，我把恐龙的速度再调低点儿？”

“不行……我得……先歇歇……”

他们坐到一边的视景躺椅上，自动便有凉爽的微风吹拂，面前出现了碧海蓝天的视景，涛声起伏，旁边还有两杯冰镇柠檬汁，这倒是真的。

凉风习习，一大口柠檬汁下肚，直人惬意得似乎每个毛孔都张开了：“好久没有这么舒服过了，运动过以后再来这么一杯，感觉太棒了。”

“在看查尔斯直播的时候你也会锻炼吗——我的意思是，也会有锻炼的感觉吗？”

“倒是有……”直人说，“不过查尔斯的身体永远是那么健康有活力，我这身子没法比，再说因为有痛苦感的阈限，所以从来不会感到太累。”

“所以啊，以后多跟我来这里锻炼吧！”朝仓笑盈盈地说，“我们去游泳吗？”

“快看，查尔斯这浑蛋终于滚出来了！”直人还没回答，旁边突然传来一声叫喊。

直人向一旁看去，看到墙壁上的投射屏正在播报新闻：“昨日在东京秋叶原失踪的著名美国飞行家查尔斯·曼在失去联络十七个小时后，于今日午间重新现身，他身边还有一位日本女性，亦即最新的绯闻女友细川穗美小姐……”

查尔斯又出现了！

昨天晚上，查尔斯听了穗美的怂恿停止了直播，此后一直没有恢复。直人手足无措，最后赶去秋叶原，结果刚出地铁，就看到人山人海涌向查尔斯所在的小吃店，只见查尔斯的“飞马座号”拔地而起，消失在夜空中。据说查尔斯和穗美两个遨游太空，享受二人世界去了，然后整整一夜都没有消息。直人左等右等，一无所获，今天百无聊赖之中和朝仓一起来健身房，想不到总算有了查尔斯的消息。

“……查尔斯拒绝接受采访，只说是飞船失去动力。但据媒体报道，他的飞船在近地轨道上停留了一夜，而细川小姐当时也在舱中……”

“反正我算看出来了，查尔斯说的那套什么自由啊共享啊都是假的，到时候直播还不是想关就关？根本没把我们当自己人。说穿了和其他明星有什么两样？一样的货色。”旁边有人一边看新闻一边说。

“你这么说就不对了！”直人忍不住站起来抗议说。

那人也是个二十多岁的青年，诧异地看了直人一眼，反唇相讥："我说什么关你屁事？"

"如果你喜欢查尔斯的话，怎么能这么说？你们不了解他吗？很可能只是芯片故障嘛！"

"原来是查尔斯的脑残粉，"青年不屑，"什么故障，你没听到昨天的直播吗？他说了是自己要停止直播的。"

"这个……就算是，那只是暂时的，以前在布拉格和仰光的时候不也有过这样的暂停吗？你难道不理解人家需要有点儿自己的隐私吗？"

"我又不是那家伙的崇拜者，"青年冷哼了一声说，"我收看他直播，只不过为了看他与那些女星交往，过把瘾。结果他把仓井雅晾在一边，去找这么个女警，还停止了直播，那我还看什么？可笑！"

"你这种素质的收看者，根本就不配收看查尔斯的直播，你怎么能理解他的生活理想？"

"这么说你倒是理解，可到头来不还是被他一脚踢开吗？白痴，懒得理你！"对方冷笑一声，扬长而去。

直人气呼呼地坐下，一肚子火不知道往哪里发泄。

新闻中继续播报着："……查尔斯的经纪人丽莎·古德斯坦女士表示，昨天的直播中断只是由技术故障引起的，目前直播已经完全恢复，她代表查尔斯为由此带来的不便而致歉……"

"直人，你不会又要赶回去收看查尔斯的直播吧？"朝仓小心翼翼地问。

"别问我，不知道！"直人恶声恶气地说。

"问问而已，你不用这么凶吧？"朝仓咕哝着。

“不好意思，”直人调整了自己，“我只是……”他不知说什么好，又颓然躺在椅子上。

直人的心里也在怨着查尔斯，这家伙凭什么关掉直播？凭什么中断我和他之间的联系？这些日子以来，他几乎已经能够感到自己融入了查尔斯的灵魂。当他说要关掉直播的时候，直人甚至发出了赞同的呼声，而没有想到自己会被屏蔽在外面，但是下一秒钟，直人就被抛回了自己的房间里。

那时，他才痛苦地感到，自己永远无法成为查尔斯，只是依附在查尔斯身上的游魂。

近三四年来，直人几乎无时无刻不在收看查尔斯的直播，每天他都生活在查尔斯的生活里，和他一起面对一切，一起参加竞赛，一起构思和写作，连美语都练得比日语更流利，几乎已经忘了自己是谁。只要他继续把自己当成查尔斯，就可以取得一个个令人瞩目的成就，参加上等阶层的酒会，周游世界，住七星级酒店，享受粉丝的热爱，和许多漂亮女人一夕风流……

但最重要的不是这些，而是查尔斯身上体现出来的个人价值、自由精神和充满自信的生活方式。在查尔斯身上，他才感到自己活得像一个人。而他本人呢，宅见直人，一个不得志的程序员，一个人生的失败者，工作没有前途，日子了无生趣，和父母关系冷淡，女友跟别人跑了，连说得上话的朋友也没有，几年前他甚至想过自杀，如果不是收看查尔斯的直播拯救了他，他说不定早已过了黄泉比良坂。

是查尔斯给了他新生和希望，重塑了他的灵魂，让他觉得自己可以过一种有价值和尊严的生活。但现在，这一切又变了。直到昨天，直人才真切地感受到，查尔斯可以随意停止直播，切断对他来说不可分割的联系。过去的一切不过是自己一厢情愿的臆想，他纵然拥有和查尔斯一样的灵魂，却也无法真正拥有他的生活。

他还是宅见直人，也只能是他自己。不过，今天的经历让他发觉，或许暂时做回宅见直人自己也不是什么坏事。当然，他还会收看查尔斯的直播，但不是现在……

直人下定决心，站起来，伸了个懒腰："朝仓，我们继续跑步去吧！今天我要跑够三千米呢。"

"好啊！"朝仓开心地笑了。

九

"查尔斯，我再重复一遍，你不能这么做！"丽莎在电话里怒气冲冲地咆哮着。

"丽莎，我跟你说过至少十次了，"查尔斯坚决地重申，"以后我和穗美在一起的私人时间不会进行直播，这是我的决定！"

"所以你每天的直播时间减少到了不到八个小时？这会扯断你和那些粉丝之间的纽带。这一个月以来你的收视率狂跌不已，上周只有不到两百万人还在收看你的直播了，你已经从收视冠军的宝座跌到第十名以后了。醒醒吧，现在就连那个中国丑星小凤的关注者都比你多！"

"那就让他们去关注小凤好了，对我不会有什么损失。"

"查尔斯，"丽莎像在抑制住自己的不耐烦，放缓语气说，"听着，我们需要仔细谈谈，越快越好。”

“改日吧，”查尔斯冷冷地说，“今天是我和女友认识一百天的纪念日，今晚我可不想被人打扰。”

“可是——”

查尔斯不客气地挂掉了电话，对面的穗美眉毛一扬：“什么事？”

“只不过是工作上的事，没什么大不了的。”

“那我们继续吧！还没玩够呢！”

穗美笑着抓住他，查尔斯拦腰一抱，穗美就半倒在他怀里。看着穗美带着羞意的笑容，查尔斯心神荡漾。忽然穗美从他怀里挣脱，查尔斯感到脚下一绊，重心失衡，反而摔倒在地下。

“哈哈，你又输了！”穗美拍手大笑。查尔斯不由得庆幸自己关闭了直播，要不然自己摔跤输给一个纤纤女郎的样子就会被全世界看到了。穗美毕竟是受过正规格斗训练的，看上去娇小柔弱，但真正玩起摔跤来，自己总是输多赢少。

“快，认赌服输，变成小马！”穗美说。不等查尔斯站起来，穗美就骑到了他身上。查尔斯只有苦笑着承担了马匹的角色，狼狈地乱爬起来。

从什么时候起，潇洒不羁的查尔斯变成了现在这副模样？

说来也巧，那天查尔斯关闭直播后，一堆无所适从的粉丝跑来围堵他，查尔斯和穗美只有乘着“飞马座号”狼狈离去，却忘了飞船的燃料几乎耗尽，到了太空就动弹不得。查尔斯打开直播，想要呼救时，才发现飞船上的中微子转换器也没有了电力供应，和外界全然失去联络。他一次简单的饭后散步却变成了在太空中十几个小时的惊魂漂流。

但也正是那次经历，大大拉近了他和穗美的距离。穗美从没有上过太空，那天因为失重飘来飘去，喝水都喝不进嘴里，不免产生了许多尴尬的场面。那天并没有像人们想象中的那样发生什么，但几天后，查尔斯带着一飞船的玫瑰再次飞到日本，软磨硬泡地开始了第二次约会……他们终于成了情侣。只是穗美有一个原则，在他们约会的时候，绝对不能打开感官直播。查尔斯答应了下来，而不久后，他就在这种私密关系中发现了新的乐趣。他会去做许多从前根本不会想去做的事，扮小猫小狗，说白痴兮兮的情话，像孩童一样打打闹闹，怎么轻松怎么来，而不是在全世界的注视下，在床上完美地展现他的情人风范。

在许多年之前，查尔斯也曾经有过这样放松的人生岁月，只是在年深日久的直播中，他已经忘了过去的自己。

今晚，在查尔斯新买的箱根湖边的别墅里，又是一次温暖而自在的约会。没有那么浪漫，也不一定很激情，但却可以由着他们胡闹。

"喂喂，骑够了没有？"查尔斯抗议着，把背上的穗美掀了下来，压在身下，开始吻她的脖颈，"あなた……"他学会了日语中表示老夫老妻的称谓，"我爱你……"

"嗯……"穗美目光迷离，双唇呢喃而湿润。整整一个夜晚在他面前，不会再有其他人注视，这个房间完全是属于他们的……

他伸出手，想要解开穗美的衣襟，却颤抖着指向了另一个方向——

一记耳光狠狠地抽在了穗美脸上。

穗美的微笑凝固了，她呆住了，一句话也说不出来，双目难以置信地望着查尔斯。

“查尔斯！”过了片刻，穗美才叫了出来，“你疯了？”

查尔斯面目狰狞，脸上的肌肉不住地抽动，抬起手指着门口，言简意赅地说：“滚！”

“查尔斯，你怎么能对我——”

查尔斯粗暴地推开她，“出去！”

穗美惊骇不已，怔怔地盯着查尔斯看了半天，终于爬了起来，披上外套。“查尔斯，你真是个浑球！”她飞起一脚踢在查尔斯的裆下，然后头也不回地冲了出去。

下体传来的疼痛让查尔斯弯下了腰，他跪倒在地，双手撑着地板，喉咙痛痒难当。他剧烈地咳嗽起来，几乎连肺都要咳出来了，眼中都是泪水，四肢也都在奇异地抽痛着。不知过了多久，当他从肌体的苦楚中稍稍恢复过来时，才发现面前有一双红色的高跟鞋和一对修长的丝袜美腿。

查尔斯抬头望去，看到了丽莎·古德斯坦熟悉的面容。

“丽莎？”查尔斯惊讶地爬起来，“你怎么来了？”

丽莎的表情似笑非笑，“你不肯来找我，我只有自己来了。”

“可是你怎么知道我在这里？我明明关闭了位置查找功能，还有——”

丽莎没有回答，却反问：“一巴掌赶走自己的女朋友感觉如何？”

查尔斯感觉到眼前又开始模糊了起来：“你怎么知……这么说，

刚才难道是……是你……”

丽莎轻轻抚摸着他的脸颊，用悲悯的口吻说：“查尔斯，查尔斯，不要怪我，这是你逼我们的。”

最可怕的怀疑被证实了。他瞪圆了眼睛，喃喃地说：“你能通过芯片控制我的肢体？是你的人在操纵我？可是，那种芯片怎么会……怎么……我以为只是单方面输出的。”

“不存在纯粹的单方面输出，其他人能够通过中微子波束接收到你的脑波，你也能接收到其他人的。”

“可我以为只是感官知觉，想不到居然……”

丽莎的目光中带着不屑和怜悯：“查尔斯，你不知道的事情还很多呢。让我们从头说起吧，你记得十年前的那个秋天吗？那是你初赛告捷之后的第二年，你花了几十万改装飞船，参加飞行比赛，雄心勃勃地想要夺冠，结果一败涂地，血本无归。你走投无路，打算放弃自己的飞行事业，回家接手你父亲在田纳西乡下的小农庄。”

“我记得，是你在一个小酒吧里找到了喝得烂醉如泥的我。”查尔斯回忆着，那是一段他平素不愿意去碰触的记忆，“当时你告诉我，你是一个脑科学实验室的工作人员，正在试验一种脑桥芯片，可以实现不同人之间感知功能的共通。如果自愿参加，成功了可以有二十万美元的酬劳；如果损害我的健康，更有极其高昂的补偿金。我为了筹集下一次参加比赛的资金，接受了手术，不久就开始了实验性质的直播。”

“但事实上，那不是真正的实验，”丽莎接口说，“十五年前，贝尔实验室发明了一种芯片，可以嵌入人的脑桥部分，本来是用来实现脑机关联，结果不甚理想，但却意外地发现，它可以实现不同人之间的脑波传递。在你之前已经有过好几次实验，动物的、人的，技术上都很成功。但这项划时代的发明却找不到用场，没人想在脑子里装一个金属盒子，把自己的意识状态传递给别人，虽然他们并不反对看到别人的。

“为了推广这项技术，我们找了几个普通人，许以优厚的报酬，说服他们进行直播，这倒是问题不大。可问题是，除了个别好奇心过剩的家伙，同样没有人愿意在自己脑子里动一刀，就为了看到区区几个无名小卒的家长里短。

“因此我们想到了一个更好的主意：如果有令人感兴趣的名人愿意直播自己的生活，示范效应是显著的，会带动大批粉丝和其他民众接受脑桥芯片，整个产业就被激活了。

“我们很快和一些电影明星、运动巨星和知名作家接洽，但是很可惜，没人乐意。这也不奇怪，如果你已经功成名就，生活安逸，干吗要冒险把自己的头颅打开，装上那么一个古怪玩意儿，让所有人都看着你的一举一动？因此，我们需要物色一个合适的人选成为这场新技术革命的突破口。上头决定，找到一个有潜质的草根少年，包装他，宣传他，让他成为感官直播的代言人。”

十

“所以你们就找到了我。”

“是的，”丽莎直言不讳，“你当时已经小有名气，却陷入了事业的瓶颈。你需要钱，因此会接受手术；你从心底渴望那种被万众仰望的感觉，因此对直播不会有很大抵触；你相貌英俊，生性风流，这对我们更有利。只要你的事业能够成功，就能吸引越来越多的人收看你的直播。让自己转眼间和世界上最酷最有型的风云人物合为一体，这个诱惑没有几个人能经得起。”

“原来如此，可是为什么偏偏是我？你们怎么知道我将来能够获得巨大的成功？”

“呵呵，”丽莎笑着摇头，“查尔斯，亲爱的，你果然还是那么自恋。你还不明白吗？”

查尔斯内心已经隐隐明白，浑身一阵冰冷，但丽莎毫不留情地揭穿了这个秘密：“当然并非‘偏偏’是你，你只是我们留意的诸多对象之一，选你只不过是偶然。如果我们选中了其他人，一样能把他推向成功的顶峰。查尔斯，你从来不是靠自己，没有我们就没有你。”

“这么说不公平，我的成功的确有感官直播的帮助，但也是靠我自己的努力！”查尔斯挣扎着抗辩道。

“你的努力？”丽莎冷笑，“查尔斯，你做了十年的美梦，该醒醒了！你真以为自己是不世出的飞行天才？这些年你之所以赢得那些比赛，那些驾驶经验和技巧只是次要因素，根本原因是你拥有比其他人更好、价格更昂贵的飞船，你可以找到最专业的设计师和各方面技术专家，这些都是用钱买的。你的飞船就算自动驾驶，说不定也可以飞第一。”

查尔斯涨红了脸，却无从反驳：“这……就算是用钱买的，也是我自己的钱！我为许多飞行器厂商做广告，还有厂商赞助，这是我的正当收入。”

“无非是鸡生蛋蛋生鸡的老问题。那些赞助是谁为你安排的？那些广告业务是谁为你打理的？那些最新款的飞船，刚从风洞里出来就成为你的座驾，那些最先进的引擎和最高级的主控电脑，最舒适的船舱和空气调节系统，被最专业的技师以最合理的布局组装在你的飞船上，你觉得这一切都是理所当然的？难道他们就必须为你服务？查尔斯，你不是笨蛋，但是这些年你被鲜花和掌声包围，让你看不到许多事情。”

“这么说，这一切背后都是你，还有贝尔实验室在搞鬼？”查尔斯恍然大悟，“怪不得，我一直觉得你有点儿古怪，一开始你代表实验室，后来又在芯片公司，然后当我的专业经纪人……你背后的老板究竟是谁？”

“你不用问，问了也没有意义。贝尔实验室，卡特尔纳米技术，高纳利文化娱乐，狮鹫之星传媒，代卡洛斯飞船集团，斯普林格出版社，时代传媒，太平洋电视台，美利坚民主基金会……和你打交道的这些公司和机构是一个庞大的利益共同体，每一个都是其中一分子，但没有谁说了算。如果说有一个幕后大老板，那既不是美国政府也不是罗斯柴尔德家族，而是资本本身。你是整个体系中最重要的环节之一，但绝不是独立的。可如今，你的自作主张危及了整体的利益。”

“就因为我减少了感官直播？”查尔斯不禁苦笑，“可现在你们已经形成了产业链，有十万人在进行直播！为什么还不肯放过我？”

“但是没有人比得上你，查尔斯。虽然今天许多人开通了直播，但是肯终日直播自己的人还不多，你是其中最重要的一个，是我们打造出来的直播时代的第一位偶像。人们去收看小凤那些三流货色只不过是猎奇罢了，但你却以自己的生活方式，实现了上亿人的梦想。你对整个事业的重要性无可取代。你那本《我的直播生活》在全球卖了超过三亿册！你象征着一种全新的生活方式，如果你要退回到偶尔直播的状态，直播就变成了一种娱乐和调剂，不会再有那么多人痴迷，也许要花十年、二十年才能恢复。”

查尔斯冷哼了一声：“嗯，你们不是很能打造偶像吗？再打造一个好了。”

“为什么要重复已经做过的工作？这些年你的名字已经成了世界上最响亮的品牌。就拿你的小说来说，全球销量随便可以卖到几千万册，但是如果以杰克逊·史密斯的名义出版，可能几千册都卖不动。”

“等一下，”查尔斯隐隐觉得不妙，狐疑地盯着丽莎，“杰克逊·史密斯是谁？”

“当然了，你从不知道他。”丽莎用一种古怪的腔调说，“杰克逊·丹尼尔·史密斯，得克萨斯州立大学毕业，一个不得志的小说家，好莱坞前编剧，出过三两本总共卖了不到一万册的小说，编过一些没人知道的B级电影，离过两次婚，四十岁不到就秃顶了……顺便说说，他还是你大部分小说的作者。”

“你疯了？！”查尔斯再也忍无可忍，“你到底在胡扯什么？”

“你不必那么激动，”丽莎淡淡地说，“回想一下，在你移植芯片之前，虽然你是一个三流文学爱好者，也写过一些散文和小故事，但从未写过长篇小说，为什么在第二年，你的成名作《雅典神殿》就横空出世？”

“我什么时候开始写作和你有什么关系？再说这能说明什么？”

“想想吧，你这些大获成功的小说，每部中关键的绝妙情节不都是忽然蹦入你脑海的吗？你认为那是缪斯给你的灵感？事实上，灵感也是一种感知，你大脑中有一小块区域——大约在额叶位置——决定了你的综合思维和自我意识，不可侵入——不是完全无法进入，只是一旦进入后，你会变成思维紊乱的精神病人。其他的部位，无论是感觉皮层、运动皮层还是语言中枢，都可以转译他人的脑波。我们只是根据史密斯的构思，让你的语言中枢产生出相应的概念，当神经冲动被额叶所综合时，就被你的自我意识认为是自己的灵感了。”

“这不可能，”查尔斯大吼着，“那些灵感，明明是我自己苦思冥想出来的……那种创作的感觉……怎么……怎么会是什么史密斯的？”

“在未来，很快就会不再有‘自己’了。所谓自我只是额叶前端一小片决策神经区域制造出来的幻象，我们却天真地以为它包含了从感觉到情绪和思维的一切。然而，感官直播时代撕裂了这些关系。查尔斯，你站在了新时代的开端，你是新时代的使徒。”

查尔斯委顿在墙角，忽又爆发出一阵神经质的笑声：“哈哈哈，真有意思，你花了这么长时间告诉我，我是一个一无是处的废人，我所自以为傲的成就，都不过是幻觉，现在你又对我说，我是什么使徒？”

“真相往往是令人刺痛的，”丽莎说，“但是沿着这个方向走下去，很快你就会知道，你是废人还是天才并不重要，重要的是你感到你是什么。纵然那些灵感是来自杰克逊·史密斯的，但你仍然感到那千真万确就是你自己的创作，这就足够让你自己获得写作的满足了。

“在外面的世界，有千万人每天都认为，他们就是你，是查尔斯·曼，是大写的人（Man），他们不在乎自己实际上是什么玩意儿。至少有上百万人完全被你同化了，你给了他们本来惨淡的人生以希望。这个数字还将不断增长，没有人能抵抗这至高无上的诱惑。随着脑波传递技术的完善，将来还会有更多的人，几亿、几十亿人加入这个行列，一旦开始收看直播，就会欲罢不能。而不久的将来，有很多更深的感觉和情绪可以传递，甚至思维也可以。最终会变成什么样没有人知道，但是这是一个真正技术奇点的开端。传统的个人生活将一去不复返，世界会变得越来越匪夷所思。”

“可这不是我的理想，我的理念一直是让每一个人成为他自己，追求自己的价值！”

“不，”丽莎摇头，“事实是，即使是你的崇拜者，每个人也都愿意成为你，却没多少人愿意成为自己，这就是人性。”

“好，”查尔斯咬牙切齿地说，“纵然我的一切都是假的，至少我的理念是真的，我不会放弃这个理念。告诉你，我会揭露今天你跟我说的一切。”他试图打开直播，但是不知为何没有反应。

“查尔斯，相信我，你最好不要尝试。”丽莎讥诮着，“在我们背后，有超过一打人现在正在监视你的一举一动，无论任何时间和场合，只要你说出超过三个字可能被别人听到，他们就可以开始远程控制，让你立刻胡言乱语，变成不折不扣的疯子。你忘了自己是怎么赶走你的女朋友的了吗？”

查尔斯颓然捂住了脸，绝望地瘫倒在地：“既然你们这么强大，为什么不直接控制我的身体，让我说你们想让我说的，做你们想让我做的，让我变成一具行尸走肉？”

“我们还没有这样的技术能力，感觉和运动涉及的大脑皮层不同，特别是你的肢体运动部分，需要的参量太多，计算量很大，控制起来也很费劲。刚才让你说出那些话已经很困难了，而且相当不自然。”

“可惜穗美她没有察觉这些微妙的差异，否则你们做的一切就会穿帮了。”

“不，已经穿帮了。”一个清脆的女声高声说道。

查尔斯转过头，就看到穗美明艳的身影又出现在了房间门口。

十一

“穗……穗美？！”

“我回来了，”穗美对惊讶的查尔斯点点头，“刚才我确实想一走了之，但作为职业警察，我对一个人说话语气的自然与否总算有些经验，很快就想到了蹊跷之处，于是到了门外又重新折返，结果发现还有一个人在这里。我在门口已经听到了你们说的一切，你放心，我没有装什么脑桥芯片，他们对付不了我。”

“查尔斯，你必须让她闭嘴！”丽莎看了一眼穗美，扭头对查尔斯说，语气变得惶恐起来，“如果你不想身败名裂的话。听我的，继续跟我们合作，你还可以享有一切名利和地位。至于保留个别隐私时间也不是不可以商量……”

“和你们合作？”查尔斯牙齿咬得咯咯作响，“丽莎，你刚才还威胁要让我变成白痴！”

“查尔斯，你冷静点儿。那是不得已的选项，你是我们千辛万苦塑造出来的，只要有可能，我们不会碰你，今天我也只是想劝告你。”

“你们必须给查尔斯以自由，把那见鬼的芯片给拆下来，”穗美面对着丽莎，“刚才那些话我已经录下来了，如果查尔斯有什么闪失，我会立刻向媒体曝光整件事。虽然你们财雄势大，但想必还无法控制全世界，舆论不会站在你们这边。如果人们知道脑桥芯片可以侵入他们的大脑，控制他们的行为，你们的事业会立刻崩溃。古德斯坦，你们再也挟制不了查尔斯了。”

丽莎看了看穗美，又看了看查尔斯，无奈地苦笑：“看来我们是陷入僵局了。取下芯片，牌就全攥在你们手上，没有人会蠢到答应这种自杀式的条件。但如果你们要泄露真相的话，查尔斯也随时会变成一个白痴。穗美小姐，你忍心这么做吗？”

一时间，室内三个人都沉默下来，但空气中的紧张却丝毫未有纾解。

“好吧，无论如何，你们不能再摆布查尔斯了。”过了一会儿，穗美带着让步的语气说。

“对，”查尔斯的声音中充满痛苦，“我希望你和你代表的势力离开我的生活，滚得越远越好！我和你们以后再无瓜葛。”

丽莎的脸色阴晴不定，过了良久，说：“你的意思是，我们不再干涉你们，而你们也会将一切封在肚子里，绝不外泄？”

查尔斯点了点头，现在他唯一想做的只是摆脱这个噩梦：“如果你们能放过我们。”

“但你将会从成功的巅峰跌落，从此失去一切。”

查尔斯面色惨白，摇了摇头：“我从来没有什么成功，一直在做一个可笑的美梦，只是今天才终于明白，我只想快点儿结束这个错误。”

丽莎看向穗美，穗美不语，似乎也默认了查尔斯的决定。丽莎终于下定决心，点了点头：“好吧，如你所愿。但你记住，不论你是否打开脑际连接，你的一举一动我们都能看到，不要想在我们眼皮底下玩什么花样。查尔斯，你是聪明人，不会跟我们添乱的，是不是？”

查尔斯缓缓点了点头。

“同样，你们也别想玩花样，”穗美提醒她说，“有关资料，我会妥善存储，如果我和查尔斯有什么问题，很快网络上就会铺天盖地都是你们最不想看到的东西。”

一丝冷笑滑过丽莎的嘴边：“那就再见了，查尔斯，我的老朋友，希望你不会后悔。”她转过身，大步从穗美身边走过，离开了客厅，不久，外面传来了小型飞车发动的声音。

查尔斯委顿在地，一句话也说不出来。穗美走到他身边，跪坐下来，无言地将双手放在他的脸颊上。查尔斯望着穗美，她的眼神充满关切，她的手温暖而绵软，身上的气息芬芳淡雅。

他知道自己失去了一切，但却拥有了这个女人。从今以后，也许他们将像普通的男女一样，度过平凡的一生。

查尔斯抱住穗美，放肆地号啕大哭。穗美像母亲安慰孩子一样，轻轻抚摸着他的头发。而查尔斯却抽泣着，将她抱得越来越紧，让她喘不过气来，那是一种悲恸中闪现的幸福。

等到穗美发现查尔斯实在抱得太紧的时候，已经太晚了。

不知什么时候，查尔斯已经压在她身上，双手紧紧地卡在了她的脖颈上，两只大手拼命按向她白皙脖颈的深处，力气异乎寻常的大。他双目奇异地外凸着，喉头发出咯咯的声音，仿佛被掐住脖子的是他自己一样。

“查尔斯……放……放开……”穗美无力地叫着，但几乎吐不出一个字。她的身体被紧紧压住了，双手拼命在查尔斯的胳膊上抓挠着，但查尔斯好像全无痛觉，目光呆滞。

穗美明白了，是丽莎·古德斯坦。如今事情已经激化，她绝不会放过他们。穗美眼前一阵阵发黑，意识渐渐模糊，生命即将离她而去，她只是本能地蹬踢着双腿，做着最后的垂死挣扎。

但猛然间，查尔斯的头俯下来，一口咬在了自己的手腕上，鲜血直流，虎口不由得稍微松了一下。穗美什么都来不及想，趁机掰开查尔斯的手，将他推开，连滚带爬地向房间另一边跑去。查尔斯摇摇晃晃地想站起来，又站立不稳摔倒在地，手脚剧烈地抽搐着。

“穗美……快走……”查尔斯扭曲的声音从沾满血的嘴里传出来，显然他正在和篡夺自己身体的入侵力量搏斗。

穗美不知如何是好，她不敢逗留，但也不能就这么离去，忽然用眼角的余光瞥见墙角一个六角形的黑色机箱，闪念之下，她一个箭步冲过去，将那东西举起来，狠狠砸在地上。一声闷响，箱子在地上翻滚了几下，裂开一条大缝。穗美还不放心，又狠狠踩了几脚上去，机箱发出一系列生脆的断裂声，冒出了几缕淡淡的青烟。

查尔斯忽然不动了，像瘪了的皮球一样瘫在地上，张着嘴喘着气。穗美冷静下来后，过去扶起他："没事了，我已经毁了中微子转换器，现在他们没法再控制你了。"

"但我们现在不能离开这间屋子，"查尔斯的声音虚弱无力，"外面到处都是中微子信号站。"

穗美知道，整栋别墅因为她的坚持，除了只设了一个中微子转换器外，还对外面的信号进行了屏蔽。但只要离开这栋房子，查尔斯随时会再度被丽莎那些人所控制。

"那……怎么办？"

"只有打电话，叫记者来，"查尔斯闭上眼睛，"我们要立刻召开新闻发布会。"

一个半小时后，客厅里满满地都是记者，包括二十多家日本媒体和十七八家外国驻日媒体，人们好奇地盯着凌乱的房间和身上带伤、狼狈不堪的查尔斯和穗美，想知道究竟发生了什么。他们交头接耳，大部分人的目光中都有"多半是有什么桃色纠纷吧"的猜测。

"晚上好，"查尔斯没有多废话，从沙发上站起身说，"今晚叫大家来是因为——"

人们全神贯注地留意下面的内容，但查尔斯却卡住了，目光透过众人望向后面的什么地方，仿佛看到了某些东西，嘴唇微微翕动，仿佛在和看不见的东西说话。

"查尔斯！"穗美觉得不对劲，抢过话头说，"诸位，今晚我们要告诉大家一件——”

“——一件重要的事，”查尔斯却仿佛回过神来，又接了下去，神态一下子变得疲惫，“我决定参加下个月的冥王星超远程飞行大赛。”

“什么？”穗美惊诧不已。冥王星超远程飞行大赛只是一个名大于实的噱头，查尔斯这样功成名就的飞行家根本没有必要参加。前几天被询问的时候，查尔斯还明确表示不会参加。

“大家知道，”查尔斯断续说下去，“这是人类有史以来最长距离的飞行比赛，远超过之前的地球轨道环日拉力赛。虽然现在只是刚刚开始举办，但将来会成为人类的标志性成就之一。我听说现在报名参赛的人很少，我想要拿第一个冠军应该问题不大，等以后可就难说了。”

人群中发出轻轻的笑声。穗美看到查尔斯说话的神态相当自然，不像是被人控制的样子，几次想打断他，终于还是忍了下来。

查尔斯话锋一转：“不过因为冥王星距离地球三十多个天文单位，整场比赛将持续两年。因为光速的限制和信号的衰减，这段时间恐怕无法再进行感官直播了，非常抱歉。”

人群中发出一系列不满的抗议声，显然其中不乏查尔斯的粉丝。

“那细川小姐呢？你们不是要分开两年吗？”有人问。

查尔斯拉住了穗美的手，在她手心饶有深意地捏了一下：“两年的时光不算久，我相信对我们不是阻碍，我会在冥王星的亿万年冰层上，刻下穗美的名字。”

……

“查尔斯，这是怎么回事？”当记者散去后，穗美不解地问。

查尔斯疲惫地揉着太阳穴：“不知哪个记者带来了便携式中微子转换器，让他们能够重新打开我脑中的视觉对话界面，给我传达了一个信息。”

“难道他们又威胁了你？”

查尔斯摇了摇头：“不是我，是全人类，他们手上有人类的命运……”

“至少一亿人，你记住。”他回想起视野中闪现的信息，“一亿人的生命安全直接掌握在你的手里，如果事情泄露，我们或许没有能力控制所有的人，但是至少可以在几分钟内传播各种紊乱的脑波，大部分人会暂时精神错乱，还有些人会永久性地精神失常，不知道会发生多少起车祸和各种事故，也许还有几个人会按下核导弹的发射键……世界将会因此天翻地覆。比起这场浩劫来，世界大战都算不了什么，或许地球会在几天内重返石器时代。”

“所以我只能住口，让你们一步步推广那些可怕的芯片，让所有人变成迷失自我的奴隶，直到你们控制了世界，再也不怕外在的威胁。”

“这是历史前进的方向，或者我们将一直走下去，走向一个崭新的未来，或者将爆发激烈的冲突，将会有上亿人死亡，世界重返远古蛮荒。最终的选择在你手里，查尔斯。”

“你们手上有一亿个人质，我还有选择的余地吗？”

“这说明你做出了正确的选择，所以能及时改口，避免了一场大麻烦。不管怎么说，去冥王星的主意不错。我们双方可以不必直接冲突，你也不必担心再被我们暗算。两年后等你回来，不再是世界的焦点，就可以过自己想过的生活了。”

“而我也可以做出真正属于自己的成就。我要证明自己不是一个傀儡，而是不可战胜的查尔斯……”

“查尔斯？你怎么了？”穗美把他从沉思中唤醒。

“没什么，”查尔斯揽住穗美的腰，抚摸着她长长的头发，怜惜地说，“一切都会好起来的，我保证。”

十二

查尔斯的最后一次感官直播，收看者达到了史无前例的三千万人。三千万双眼睛，随着查尔斯的步伐，一步步走进发射场，面对周围沸腾的人群和头顶蔚蓝色的天空。

发射场在传统的日本宇航中心鹿儿县种子岛，二十四艘形态各异的飞船停在巨大的发射场中央。但和旧时代不同，如今飞船发射不再需要庞大笨拙的发射架，随着航空航天科技的进步，可以在地球上任何地方起飞，直冲长空，在这里出发只是一个仪式而已。

这是一个不小的进步，但人类的太空探索仍处在初级阶段。今天的这次宇航大赛，并非只是到月球或火星，而是几十亿公里外，除了几个探测器外尚无人类踏上过的冥王星，往返仍然需要两年以上的时间。

比赛中，所有的飞船在离开地球后，将利用太阳光帆和各大行星引力场加速，飞向太阳系尽头的冥王星，再合拢光帆，用剩余的燃料返回。虽然原理并不复杂，但横贯整个太阳系的近百亿公里的来回，仍然是一场惊心动魄的无涯之旅。

成为第一个踏足冥王星的人类，将是太阳系探索史上具有里程碑意义的事件。因为冥王星并没有多少科研价值，也被开除出了大行星之列，所以各国政府在发送无人探测器后，并没有进一步展开载人登陆的计划。但毕竟名声响亮，民间宇航爱好者却前赴后继。几十年中，有过七八次载人飞船飞向冥王星的尝试，但大部分都在中途因困难而折返，有的在小行星带被微流星撞毁，有的无声无息地消失在太空深处。冥王星是死亡之星的说法流传开来，近十年没有人敢于再尝试登冥之举，直到这次大赛，才重新唤起了飞行家们征服宇宙的热情。

特别是由于人气偶像查尔斯·曼的参赛，使得这场比赛变得举世皆知。虽然许多人抱怨以后无法再收看查尔斯的直播，但他的勇气和坚韧仍然打动了亿万民众，本来寥寥无几的参赛者，也迅速增加了两倍之多。虽然只有二十多人，但都是飞行精英，让这次比赛变成了一场真正的大赛。

“查尔斯！”在沸腾的人声中查尔斯听到一个熟悉的声音，转身看去，他的老对手乔治·斯蒂尔正向他走来。

“乔治，感谢你每次都来当我的陪衬。”查尔斯微笑着说。

“查尔斯，你这个花花公子，”斯蒂尔咧开嘴，轻轻给了他一拳，“告诉你吧，这次你一定会输给我。”

“哦，为什么？”他们一起肩并肩向场中央走去。

“听说你拒绝了卡特尔公司和代卡洛斯集团赞助的高级设备，只是从几个小制造厂那里订购了一些普通装备，甚至飞船的基本布局都是自己设计和组装的？你太自大了，卡特尔纳米的光帆制造技术无与伦比，在同等重量的情况下面积可以比其他公司的产品大三分之一，你应该知道这意味着什么。”

“我知道，不过斯蒂尔，我以往太依赖技术优势了，这回我想靠自己的实力赢。”查尔斯诚恳地说。

“这么说，你只能靠不断压缩生活空间来减负，达到一定的速度？”斯蒂尔惊诧的眼神中带上了几分敬意，“虽然是保密的，不过我设法研究过你的飞船构造，结论是如果要有获胜的可能，你的生活舱必定小得可怜，几乎得和一个棺材差不多，许多娱乐休闲设备都得丢掉，甚至转身都困难。你愿意像苦行僧一样过上两年？这可不像你的风格。”

“为了飞向星辰的尽头，这是我们的宿命。”查尔斯说，“斯蒂尔，如果有必要，我相信你也会做同样的事。”

斯蒂尔不由得点了点头，又一笑说：“无论怎么做，这回你都够呛了。不过查尔斯，你的确是一个了不起的人物。好了，将来两年里，我们可以通过无线电慢慢聊天，也许我们会变成朋友的。”

他们像两个亲密的朋友一样，说笑中走到了各自的飞船前，做最后的检查和准备活动，许多飞行家在和家人朋友话别、亲吻。查尔斯检查引擎的时候，一个身影向他走来，查尔斯抬头望去，是一位纤细柔美的女郎。

“小雅？”他站起身。

“查尔斯，”仓井雅姿态娴雅地走向他，“我是来送你的。”

“谢谢你。”

“不，我该谢谢你，查尔斯。其实……我也是来向你道歉的。”

“道歉？”

“查尔斯，”仓井雅楚楚地说，“你知道，两年前我只是一个名气不大的AV女优，上不了台面，而且年纪也渐渐大了。所以两年前，我精心安排了和你在马尔代夫的那次所谓‘偶遇’，然后我……勾引了你，和你有了一夕之缘。全世界都看到了那次直播，我成了整个世界的性感女神，之后我青云直上，进军了主流影视界，最近还接了一部好莱坞电影。这些都是你带来的，没有你，我不会有今天。”

“别这么说，这也是你自己努力的结果。”

“但以前那些甜言蜜语……都不是真的。”仓井雅凄然说道，“只是我为了往上爬使了手段，我利用了你，我欠你一个道歉。”

“别这么说，仓井小姐，”查尔斯也改了称呼，叹息说，“生活就是这样，我们往往是在逢场作戏，只是有时候自己入戏太深，真的把自己当成了扮演的角色。这不是谁的错，你也无须道歉。”

“无论如何，”仓井雅掏出一个精致的布包，“查尔斯，你是一位很好的朋友，和你在一起我很开心，也学到了很多东西。衷心祝福你能获得胜利，这是我从明治神宫求来的平安符，你带在身上，神明会保佑你的。”

查尔斯深深地看了一眼仓井雅，接过了布包：“谢谢，我会带在身上的。”

“那……我先走了。”仓井雅轻轻拥抱了查尔斯，转身离去。

望着仓井雅的身影，查尔斯的嘴角泛起了一丝复杂的苦笑。他清楚，仓井雅对他说的那些话，仍然是在利用自己最后的剩余价值。他和仓井之间的男欢女爱一向不过是各取所需，不仅他们自己，就是每一个观看直播的观众都心知肚明。但最后仓井的表白，无疑大大提升了自己的形象，让人觉得她是一个重情义的好女人。

但这并不是说仓井雅全然虚伪，这些话虽然肯定经过精明的考量，但可能同样是真诚的。我们每个人都在表演，从前是这样，在直播时代更是这样。或许我们的真诚，只是一种真诚的自我表演……

“对了，”仓井雅忽然又转过身来，好奇地问，“查尔斯，细川小姐呢？怎么没有见到她？”

“这个……她有点儿不舒服，”查尔斯说，“不能来了。”

“哦，是这样。”仓井有些奇怪地看了他一眼，眼神中带着胜利的笑意，没多说什么。但查尔斯知道，仓井对穗美“抢走”自己一向心怀怨忿，如今她认为自己和穗美之间一定出了什么问题，所以穗美才没有来。

但穗美不需要来送他，也不应该来。如今，她藏身在一个绝对安全的地方，掌握着至关重要的证据，以防丽莎和她背后的那些人再趁乱对他们不利，将他们同时杀害。当他离开地球后，对方就再也无法通过脑桥芯片控制自己，穗美会和他每天保持联系，如果对方对穗美下手，自己就可以通过无线电通信公布一切。目前来看，这是最好的办法了。

查尔斯望向远处欢呼的人群：或许这是我最后一次站在舞台的中央了，最后一次成为人们瞩目的焦点。斯蒂尔很可能是对的，这次我的飞船毫无优势，没有获胜的希望，我终将失败，然后被世界遗忘。

但那又如何？飞向太空，飞到那最远最远的星球上去，是我一生的梦想。并非只有冠军才有意义，相反，只有当你宁愿割舍其他许多东西，仍要实现它的时候，才是真正的梦想。

查尔斯，这是最后的机会，做你自己。在这个星球的喧嚣浮华中失去的，你会在广袤无垠的太空中找回来，那里有真正的宁静和救赎……

最后时刻，几十名经过遴选的幸运观众进入发射场，和各位参赛者合影。大部分人都首选和查尔斯合影，查尔斯微笑着一个个接受了，还一一给他们的书或衬衫签了名。最后站在他面前的，是一个身材平平，衣着朴素的少女，举止中还带着几分羞涩。

“您好，查尔斯先生。”少女局促地说。

“你好，你是……”

“我叫朝仓南。”少女说。

查尔斯点点头，并没有什么反应。但在他思维的背后，另一个意识却忽然在震惊中醒来：怎么是她？她在这里干什么呢？她……什么时候变成查尔斯的粉丝的？

“朝仓小姐，很高兴见到你，你要和我合影吗？”

“嗯，好的。”朝仓站在他身边照了张相，但照完相后，却迟迟不肯离去。工作人员上来要拉她离开，被查尔斯用手势阻止了。

“朝仓小姐，我还能帮你做什么？”查尔斯问。

“对不起，查尔斯先生……”朝仓深深地向他鞠了一躬，红着脸说，“我想做一件事，请你帮个忙，可以吗？”

“只要不违法，乐意从命。”

朝仓又手足无措了好一会儿，才抬起头，勇敢地直视着查尔

斯的眼睛，张口说：“私……私は直人君のことを大好きよ！”

查尔斯不明白她在说什么，但另一个意识却忽然明白了，他知道了为什么朝仓会千辛万苦出现在这里，并非为了查尔斯，而只是为了对他说一句话……

“我……我非常喜欢直人君呢。”

但查尔斯还没有反应过来，朝仓已经迈上前两步，勾住了查尔斯的脖颈，踮起脚，吻了他的嘴唇。直人感到，她的嘴唇轻薄，绵软而湿润，带着夏日的芬芳和少女的气息。

“直人，”朝仓哀婉地在查尔斯耳边说，“我就在你身边，可你非要通过千里之外的查尔斯，才能感到我的存在吗？”

保安随即冲上来要把朝仓拉开，但查尔斯大概明白发生了什么，让他们不要动手，对朝仓说：“小姐，相信你心爱的人会明白你的心意的。”

然后，他轻轻地对他根本不认识的直人说：“幸运的家伙，不要错过身边的幸福哦。”

……

不知什么时候，直人退出了脑际连接，望着房间的天花板，觉得泪水充满了眼眶，又从眼角流下。

收看查尔斯的直播许多年，他和无数美丽的女性有过令人艳羡的浪漫和风流，但他在心底知道，那些和他无关，只是查尔斯的魅力所致。但他宁愿让自己忘记这一点，让自己沉浸在查尔斯的幸福生活里。

但今天，在最后的这场直播中，在他融入查尔斯的三年中第一次也是最后一次，一切颠倒过来了：那句话，那个吻，是为了他，宅见直人，而不是查尔斯。

他不是查尔斯，也永远不会是查尔斯。但他仍然可以做他自己，拥有自己渺小却并非卑微的幸福。有些甚至是查尔斯也无法企及的。

直人坐起身，还觉得头脑昏沉沉的，又是自我麻醉的一天。但以后不会了，如今查尔斯的直播已经结束，即使他从冥王星回来，可能也不会再开启。而直人会去寻找新的生活，寻找属于自己的幸福。

直人下定决心，拨打了一个电话，在响了好几声后，终于被那边接起："莫西莫西，我是朝仓。"声音中带着几分紧张和期待。

直人还没有说话，蓦然间耳边响起了引擎声和欢呼声，直人望向打开的电脑荧屏，看到发射场上，几十艘飞船拔地而起，射向天外，在空中留下一条条长长的尾迹，如同远去的雁群。查尔斯已经毅然踏上了苍茫太空的漫漫征途，而这一次，直人无法也不想再依附在他的灵魂上，他有更重要的事要做了。

直人深深地吸了一口气，听到自己颤抖的声音说："小南，我喜欢你，请与我交往吧。"

再见了，查尔斯。

尾　声

一年后。

一艘天蓝色的飞船收拢光帆，打开登陆引擎，缓缓落向一颗黑沉沉的，几乎完全浸入黑暗的星球。飞行平稳，层层下降，看上去一切正常——这也意味着第一个人类即将踏上冥王星的表面。

但当距离星球表面还有大约两公里时，飞船不仅没有降低速度，反而忽然怪异地猛然加速，旋转着向冥王星表面的厚厚冰层撞去。十几秒钟后，一朵微弱的火花绽放在冥王星表面，如同黑夜中一闪即逝的火柴，然后就是长久的沉寂。

这是中国的冥王星探测器“马面”拍摄到的图像，大约五个小时后，图像被传送到地球，也传来了太阳系尽头的噩耗。此后四十个小时内，任何联络的尝试都归于失败。两天后，另一名比赛选手乔治·斯蒂尔在冥王星成功着陆，发现了面目全非的飞船和被烧成焦炭的查尔斯·曼的尸体。

消息传回地球，唏嘘一片。查尔斯的死众说纷纭，主流的观点认为是技术故障，查尔斯的飞船是自己改装的，各方面都存在缺陷，出问题并不奇怪。但是问题在哪里专家们又各执一词，有人说是电脑程序的错误，有人说是引擎本身的故障，还有人说是飞船控制面板的按钮分布过于密集，让查尔斯忙中出错。

也有人认为，查尔斯是自杀的，他们从查尔斯在地球上最后一段时间的若干古怪言行中找出证据，试图证明他已经厌倦了生活，想要离开这个世界。而撞击冥王星而死就是这位天才精心安排的行为艺术。这也能解释，为什么上个月开新闻发布会的时候，他如此神色古怪。

另外还有一些人主张，查尔斯是被害死的，这个说法最骇人听闻，也最奇怪。害死他的主谋从竞争者斯蒂尔、前情人仓井雅到代卡洛斯飞船集团以及贝尔实验室等，可以列一个长长的名单。一个有力的佐证是，查尔斯的女友细川穗美在查尔斯死后第三天，就因为所驾驶的飞车和另一辆飞车对撞而在东京上空爆炸，这个过分的巧合似乎可以被视为阴谋，不过更合理的解释显然是细川伤心过度，神志恍惚所致。

网上也出现了各种各样的流言和稀奇古怪的所谓“证据”，大部分经不起推敲，但也有一些看上去有点儿分量的，有一段录音似乎是查尔斯和古德斯坦的吵架，另一段视频似乎是查尔斯和某个名人老婆的偷情，还有他的父亲说他挥霍无度导致没有钱的通话……但这些伪造起来并不难，而且也无法证明和查尔斯的死有任何关系。至于有人说查尔斯是因为发现了脑桥芯片公司控制人类的阴谋而被灭口，就更是笑话奇谈了，没人会认真相信。

但无论如何，查尔斯死了。死了，再也不能复活。一个死人，无论是多么名声显赫的死人，被遗忘的速度总是很快的。查尔斯的事被热炒了一两个月，人们为他举办了各种缅怀和纪念仪式。不过很快就出现了几名炙手可热的新星，也都开通了感官直播，有天才神童、国民美少女，也有草根人士，人们很快又被吸引到新的、更丰富的娱乐生活中去。

但有许多人却仍然无所适从，他们难以理解查尔斯的死去。

“我……我就是想不通，”宅见直人喃喃地说，给自己斟了一杯啤酒，“查尔斯怎么会死呢？三年来，我熟悉他的一举一动，我有他的几乎每一个记忆，既然我活着，他怎么会死？”

“你是你，查尔斯是查尔斯。”朝仓冷冷地说，对直人她已经越来越没有耐心了。

直人摇头：“你不明白，你根本不明白。那种感觉……我还可以清楚地记着查尔斯的一切，他在天上如何风驰电掣，在海底如何在珊瑚丛中潜水，在读者见面会如何发言，在酒会上如何觥筹交错，在非洲如何赈济灾民……对我来说，就好像是昨天的事一样。我看到地球在我脚下，我听到奥地利维也纳金色大厅的音乐，我闻到富士山下樱花的香味，我还……”不知不觉中，他已经从第三人称换成了第一人称。

“你还记得和仓井雅、宝拉和玛丽安娜如何浪漫缠绵吧？”朝仓冷冷地接道。

“当然，”直人憧憬地说，没有注意到女友表情的变化，“那些经历真是永世难忘啊，可惜没有和细川穗美在一起的记忆——”

“宅见直人，你这个浑球！”朝仓终于忍不住痛骂了出来，“你这辈子除了幻想自己是查尔斯之外，还会干什么？”

“小南，你又怎么了？”直人有点儿摸不着头脑。

“查尔斯死了都快半年了吧？你几乎每天都在絮絮叨叨那些和你没有任何关系的往事，怀念那些根本不知道你是谁的女人，跟你说你也不听，我简直要疯了！这日子没法过了！”

“你不懂，我参与了这一切，这些和发生在我身上没有任何区别，我知道自己不是查尔斯，但是它们也是我经历的一部分！”

“哼，”朝仓讥讽地笑了，“你的经历就是日复一日地躺在房间里收看直播。本质上，你和那些看了电视然后想象自己是男主角的白痴没什么两样。”

“住口！”直人不由得怒火中烧，“每次你都这么说，可是你从来没有收看过感官直播的经历，有什么资格下判断？再说你是我的什么人？有什么权利告诉我我该干什么不该干什么？”

“我是你的什么人？”朝仓的眼睛也在愤怒中闪闪发亮，“你说对了，我不是你的什么人。既然你这么说了，我们还是分手吧。”

“分手就分手，当初我就不该接受你！”直人恶狠狠地说。

朝仓没有再和他争吵，沉默地收拾起了自己的衣服和物品。直人在一旁看着，开始有些悔意，却又不好开口。直到朝仓背着提着几个大包站在了玄关口，他才着急起来：“你这是干什么？大半夜的？有什么事明天——”

“直人，”朝仓的语气平静得令他害怕，“我曾经以为自己可以改变你，但是我错了。也许你是对的，你就是查尔斯，你会永远活在关于查尔斯的记忆里。但是对不起，这不是我想要过的生活。”

“我……我不是……”直人不知说什么好，眼睁睁地看着朝仓打开门，离去，脚步声越来越远，最终消失。

直人犹豫了一会儿后，呼叫了朝仓，但是朝仓已经关机了，只有连续而短促的忙音。

“去你的。”直人喃喃地骂了几句，坐回到椅子上，继续自斟自饮起来。

为什么生活总是这样？他永远无法和人好好相处，不管他如何尝试，都是除了失败还是失败。在这个现实的世界上，连空气都令人窒息。如果，如果他还能回到查尔斯身上，再过一次那种意气风发的人生，那该多好啊……

直人一边想，一边在电脑上漫不经心地点击着，进了一个讨论感官直播的论坛，顶上的一行大字顿时吸引了他的注意：

CHARLES MANN REVIVED！！！

“查尔斯·曼复活了！！！”

什么意思?

直人点进去一看，发现是时代传媒公司的广告，网页上面用英文写道：

“……为缅怀已故的查尔斯·曼先生，本公司从他的继承人那里购买了以往全部直播内容的备份数据，以飨观众。直播内容的总长度达八万五千四百三十九个小时，跨度为整整十年。您可以选择收看其中任何一个片段，也可以从头到尾浏览，以便深入了解曼先生的生平和事迹……”

直人的心狂跳起来，十年中所有的数据！也就是整整十年的直播人生！作为收看者，那些中微子波转换成的视觉和听觉会随即消失，也有技术手段防止私下拷贝，但是显然在相关机构内部会有备份，进行“重播”是可能的。对直人来说，他只是最后三年才开始收看查尔斯的，之前的七年都付之阙如，但如今他可以从一开始就收看重播。这样的话，也就是说——直人倒抽一口冷气：他将拥有整整十年查尔斯的人生，他将再一次和查尔斯融为一体，去面对未来（实际上是过去）的精彩人生。而这次，至少十年里不会再担心被单方面中断直播了，他可以放心地将自己融入查尔斯的意识深处。

直人兴奋地扫了一眼下面的条件，这回不再是免费的了，不过也不贵。每小时收费一百日元，如果购买一天以上会降为五十日元，如果全部购买每小时更是只有二十日元，自己完全可以负担。

他迅速用网上银行付了账，全部购买要将近一百六十万日元，他暂时没有那么多钱，只能先花二十多万购买了头一年的数据，以后的再慢慢付吧。

直人躺回到榻榻米上，打开中微子转换器，电脑语音告诉他正在进行连接，准备接收数据，大约一分钟后可以开始直播，不，重播。

正当直人焦急地等待时，耳机中响起了提示音乐，告诉他收到了朝仓的一条声音短信。这回直人直接关机，根本懒得看一眼。或许朝仓又回心转意了，但那又如何？只要能再度成为查尔斯，我不会再需要这个女人……

中微子波束源源不断地传来，转化为电磁波和脑波，重播开始了：

重力感同步：我平躺在什么地方。触觉同步：好像在一张床上，软软的很舒服。嗅觉同步：仿佛有药水的味道，但并不刺鼻。听觉同步：一个女人的声音在跟我说话，而且越来越清楚了。视觉同步：一个朦朦胧胧的人影出现在我面前……

他仰望着天花板，看到自己未来的经纪人丽莎·古德斯坦对他俯下头来："你怎么样？"

"我没事……"他有些虚弱地说。

丽莎问："现在应该已经开始直播了，你还记得自己是谁吗？"

一丝自信的笑容出现在他苍白的脸上："那还用说？我是查尔斯，独一无二的查尔斯。"

金陵十二区 / 桂公梓

也许我们根本无法分辨擦肩而过的生命究竟是不是我们的同类。

一

我在一个收入不算丰厚的小公司上班，所以业余时间开着自己的标致 308 载客赚点儿小钱补贴家用。换句话说，我白天是一个苦逼的小公司白领，晚上是一个苦逼的黑车司机。

这天傍晚，我将车停在仙林中心地铁站口等客。这里地处郊区，公交不便，所以黑车的生意还算不错。一班地铁到站，一大拨人群从站口涌出，黑车司机们纷纷上前招揽生意。

我坐在车里没动。我从来不去主动拉客，因为不愿意忍受陌生人的漠视和白眼，可能是小时候读书读迂了，拉不下小知识分子那点儿可怜的面子。所以我比其他司机的收入要少一大截，老婆为此常常骂我没用，“连开个黑车都开不过别人”。正沉思间，突然副驾驶的车门被人拉开，一个戴着鸭舌帽的中年男子猫着腰跨进车来，随即把身子深深埋在座位里，对我说了声:“送我出城。”我还没来得及开价，他又补充了一句:“给你两百。”

我挂上挡，松开离合，一脚油门驶离了地铁站口。他关上副驾位置的窗玻璃，又回头往后挡风玻璃外望了几眼，重新把身体靠在座椅背上，看上去心事重重。我换到三挡，车速超过了四十迈，车门自动“咔嗒”一声锁死了。他似乎轻出了一口气，听了一会儿广播。调频 FM101.1 正在播放邓丽君的《南海姑娘》，他对我说："还是老歌好听。"听口音是北方人。

我目视前方，点了点头。我并不像其他出租车或黑车司机一样爱跟客人瞎侃，只不过半小时或四十分钟的路程，一份短得不能再短的服务合同关系，没必要了解彼此或者培养感情。他也不再说话，不一会儿响起了轻微的鼾声。

我驾车驶离仙林，开上玄武大道，连续穿过玄武湖隧道和新模范马路隧道，越过定淮门桥后左转，上了江东北路。还有几天南京青奥会就要开幕了，这条江东北路是通往奥体中心的主干道，经过一年多的围挡施工，上周刚刚开放通车。除了新挖出几条快速通道，加修了一道绿化带，与之前相比并没有太多的变化。长期施工在这条并不算焕然一新的道路上留下的痕迹十分明显，一些被渣土车压碎的路面还没有来得及修补平整，刚过第一个红绿灯路口，我的车就被碎石块猛地颠簸了一下。

他一下子惊醒，猛地直起身体，环顾四周。太阳还没有完全落山，在昏暗的夕照、工地的扬尘和车流的尾气中，这个城市看起来模糊而又陌生。在我们的左前方，新城市广场的霓虹灯刚刚亮起。他愣了几秒钟，然后突然冲我近乎疯狂地喊起来："这里是哪里？你要带我去哪里？"身体前倾，像是随时准备来抢我手中的方向盘。

我被吓了一跳，赶紧扶稳方向盘，转脸对他说："江东北路啊！"

他满脸惊恐和慌张，声音颤抖着说："我，我要出城，我告诉你我要出城的啊！"

我说："是啊，这不正在带你出城吗？前面过去几条街右拐就是长江隧道。"

他愤怒地咆哮起来："为什么要走隧道？为什么不走长江大桥？谁让你走隧道了？自作聪明！"

我努力让自己保持风度，语调平和地告诉他："今天是周末，现在又是晚高峰，大桥堵得死死的，没个把小时出不了城。隧道车少，二十分钟就出城了，你放心，过隧道的钱不要你出。"

他不说话了。我长出一口气，尽量把车开得平稳，心想这人看起来有点儿神经质，我最好保持沉默，不要再招惹他，赶紧过了隧道，收钱走人。他不会赖账吧？万一真是个精神病，到时候撒起泼来不给钱怎么办？想到这里我就扭头望了他一眼，结果发现他正死死地盯着我看，细小的眼睛里精光大盛，紧抿的双唇线条坚毅，那一刻他看上去就像一个训练有素的侦察兵。

我被看得心里发毛，刚想说点儿什么打破僵局，他突然放开嗓门，对我大吼了一声："撒拉嘿哟！！！"

我心里"咯噔"一下，要糟，今天这车钱要不要得到暂且另说，搞不好还得失节。我想到一个在省妇幼医院工作的医生朋友跟我说过，对待精神病人一定要耐心，不能刺激他们，否则他们肯定会变本加厉，必须得顺着他们的意思来，有求必应，循循善诱，才能把他们稳住。他在妇保科工作，号称"妇科圣手"，至于他怎么会对精神病领域有所涉猎以及研究成果是否靠谱等问题我已经无暇思索，此刻情况紧急，只能死马当作活马医了。

于是我挤出一个微笑，用哄小朋友的语气安抚他："好的啊，我也撒拉嘿哟！"

他听了我的话，嘿嘿一笑，眼中精光退去，重新坐回到副驾驶座椅里，口中喃喃地说："看来，你不是他们的人。"

我心呼万幸，"妇科圣手"对精神病人的研究成果颇具操作意义。

他扭头看了看我，又接连嘿嘿嘿嘿地干笑了几声，像是企图缓解刚才的尴尬气氛。他问我："你知道刚才在地铁站我为什么要坐你的车吗？"

我摇摇头。这时候话说得越少越好。

他似乎也不准备等我回答，继续说道："因为你的车是红色的。"他停顿了一下，"红色的，你知道吗？他们都是色盲，红绿色盲。"见我没吱声，他又补充道："他们只会开黑色和白色的车，所以红色意味着安全。"

我打定了主意不理他，自顾自地开车，根本不准备问他口中所说的"他们"究竟是指谁。看来他的病是妄想型的，他反复念叨的"他们"也许根本没有任何意义。

见我不感兴趣，他知趣地闭上了嘴，有点儿悻悻地左顾右盼了一会儿，问道："兄弟，有烟吗？"

我从储物格里拿出一包拆开的金南京递给他。他抽出一支，按下点烟器，然后问我："来一支？"

我说："我不会，车里备着烟就是给客人抽的。"

他连连说："哦，服务周到，服务周到！"点烟器"当"地弹起，他点着了烟，深吸一口，问我："还有多远到隧道？"

我说："前面过去五个路口，就是应天大街，左转走个三四公里就进隧道了。"他点点头，叼着烟，陷入了沉默。

天色渐渐黑了下来，我打开车灯。已经过了清凉门，车流开始拥堵起来，不知道是不是前面出了什么事故。他抽完了一支烟，取下鸭舌帽，故作轻松地跟我说道："刚才不好意思啊，兄弟，我有点儿紧张过度了。"

我赶紧说："没事没事，理解理解，现在大家工作生活压力都大。"我心想他这会儿看起来恢复正常了，也许是间歇性精神问题，法律上叫"限制行为能力人"。

他说："我紧张是因为你走的这条路我太熟啦。虽然几年没来了，这里也修过变了样子，但我还是一下子就认出来了……这条路一直走下去，就是奥体中心啊！"

我说："对啊，再过几天这里就会非常热闹的。"

他冷笑一声："哼，愚蠢的人类，死到临头还不自知！"

我的心一沉，完了，又犯病了。

他又点上一支烟，窝在座椅里一口接一口地猛吸，烟头忽明忽暗，照亮了他的脸庞。前面的道路已经堵死，车完全开不动了，我拉上手刹，第一次仔细端详了一下他。三十五岁上下，中等身材，略胖，眼睛细长，鼻梁高耸，嘴唇厚实，总体说来其貌不扬，属于走在大街上很容易淹没在人群里的那种人。此时他目视前方，脑子里显然在思索着什么，眼中那种与外表不符的凌厉光芒再次慢慢堆积。"兄弟，你这人不错。"他一边说，一边狠狠地吸了最后一口烟蒂，像是在下一个重大的决心。

他开口对我说："你知道南京一共有几个区吗？"

"十一个。"我连想都没想就回答了他的问题。对于在南京朝夕生活了几十年的人来说，这个问题再简单不过了。

他轻轻摇了摇头，像是在耐心对待一个做错了数学题的小学生。“十二个。”他伸出右手的食指和中指，“一共有十二个区。”

我心想，这一定又是一名恋旧的白下区复辟主义分子，或者是顽固的下关区遗老遗少的一分子。

他看出了我的不屑，并不以为意。他问我：“听说过美国的五十一区吗？”

我说：“当然听过，好莱坞电影里经常演，阴谋论者们坚持认为那里有外星人，其实那只不过是一个位于内华达州的空军基地而已。”

他点点头，目光平静地看着我，用先知宣读《启示录》一般的语调缓缓地说：“美国政府 1944 年建立了五十一区，直到 2013 年才被迫承认它的存在。五十一区的秘密，在美国被隐瞒了将近七十年。而南京第十二区的秘密，还会被隐瞒多久？”

我愣了一下，问他：“你的意思是……南京有个秘密的空军基地？”

他又缓缓摇了摇头，说：“不，我的意思是，南京有个秘密的外星生命基地。”

我不可置信地看着他。他上身穿着短袖格子衬衣，下身是卡其色西裤，脚上一双沾满泥点的皮鞋，系了一条有金属皮带头的黑皮带，并且把衬衣下摆掖进了裤子里。——无论怎么看，他都不像是个穿破洞牛仔裤配大号涂鸦 T 恤的狂热外星粉或死宅科幻迷。

但话已经说到了这个份儿上，我也就完全无法抑制住自己的好奇心了，于是我问他：“那你说的这个……呃，外星生命基地，在哪儿？”

他微微一笑，抬起右手指向前挡玻璃，说：“就在前方。”

我顺着他手指的方向看去。天已经黑透，拥堵的车流挤满了这条宽阔的江东北路，红色的尾灯连成一条蜿蜒盘踞的巨龙，一直延伸到几条街区之外的应天大街高架上。时间是晚上七点，马路两侧的商场和高档饭店灯火通明，过街天桥上行人如织，堵死的路上喇叭声鼎沸，这是一个二线中的一线城市傍晚司空见惯的喧闹场景。——无论如何，这都不像是一座已经被外星文明光临的城市。

他的口中吐出四个字：“奥体中心。”

二

“没错，奥体中心就是南京第十二区，一个藏有外星生命的秘密基地。这是一个极少数人才掌握的绝对机密。”他看了我一眼，仿佛是在判断我是否感兴趣。我赶紧表示我在听。虽然暂时还无法判断他究竟是个精神病、妄想狂，还是个看科幻片看坏了脑子的大龄宅男，但既然现在堵在路上无所事事，姑且听他掰扯一番倒也无妨。

尽管我不大相信外星人之类的故事，但对未知和不了解的事物保持包容的态度总是没错的。

“外星生命是在世纪之交被发现的，那时候整个河西几乎还是一片芦苇荡。”他主动伸手到储物格里，拿出那盒金南京，抽出一根点上，“当时是一个小电器公司拿了那片地，就是现在奥体的那一带。因为偏僻所以比较便宜嘛，准备盖物流仓库，挖地基的时候挖出了一架飞行器……”

“等等，”我打断他，“飞行器？你指的是飞碟吗？ UFO？”

“不完全是，”他吐出一口烟，说：“很难形容那到底是个什么东西，外形是飞行器，而且有可靠的证据证明它曾经飞行过，但是，它本身也孕育生命，就像一个大子宫。”

“有生命的飞行器？我知道了！”我想到了什么，“是来自塞伯坦星球的超机械生命体吗？”

他蔑视地瞟了我一眼：“你是不是好莱坞电影看多了？”

我被他的话给噎住了，这句话本来应该是我拿来说他的。

他接着说下去：“总之，有关部门在飞行器里发现了处于休眠状态、靠飞行器供给养分和维持体液循环的外星生命，于是将那一带划为禁区，秘密开展科学研究。那个小公司和有关部门签订了保密协议，并负责资助各项研究经费，作为筹码，政府重点扶持该公司发展，各项优惠政策向其倾斜，短短十来年，当年一个卖电器的小公司已经发展壮大成了一个集家电、电商、百货、地产于一体的庞大商业帝国。”

我脱口而出：“你说的是……”

“我什么都没说。”他显示出一种与其气质不符的谨慎，抬腕看了一眼手表，说：“你带手机了吗？”

我说：“带了啊。”

他说：“关机。如果你想继续听下去的话。”

我从裤兜里掏出手机，关掉。

他看着我的动作，说：“把电池抠出来。”

“啊？”我对他的颐指气使有点儿不满，“为什么？”

他把手腕上的表向我亮了一亮："我们的谈话已经快十分钟了，提及敏感词的频率也超过了信息筛选系统的自动忽略值。如果十二区的技侦部门业务没有懈怠的话，应该已经注意到并且快追踪到我们了。"

"可是我的手机已经关机了啊？"

"没用的，"他摇摇头，"只要电池还留在手机里，他们就可以监听到我们所说的每一句话。"

"可是……"我正犹豫着，他一把抓过我的手机，打开窗户丢了出去。

"哎喂！"我不满地叫起来："那是我新买的！"

"我是为了你好！"他嗓音低沉，"你是不会愿意被牵涉进来蹚浑水的。"

我有点儿生气，又不敢发作，毕竟面对的是一个举止不太正常的准疯子，而且目前情绪看起来不算稳定。于是我保持沉默不理他。

他扔了我的手机后明显心情愉悦，整个人都放松了下来："好了，现在没人会听到我们说话了。我们说到哪儿了？……嗯，划了禁区，其实那时候河西人烟稀少，划不划禁区没多大区别。政府调集军政科研人才成立了十二区指挥部，不隶属于任何部门，专门负责对外星生命体的挽救和研究，毕竟，这是中国境内发现的第一个外星文明痕迹。随着挖掘的深入，人们发现这架飞行器庞大得惊人，差不多有五六个足球场大小，深埋在地底三十多米的位置。从飞行器的倾斜度和损坏状况来看，应当是坠毁在这里的。"

我忍不住出言讽刺：“五六个足球场那么大的飞碟坠毁在南京城里，难道就没人看见吗？”

他不急不恼：“有人看见啊，还有图文记录呢。”

“谁看见了？我怎么没看见？也没听谁说过啊？”

他微微一笑：“那时候还没你呢。听说过吴友如吗？”

“呃，是吴君如她妹吗？”

“没文化！”他鄙视地说，然后给我普及起知识来，“吴友如是清代画家，曾在南京生活过。他在光绪十八年，也就是一百多年前的时候画过一幅画，叫作《赤焰腾空》，内容就是人群聚集在夫子庙朱雀桥头，仰望空中飞过的一架不明飞行物。画上配的文字里说，‘九月二十八日，晚间八点钟时，金陵城南，偶忽见火毬一团，自西向东，形如巨卵，色红而无光，飘荡半空，其行甚缓。’据十二区文史专家推测，这架坠落在河西的飞行器与吴友如在光绪十八年九月二十八日观测到的‘火毬’应该是同一飞行物，不知出于什么原因或故障，失去动力，低空掠过夫子庙一带，最终落在秦淮河以西、长江以东的芦苇丛里。”

说这番话的时候，他从一个神经兮兮的幻想狂突然变成了文质彬彬的老夫子，这让我十分不习惯。尤其是他摇头晃脑背诵那段古文时的样子，令我想起了初中时的语文老师。

他看出我并不是十分信服，于是开始循循善诱：“你想，南京这样一个二线城市，当年为什么要匆匆建设奥体这样一个大型体育场？那可是当年和之后很长一段时间里全中国最大的体育场，这和南京在全国城市中的地位根本不符。而且，这么大一个项目，只用了不到两年就完工了，为什么这么着急？”

我说:“不是因为要开十运会吗?”

“年轻人，你被表面现象迷惑了。”他用一种充满哲思的语调说:“仅仅为了一届国内赛事，有必要建设这么高规格的体育场馆吗?而且，你有没有想过，十运会和奥体，究竟哪个是因，哪个是果呢?”

我完全被他的云山雾罩搞迷惑了，“你的意思是……”

“我的意思是，为了十运会建设奥体完全是个幌子，其真实目的有两个。”他又点上一支烟，我心里默默数着，这孙子已经快抽了我半包烟了。“第一个目的很好理解，将奥体建在十二区，是为了掩盖外星飞行器，其实飞行器就在奥体的巨型地下室中；第二，为什么不建其他建筑物，例如商场、CBD、公园，而要建一座那么招眼的体育场呢?”

我摇摇头表示不知。

他吐出一个烟圈:“为了繁殖。”

三

车已经堵了十多分钟，很多司机等得不耐烦，纷纷下车跑到前方去查看情况。有一个司机骂骂咧咧地往回走，经过我的车，我打开车窗问他:“哥们儿，什么情况?”

他操着标准的南京口音告诉我:“前面汉中路十字路口听讲有几个傻瓜开车撞到一起了，交警还没过来，现在一点儿都动不了了。”

我关上车窗，转脸继续问他:“繁殖?什么意思?”

他听了司机的话，眉头紧锁，想了片刻，重新把鸭舌帽戴到了头上。他伸手拿起烟盒，顿了一下，抬头对我不好意思地笑了笑。

我说："抽吧，没事。"心里说，这么大的瘾自己身上怎么不装一包？

他点上烟，继续说下去："十二区指挥部在飞行器里发现了休眠的外星生命，并在其中一个外星人身上探测到了生命体征。经过多方努力挽救，这个外星生命存活了下来，并完成了初步复苏。"

"只救活了一个？"我忍不住插嘴道。

"是的，一共十二个密封休眠舱，大部分外星生命在飞行器坠落时由于撞击或舱体破裂，营养液泄漏早已死亡。但是，毕竟存活了一个，"他的语调开始有点儿激动起来，"而且，幸运的是，这存活的唯一一个，是雌性。"

"呃，然后呢？"

"经过专业医疗团队的会诊，她完全恢复了健康。然后具有划时代意义的时刻到来了，她和十二区指挥部的领导进行了交流。这可能是人类历史上第一次和外星文明进行真正意义上的交流——如果五十一区真的仅仅是一个空军基地的话。"

我提出了此刻最想知道的问题："十二区指挥部的领导是什么级别？"

"可能是副部吧，反正是中央直接下派的。"他不满地看了我一眼，"你的关注点很市侩啊！"

我说："没办法，听到领导两个字就想知道到底是多大的领导。

另外我不明白的是，外星人跟人类怎么交流？难道她会说中文？”

“他们是比地球人发展得更高级的生命形式，已经淘汰了语言，用脑电波交流。她想告诉人们什么，内容就会直接出现在受众的脑子里。你感受一下。”

“我感受不出……”我想了想，“有点儿像托梦吧？”

“随便你怎么想吧，”他说，“女外星人用脑电波自我介绍说她名叫珍妮……”

“喂，太扯了吧！”我忍不住叫起来，“一个外星人怎么会叫珍妮？”

“那你觉得她应该叫什么？”他挥挥手，“不要在意这些细节，叫什么不一样？有个名字说起来方便就行了。”

“好吧，珍妮她说什么了？”

“她首先介绍了自己的来历。”他又抽完了一支烟，把烟头摁灭在扶手边上的烟灰缸里，“她说他们来自遥远的星系，原先居住的那个星球自然条件非常恶劣，有三个太阳，在互相引力的拉扯下运动十分不规律。有一个或两个太阳的时候就还好，但一旦三个太阳同时出现就会引发大灭绝，如果一个太阳都没有就进入了冰冻期……”

“等一下，”我打断他，“这个情节我觉得好熟悉，你确定你不是《三体》看多了？”

他皱起眉头，喃喃自语：“这一点我也觉得很奇怪。刘慈欣知道得太多了，很多细节是十二区之外的人不可能掌握的，我怀疑他是十二区的叛逃者，或者，他根本就是第三代外星人……”他摇摇头，像是要把大刘从脑子里甩出去，“先不说他。珍妮他们赶上了好时代，在一个漫长的单个太阳起落的时期里发展出了高度文明，并在下一个末日来临前登上飞行器逃离了那个星系。但是在星际旅途中遭遇了小行星爆炸产生的太空碎片带，失去了绝大部分动力。机长做了个冒险的决定，用仅存的燃料进行了空间折叠。结果飞行失败，他们从翘曲空间中跌落，在宇宙中依靠惯性飘荡了不知多久，最终落在了地球上。”

我不住点头，示意他继续。

“珍妮表示了对地球的友好和对人类的感谢，接着就提出了繁殖的要求。”

“怎么繁殖？和谁繁殖？”我接连提问。

“当然是和人类。”

“和人类？”我瞪大了眼睛，“呃……生理构造允许吗？怎么运作呢？”

他瞟了我一眼，说：“你感兴趣的点怎么都这么三俗？你就不能问点儿高尚的问题吗？”

我说：“我就对这个感兴趣，你要是说不清楚我很难相信这故事是真实的。”

他叹了口气，说：“和交流方式一样，这个物种的交配方式也是令地球人难以理解的。珍妮的体型和地球人差不多，但腰间有一对触角，交配时直接插入配偶体内取精，对雄性个体伤害很大。由于他们的星球命运多舛，所以进化出了很强的繁殖后代的能力。但地球环境优越，人类的繁衍能力退化，男性精子质量普遍太低，只有极少数年轻而强健的男子精子质量符合要求，并且具备足够结实的身体来接受珍妮的插入。所以……”说到这里，他满含期待地看着我，“你明白了吗？”

我说：“所以什么啊，别卖关子，我不明白啊。”

他露出失望的表情，继续提示道：“我刚才已经告诉你了，十运会和奥体，哪个是因？哪个是果？为什么要建奥体？除了掩藏十二区的秘密，还有什么其他目的？”

脑海中一个念头闪过，我顿时浑身一个激灵，大惊道：“你的意思是……难道……”

他满意地点了点头，一副“孺子可教”的表情：“是的，南京为什么要在世纪之初申办十运会？就是为了在全国范围内挑选年轻强健、能够繁衍外星生命的精子啊！这项秘密任务当时被十二区命名为‘星火计划’。”

“不可能！”我大叫起来，“你这是对体育的亵渎！”

他对我的惊呼采取了漠视的态度，继续说道：“你知道，运动员在赛前都有一套完整的体检流程，十二区的检验团队就是根据体检结果选择‘星火计划’的参与者的。来自全国的近万名运动员，最后只有五个人通过了‘星火计划’的体检，加入到了十二区指挥部中。至于他们的比赛成绩，其实无关紧要，而且最好不要太出色，否则容易引人注意。”

“然后呢？”我问道，“这五个人被软禁起来了？每天像种马一样和外星人交配，然后生出一堆小外星人宝宝？”

他对我话里明显的讥讽并不以为意，说道：“没有你想象得那么悲惨。十二区指挥部开诚布公，向五名‘星火计划’候选人说明了所有的情况，并给了他们自由选择的权利：要么回到人类社会，做一个惊天秘密的保有者，继续过碌碌平庸的日常生活；要么加入‘星火计划’，成为人类历史上最伟大的献祭者，在彻底改变人类文明的同时牺牲掉自己原本拥有的生活。”

我心里琢磨着如果是我会做出怎样的选择。可能每个男人都会渴望一次伟大而壮烈的献身，让原本渺小无奇的生命绽放在历史和文明的荒原上，但与此同时，世俗的世界又是如此美好，让人屡屡想要挣脱却又欲罢不能。是牺牲小我成就整个地球的外交伟业，还是甘于平凡守护自己的小小幸福？我陷入了纠结……我想，这个艰难的抉择最终可能要取决于珍妮的长相。

他没有察觉到我的内心活动，继续说了下去：“有一名候选人选择退出，拿了一笔保密费，当然很可能要终生生活在监控之下了。另外四名候选人都加入了‘星火计划’，成了‘递火者’。一开始很不成功，前三人都无法承受珍妮狂暴的交配方式，因内脏破裂和失血过多白白地牺牲了。终于，在反复的观察、总结、模拟和磨合之后，第四号递火者站在了前人的肩膀上，让珍妮成功地受孕了。”

“等等，”我忽然意识到了什么，“你是什么人？为什么你会知道得这么清楚？”

他的嘴角向上微微扬起，露出一抹神秘的微笑。“年轻人，我早看出你悟性不错。”他把格子衬衣的下摆从腰带里抽出，高高掀起，露出一只发福的啤酒肚。我看见他的两侧腰眼上各有一块浑圆的疤痕，碗底大小，结痂脱落了大半，露出粉红色的新肉，泛着触目惊心的光泽。

他的声音回荡在昏暗狭小的车舱里：“没有错，我就是‘递火者四号’，曾经是十二区指挥部第一分局局长，现在是个逃犯。”

借助路灯投射的光芒，我看见他的脸上带着神圣而骄傲的微笑，就像被降罪后傲立在高加索山脉上的普罗米修斯。

四

“什么？你……”我叫嚷起来，面前这个貌不惊人的男子仿佛一下子伟岸起来。

“是的。”尽管他很努力想表现得平静一些，但我仍然看出他嘴角泛起不可抑制的得意之情。

我打量着他腰眼上的伤疤，仍然感觉这件事不可思议。伤疤是真实的，这一点无可置疑，但他的故事听上去还是太过虚幻。“呃，我怎么知道你这疤不是插导尿管留下的？”

他放下了衬衫，没好气地说：“你导尿用碗底粗的管子？是要放尿还是放血？”

我想说还有可能是卖肾留下的，但看他已经有点儿不高兴了就忍住没说，何况卖肾也没有左右一起卖一对儿的。我转而问他：“那你也是从一万名运动员里被选出来的喽？”

“是啊，我当年是跑马拉松的。你去查十运会山东代表队的名单，还能找到我的名字。对了，我叫周成。”他注意到我正在盯着他的啤酒肚，有点儿羞赧地笑了笑：“不好意思，这两年的逃亡生涯让我荒废了。”

车流开始移动起来。我放下手刹，重新启动了车子，跟随着前车缓慢地前行。我握着方向盘，心里涌起无数个问题。我问他：“你刚才说，你曾经是十二区的什么局长？”

“是的，”周成说，“由于在‘星火计划’中做出了杰出贡献，2006年我被任命为十二区指挥部第一分局局长，负责外星幼儿的培养、教育和管理。”

“那不是挺好的？中层领导了啊……”我盘算着，“你们部长是副部级，那你的级别至少还不得是正处？”

“副厅，”他点燃了烟盒里的最后一根烟，“第一分局因为其特殊的重要性，比其他分局要高半级。逃亡前，我正在被组织考察，准备进入十二区党组。”

“哇，厅级干部啊！”我不禁扭头望了他一眼，“那你为什么要逃亡？难道你们部长打了你一耳光？”

他不理会我的戏谑，严肃地说：“因为我反对十二区实施的‘燎原计划’，他们对我下手是迟早的事。让我进党组，其实就是为了把我调离第一分局，架空我的权力，让我成为一个无足轻重的玩偶。”

“燎原计划？”我问他，“那是什么？听起来跟‘星火计划’是一脉相承的嘛。”

“不，比那可怕得多。”周成被烟雾缭绕的脸上表情阴沉，“如果说‘星火计划’是为了拯救，那么‘燎原计划’就是为了毁灭……毁灭地球上的人类文明。”

我吃了一惊：“怎么会？”

“他们的繁殖能力太强大了。”他低垂着头，缓缓地说道，“珍妮受孕后三个月就分娩了，她生下了……两万六千九百七十二个孩子。”

我脑海中立即出现了一幅密密麻麻的工蚁围绕着大肚子蚁后

蠕动的骇人场景。

“你吃过鱼子吧？他们是卵生动物，就像鱼类产卵一样。”他继续说，“而且，他们的成长周期极短，一周孵化，三年就可以发育成熟，然后再接着繁衍下一代。所以，到我逃离十二区之前，第三代外星人已经接近成熟了。”

我一边开车一边计算着：“呃，两万多个孩子，如果一半是雌性就有一万五千个，每个再生出两万多的话……”我吓了一跳，“三千万！”

“是三亿。你的数学是体育老师教的吧？”他再次鄙视地说，“理论上是这样的，不过实际上没那么多。不知是因为无法适应地球的生态环境，还是人类精子不完全符合外星生命的发育需要，总之珍妮生出的雄性后代都不具备生育能力。而我一个人精力有限，只对四名第二代雌性外星人实施了递火，生下了大约十万个第三代外星人。”

“等一下！”我觉得有点儿不对劲，“你是说，你生了两万多个外星孩子，然后和其中四名外星女儿又生了十万多个外星外孙？”

他皱了皱眉：“在两个宇宙文明碰撞和交融的伟大时刻，我看就不要过于纠结于人类传统的伦理问题了吧！”

我说：“好吧，尽管我一想到这事还是不太舒服。”我望了一眼周成——这个两万多外星人的父亲和十万多外星人的父亲兼外公，问道：“你这十几万的儿女和外孙儿女，如今都藏在奥体中心里？”

他摇摇头，“不，他们就混迹在我们之中。”

“在南京城里？怎么会？不会被发现吗？”

“他们伪装得几乎跟我们一模一样。”周成说，“恶劣的生存条件除了使他们进化出超强的繁殖能力，还赋予了他们超强的适应能力。如果需要，他们甚至可以修改自身的染色体。从第二代开始，他们隐藏了差不多所有的外星特征，而呈显性的全都是人类的外形特征。从三岁进入成熟期后，他们就可以随心所欲地伪装成十几岁到几十岁的人类。——也许他们就生活在你的身边，是你的邻居、同事、健身教练、相熟的餐馆服务生，或者孩子的幼儿园老师，而你根本察觉不到任何异样。……嗯，除了一点。”

我赶紧问：“哪一点？”

“他们无法隐藏自己的缺陷，”周成说，“他们的视觉系统和人类不同，缺少感知色彩的视锥细胞，也就是说，他们都是色盲。在他们的世界里只有黑白，没有其他的色彩。”

我忍不住插嘴道：“那不是和狗狗一样？”

“对的，和狗狗一样，”周成先是附和了一句，接着可能是对于我拿狗狗和他的后代们做类比感到不悦，不满地望了我一眼，“所以，你在大街上看到的那些无视红绿灯横穿马路的人，很可能就是外星异种……除了这一点，他们和地球人基本无异。”

周成的话让我想到了《黑衣人》。在这样一座充满陌生人的城市里，也许我们根本无法分辨擦肩而过的生命究竟是不是我们的同类。我想到刚上江东北路时他的异常表现，于是问他：“你之前说我不是‘他们’的成员，指的就是外星人？”

“是啊，”他笑笑，说：“这一带对我来说太危险了，当时我看你把我往奥体方向带，还以为你是十二区的人。”

“那你为什么要对我喊‘撒拉嘿哟’？”

“哦，这是我们从珍妮那里学会的为数不多的外星语言，意思和‘孽畜，现出原形来！’差不多。一般来说外星人听到后都会神情有异。我看了你的反应就知道你不是他们的人了。”

我心想学会了这一句，以后看韩剧的时候可就别有一番风味了。“我大概懂了，‘燎原计划’应该就是要繁衍更多的外星人吧？从星火到燎原，差不多就是这个意思嘛。”

“不，你根本不懂。”他摆了摆头，“珍妮的计划远远不只是繁衍，她要的是统治。——统治整个人类，统治整个地球。”

“怎么统治？十二区指挥部的国家工作人员不会阻止她吗？”

“他们已经被洗脑了，这也是我逃离十二区的原因之一。”周成无力地摇摇头，“之前跟你说过，他们是用脑电波与人交流的，人类在这种对话方式中完全处于被动和劣势地位，根本无法抵抗珍妮强制输入的各种意识。现在十二区的人完全被珍妮操控了，如果不是及时逃出来，我可能也已经成了他们的工具。”

我目瞪口呆，想起去年还去奥体看过江苏舜天队的亚冠比赛，那些笑容可掬的售票员和热情洋溢的保安脸上一点儿也看不出异样来，我无论如何也想象不出他们是被外星生命操控着的人类。周成不知什么时候把空烟盒在手中攥成了一团，此时一边说话一边用手指搓捻那团金色的硬纸：“而且，他们洗脑的对象远远不止十二区的工作人员，而是全人类。就从南京开始。”

“怎么洗？”我想如果有人对我进行意念的强制灌输，我至少应当有所知觉，“是通过教材吗？”

“哼，比教材厉害得多。”周成冷笑一声，“他们的洗脑，是从最基础的东西开始，慢慢瓦解整个人类社会的上层建筑。”

“呃，这么说，”我猜测着，“是从经济开始吗？”

“你看，你这就是被洗脑的典型。”周成揉着那团烟盒说，“说得直接点儿，你认为我们中华民族绵延数千年，靠的是什么？”

“人多？”

“错！是文化！”周成把那团烟盒摁进烟灰缸，“人类之所以成为人类，是因为文化！人类社会之所以坚不可摧，也是因为文化！所以，他们就是要从这里入手，摧毁我们所拥有的文化，最终毁灭我们所拥有的人类文明。”

“文化这玩意儿很抽象的，”我问，“他们具体要怎么做呢？”

“他们可以扮演成人类社会中的说谎者、无知者和冷血者，成百上千倍地放大人性中的无耻和卑劣，并把它们呈现在全世界面前。他们动摇着人们对善良、信任、同情和亲情的信仰，改变了社会尊老爱幼和互相尊重的美好风气。这些外星潜伏者，每天都以为非作歹为己任，以种种悖逆人性的行为层层瓦解人类社会千百年来积累的传统美德、社会秩序、公序良俗，一点点松动着原本牢不可破的人类社会的文化链条。”

周成的声音冷冷的，听得我不寒而栗。“那……结果会怎样？”

“按照他们的繁衍速度，在第五代或第六代——也就是六到九年以后，他们的数量就会超过地球的原住民。那时候，人类社会已经由于文化的倒退而土崩瓦解，无法团结起来组成有效的抵抗力量。他们可以不费吹灰之力地灭绝地球人，然后独自享有这颗环境宜人的星球。”

我感到后背上被冷汗浸湿了一片，脑海中出现《星河战队》的场景：几个端机枪的地球大兵对着如潮水一般涌来的外星虫族疯狂扫射，最终寡不敌众，被一只触角戳穿身体，然后淹没在昆虫群中。

“所以，我逃离了十二区，和其他逃亡者及知情人士一起，建立了抵抗组织。我今天之所以告诉你这些，正是觉得你的资质不错，黑出租的职业也符合我们秘密接头和随时迁移的需要，”他将上身向我靠了过来，压低了嗓音，“加入我们的组织 D.O.T.A，为人类而战吧！”

“刀塔？”我来了兴趣，“为什么不叫撸啊撸？”

“幸亏我们对文化程度的要求不高，否则你一定不够资格。”周成再一次对我表示了鄙视，“Defensive Organization To Aliens，外星抵抗组织。我们的成员已经有上百人，遍布镇江、扬州、淮安、马鞍山和滁州。我今天就是从扬州分舵开会回来，要连夜赶去滁州分舵，明天上午在那里有个讲座。”

我无法答应他，因为我还无法完全确信这个离奇故事的真实性。我忽然想到一个问题，于是赶紧转移话题问他：“对了，你刚才说他们要继续繁殖，可是，你已经逃出十二区了啊？他们还怎么繁殖？”

周成冷笑着说：“确实，我的逃亡对他们造成了一时的困难，不过，这个困难很快就会得到解决。”

我问道：“怎么解决？”

周成把脑袋靠在头枕上，长出了一口气，说：“我已经老了，而且独臂难支。即使我不逃，他们也需要更多、更年轻和更国际化的精子。他们不仅需要中国人的染色体，也需要全世界的，才可以进行全球范围内的伪装和潜伏。”他目视前方，口念箴言：“牢笼已经打开，猎物整装而来，这条路宽阔而平坦，死亡的盛会正装扮得五彩斑斓……”

我犹如掉进了冰窖，彻骨的寒意从脚底一直蔓延到头顶。

五

我们随着车流缓缓开到了汉中路口，看到了马路中央几辆撞在一起已经严重变形的车。交警还没有到，几个司机正吵作一团。其中一个男子明显处于劣势地位，其他人一直在对他破口大骂，一个女子站在路边，不停对来往的行人控诉：“就是他！要不是他闯红灯，根本不会出这个事故！”我开着车绕过事故现场，那个落了下风的男子被人推搡了几把，一个趔趄后退了两三步，差点儿撞上我的车头。他站住后抬起头，朝我们看了一眼。

“快走。”周成把身体往座位里缩了缩，“这里不安全。”

过了事故路段后，道路通畅起来。我把车速提了上去，很快就开过了云锦路和集庆门。我右转上了辅道，问他：“为什么不安全？这里离奥体还很远呢！”

周成幽幽地说：“何止是这里不安全？整个南京，都不安全。”

“为什么？”

他没有直接回答，反而问我：“你知道十二区有多大吗？”

“呃……”我极力在脑子里估算着，“奥体大概有个一千多亩吧？”

“远远不止。你所看到的，只是地面之上的奥体，不过是十二区的一个掩体而已，真正的十二区在地面之下，差不多蔓延到大半个南京城。”周成幽幽地说:“我们现在，就行驶在十二区之上。”

“什么?”我惊呼起来，“大半个南京!”

“而且，在外星技术的引领下，十二区被建成了一艘庞大的飞行器，或者说是战舰。”周成没有理会我的一惊一乍，“可以想见的是，如果未来需要用武力征服地球，整个十二区将成为外星战队的根据地，小型战机群的母舰。”

我连连摇头:“我不信，这么大的工程，怎么可能神不知鬼不觉地就完成了?”

周成笑了笑:“并非没有马脚，只是大部分人太过迟钝。我举个例子给你听，为什么要炸城西干道?”

“难道不是为了多搞工程多捞钱吗?”

周成摇摇头:“你把政府想得太没操守了。还有，奥体 2002 年就建成了，这么多年来为什么周边配套一直上不去?再比如，河西的房价为什么十年内连翻几番，居高不下?”

“你是说，这些都与十二区有关?”

“当然!”周成斩钉截铁地说，“这些举措都是为了让奥体与市民隔绝，让人买不起奥体周围的房子，就算买得起住起来也不方便。”

“哦……”我若有所思。

“还有，这些年一直传说南京全城有一千多个工地，你以为这些工地都在干什么?”

“挖地铁，盖房子?”

“你太天真了!”周成一挥手，“地铁不还是那几条线?每年能出几套新楼盘?全城的每一个工地为什么都遮挡得那么严实?你以为是为了防事故，防扬尘？哼哼，那是为了不让你们看见。他们表面上在进度缓慢地施工，实际上都在建设地下的十二区战舰！包括雨污分流，也是为了铺设战舰的运送和补给系统。战舰的弱电、燃料运送和补给系统就像人身上的毛细血管，需要大范围的精密布置，只有借助下水道系统施工最合适……”

我驱车转弯上了应天大街高架，很快进入了长江隧道。晚间隧道里的车辆很少，我开得飞快，三分钟后出口的灯光就出现在了前方。

“过了前面这个红绿灯，就是收费站，那里有到滁州的出租车。”我告诉周成，“很快的，走宁合高速半小时就到了。”

周成心情大好，再一次邀请我：“加入我们的组织吧，你会在人类史上留下浓墨重彩的一笔！”

我正在想该不该加入这个神秘的民间组织，突然四周警笛大作，十多辆警车从两侧聚拢，向我们包抄而上。

“怎么会这样？！”周成面如土色，大声叫道，“他们怎么会找到我们的？！”他像一只困兽一样在座位上扭动着身躯，忽然盯住我：“你是不是还带了什么可追踪设备？”

我不好意思地说：“我……我还带了一部手机。”

“你为什么不告诉我？！”他的脸被愤怒扭曲了，“你害死我了！”

我委屈地从裤兜里掏出手机：“因为抠不出电池，我怕又被你扔了……这只可是 iPhone 土豪金，一个多月的工资呢……”

“你这个贪利忘义的小人！人类的叛徒！地球文明的罪人！”他口不择言地指责我，然后指向前面的路口叫道：“给我冲过去！”

我看着信号灯上亮起的红灯，犹豫着要不要为了全人类牺牲掉六分和二百块钱。可是很快我就没有选择的机会了，一辆警车出现在我们的前方，把我的车逼停在了路口。

几十个穿制服的警察从四面八方围拢过来，把我们团团围住。

“我们跟他们拼了！”周成抄起车门储物格里的破窗锤，“反正落到他们手里横竖也是死路一条！”

我看了他一眼，打开车门，走下车，举起了双手。

“啊！你这个懦夫！”周成气极了，向我挥舞着破窗锤，“整个 D.O.T.A 的失败就因为你这个猪队友！”他跳下车想扑向我，刚迈出一步就被冲上来的警察摁在了引擎盖上，反剪双手卸了锤子，鸭舌帽也掉在了地上。

我看着他被警察的大手按得扭曲变形的脸，内心一阵歉疚：“对不起，我还有家庭……而且你自己也说了你是逃犯……”周成的脸贴着引擎盖，冲我龇牙咧嘴地笑起来：“嘿嘿，你还是不相信我说的话吧？以为我失心疯了吧？哈哈哈哈……也怪不得你，渺小的人类对于可以预见的灭亡都是采取徒劳的逃避态度的，就像鸵鸟一样可悲，可怜，可叹哪！哈哈哈哈！”

他像个赴死的壮士一样豪迈地大声怪笑起来。又有三个警察扑上来，动作粗野地按住他的肩膀、手肘、手腕、脖子等所有可以活动的关节，架着他往警车走去。他一边挣扎，一边大声喊叫：“你们不能这样对待我！我是十二区的功臣！我是第一分局的局长！副厅级！我为了十二区献过精！流过血！当年在迈皋桥七号动力反应堆事故里，是我护住了珍妮！爆炸的碎片至今还留在我的身体里呢！”一个警察给了他一耳光，他声音更高了：“你竟敢打我？你知不知道我是你的老子或者外公？你这是忤逆！撒拉嘿哟！！撒拉嘿哟！！！”

一个警察过来问我话：“他都跟你说了些什么？”

“哦，没什么。”我说，“我是开出租的，他说他要出城。”

“他有没有告诉你为什么要出城？”

“没有。我一般不跟客人聊天，只不过半小时的路程，没必要了解彼此或者培养感情。”

警察点点头，说：“管好自己的嘴是明智的。你可以走了。”

我看了眼周成，他正被几个警察塞进警车里。我问：“他犯了什么事？”

警察从鼻子里“哼”了一声，说：“你没必要知道。走吧。”

我抬头看了眼信号灯，对警察说：“现在还是红灯呢。”

他回过头，对着那盏明晃晃的绿灯望了几秒钟，然后转过脸来对我说：“哦，那你等会儿吧。”

他丢下这句话和遍体透凉的我，掉头走了。警车纷纷向来路的方向开回。周成坐在其中一辆警车的后座上，在两个粗壮警察的押解下冲我微微一笑。

几天后，我开车路过奥体中心，在西便门载了一个背包的观光客。开出一个路口后遇到了红灯，我停下车，靠在椅背上看向窗外。青奥会将在明天开幕，此时这里已经游人如织，不时有来自世界各个国家的代表队穿着统一的运动服行走在广场上。他们举着相机四处拍照，高声说笑，脸上洋溢着欢乐的笑容。奥体中心静静地卧在那里，浑身散发着金属的冷峻气息，像是一只蛰伏的怪兽。坐在后排的客人提醒我：“绿灯了。”

我赶紧挂挡，居然没有挂到位，车身猛烈地抖动了几下。我心惊胆战，感觉那分明是大地在震动。车子缓缓起步，广播里放着汪峰的《美丽世界的孤儿》。我的眼前一片空白，仿佛看见了不远的将来，大地开裂，城市崩塌，地底燃烧起熊熊火焰，整个奥体中心旋转着腾空飞起。

客人拍了拍我的肩膀，说道:“兄弟，玩过 DOTA 吗？”

我讲我爷爷的故事 / 阿　缺

原来她每天仰望着天空，心里想的是怎样逃离。

我来给你讲述我爷爷的故事。

本来，这个故事应该由我的奶奶来讲，她见证了我爷爷的大部分生命，她讲述的视角将更加真实和全面。但我奶奶压根儿不愿意提起我爷爷，只有在她弥留之际，神志昏沉时，才会在深夜里愤愤地骂着那个早已离开的男人。

这个故事便是从零碎的梦呓中整理得来的。

我的爷爷出生在拓荒纪元中最疯狂的年代。那时，人类舰队在宇宙的黑渊中行进，一千亿人沉睡着，只有当检测到宜居星球时，才会使一百万人苏醒，并将他们投放到那个星球上。这百万人负责这颗星球的改造，而剩下的人继续航行。人类的版图向四面八方扩张。

我爷爷所在的星球，叫芜星。讲到这里，你或许觉得能从名字猜出这颗星球的情况来，但你错了——事实上，芜星比你想象得更加荒凉，比你中年以后秃顶的头皮更加贫瘠。

我爷爷是芜星第九代居民，从小就不老实，十五岁时，他彻底厌倦了芜星一成不变的景色。当时对芜星的改造主要是依靠农业，我爷爷看着人们每天顶着两轮毒日，在田地里弯腰耕作，心里充满绝望。在他的理想里，他属于星辰大海，属于舒适悠闲的舰队，而不是污水横流、臭气熏天的改造田。

在理想和现实的极大反差下，我爷爷激发了他的潜力。那时，每天晚上，他都跟与他同龄的伙伴们描绘重归星舰后的美好景象。

“只要我们回到星舰，找一个冬眠机睡下，醒来的时候，说不定联盟已经停止拓荒了。那应该是几百或几千年后，我们就能享受现在的人种下来的果实了。亨利，我知道你想吃肉，那时候，嘿嘿，油腻腻的肥肉吃到你想吐！”

精瘦的少年亨利下意识地吞了吞口水。

“还有你，徐家声，不是一直想着女人吗？告诉你，到时候联盟资源富裕，你想要什么样的女人，都能给你造出来。”

徐家声发出了比亨利更大的咽唾沫声。

我爷爷在耗尽了想象力和口水之后，终于让伙伴们达成共识：不能生活在这个年代！一定要回到星舰，在冬眠机里让时光流淌而过，等艰苦卓绝的拓荒纪元结束，在平安享乐的繁华世纪里苏醒。

为了这个共识，他们想尽了办法：破坏耕种机器，故意打架闹事，夜晚大声唱歌影响别人休息……做这些捣蛋事的唯一目的是想让负责这一片改造队的赵队生气，将他们送回星舰反省。但事与愿违，赵队总是笑呵呵的，每次都是抓到他们当场就放了。

情急之下，我爷爷的领袖才能也体现了出来。他每天留心观察，发现隔一个月就有几艘飞船启航，在舰队与荒星之间运送物资。我爷爷打上了这艘飞船的主意。

“要是被发现了怎么办？这可是大事，联盟的法律这么严，我们肯定会受惩罚的。”徐家声得知我爷爷要抢飞船，脸都吓白了。

我爷爷却满不在乎地摆摆手，说:“我们都不是成年人，即使被抓到，赵队也不会真把我们怎么样。你放心，只要抢上了，我们就立刻去追星舰。”

于是，这群少年趁着两轮太阳都沉入天际的时候，悄悄来到了港口。十几艘飞船停在那儿，在夜色中如同一个个庞然巨怪。我爷爷选了其中看守最少的一艘，几个人一拥而上，将两个卫兵撂倒，然后进船把其他人制服。这个过程颇为成功，简直可以给后来横行在各星际航道中的海盗当作抢船劫货的典范——如果不是我爷爷骤然发现飞船上没有燃料的话。

我爷爷当机立断，把人质扣押了，给赵队打电话:“赵叔叔?”

赵队除了掌管这片区域的开发改造，也负责对未成年拓荒者的教育，因此很熟悉爷爷的声音。他在通信器的另一头漫不经心地说:“是小李啊，又怎么了?”

“是这样的，”我爷爷有些不好意思，“呃，赵叔叔，我抢了一艘船，扣押了七个人质。船上没有燃料，要不，麻烦您送点儿燃料过来，我把人质还给您?”

“你要飞船干什么?”

“我不想在芜星待了，我要回星舰。”

“好，我马上过来。”

当时港口已经聚集了很多宇航员，七手八脚地指着我爷爷一伙人。我爷爷见其他同伙都已经脸色发青了，低声骂道:“没出息的!等赵队拿来了燃料，我们就回星舰了，肉和女人……”

我爷爷还没有把美好景象勾勒出来，赵队就来了。他是一个人来的，没有带燃料，他脸上还是笑眯眯的表情。他说:“小李啊，别闹了，放下枪，把人质也放了，跟我回去。”

我爷爷心里知道没戏了，他当然不敢真的杀人质，但又不愿意功亏一篑。他跟赵队僵持着。赵队也不急，扳着指头给他算：“一方面，我是不可能给你燃料让你走的，要是每个人都像你们这样偷懒想拿现成的，联盟就垮了。另一方面，你没胆子杀人，也开不走飞船。你看，还是留下来吧。”

僵持了三个芜星时，我爷爷终于放弃了，一群少年垂头丧气地鱼贯而出。被扣押的船员咒骂着要打他们，赵队拦下了，笑嘻嘻地说：“算了，都是孩子，不懂事。”

“现在是孩子就敢拿枪劫船，等成年了，不知道要干出什么事情来！”一个船员脸都憋红了，嚷道。

“你说得也是。”赵队按按太阳穴，叹了口气，“那就给他们一点儿惩罚吧。”他叫住了我爷爷一伙人，手指在他们的脑袋上点来点去，“一二三四五六七，点到谁，就是谁。”

他的手指最后落在徐家声的头上。

“小徐啊，别怪我。”说完，赵队掏出刚刚没收的枪，顶在徐家声的后脑勺上，手指扣动扳机，“哗”，蓝色的激光穿透了徐家声的脑袋。激光带来的高温让徐家声的创口瞬间凝固，一丝血都没有流出来。他像是木头一样栽倒在港口冰冷的地面上。

“从现在开始，你们都给我老老实实的！”赵队脸上的笑容变得狰狞，咆哮着，“只要我发现你们再闹事，我就打死你们！敢动歪脑筋，我打死你们！敢走出营地，我打死你们！敢说一句偷懒的话，我打死你们！”

事实上，赵队后来说的话，我爷爷根本没有听见。徐家声的尸体就倒在我爷爷脚下，那双眼睛仍睁着，但没了生气，如同沉郁的沼泽。我爷爷被吓得浑身发抖，牙齿打战，股间有热流涌出。我爷爷所有的胆量和谋略都随着这泡尿流到体外，再也没有回去过。

在接下来的日子里，我爷爷胆战心惊地活着。他参加了改造队，每天都跟芜星的土壤打交道，勤勤恳恳地耕种。这个曾有着万丈雄心的少年，哪怕抬起头看看天空，都缺乏勇气。

当然，如果我爷爷在日后永远保持这个模样，那这个故事就平淡乏味，丧失了讲的意义。所以我跳过我爷爷兢兢业业耕作的那几年，直接说到改变他命运的那群猪。

到这里，我不得不解释一下，我说的“猪”，没有用任何文学修饰手法。那的确是一群来自地球的仔猪，基因经过改良，肉质鲜美，是星舰专门拨给改造队的。

而我爷爷的新任务，就是饲养那群猪。

最开始，我爷爷十分抵触被分派到猪圈。即使胆怯使他失去了雄心壮志，但对“猪倌”这个称呼的鄙夷，依然让他心不甘情不愿。在接受任命的时候，他蹲在角落里，一根接一根地抽烟，就是不接赵队长的茬。

赵队很快明白了我爷爷的意思，略微思索一下，便让其他人都回去，独我爷爷留了下来。赵队说:“你是不是以为我派你去养猪是在整你？”

对赵队长的畏惧还深深留在我爷爷的心里，但他当时硬是只吐出一口烟，头也不抬。

“告诉你，我这是把天大的好处让给了你。”赵队长凑近我爷爷的耳朵，小声说。

他神秘的音调成功勾起了我爷爷的兴趣。我爷爷望着他，说："啥好处？"

"你知道吗，联盟马上就会又派一批人来芜星。"

"这跟我有什么关系？"

"那批来的人，全都是姑娘——都是二十出头的小姑娘，据说出生前进行过基因矫正，个个长得娇俏貌美。"赵队长的声音又低又沉，像是在讲鬼故事一样，"你知道她们为什么来吗？是来扎根芜星的，就是说，她们要在这里找人嫁了，开枝散叶。新规定是这么说的，能吃苦耐劳，有业绩的，就可以优先选择。偷懒耍滑的，最后连屁都捞不着一个。"

我爷爷狠狠吸一口香烟，然后把烟蒂踱碎，吐出烟雾，站起来握住赵队长的手："谢谢您嘞！这群猪，我要是养不到个个三百斤就让我被猪吃了！"

可想而知，我爷爷对女人的兴趣有多么浓厚。

其实这也可以原谅。在漫长艰辛的劳作生涯中，我爷爷鲜少有机会接触女人。他对女人的了解，来自长辈们粗俗的玩笑和伙伴们偶尔弄来的珍贵影像资料。有一次，一个伙伴用五个月口粮换来了一部名字被涂掉了的全息电影，然后躲在宿舍里看。当时有十几个小伙子围在一起，直勾勾地看着光影变换。电影最开始，是索然无味的男女邂逅场面，接着谈情说爱，在旧时代的地球街道上约会，最后，这对男女走进了一个房间。所有人都隐约知道接下来要发生什么，纷纷屏气，宿舍里连一丝呼吸声都没有。在所有人的目光中，电影里女人身上的衣服一件件滑落，露出粉色内衣。但就在女人的手伸到背后要解开扣子时，那个换来电影的伙伴突然将电影关闭了。

“这毕竟是我用五个月口粮换来的，你们要看，就多少支援我一点儿，每个人给我一个月口粮，我就继续放。”那个伙伴伸出手，“不给的，就出去。”

我爷爷对粉色内衣里的物事感到无比好奇。为什么，为什么那种柔软的突起会令他口干舌燥、身体发热，而有着同样形状的馒头或山丘却不会？

但犹豫了很久，我爷爷最终还是走出了宿舍，原因很简单：他手头没有多余的一个月口粮。

只有四个人选择了留下。事后，我爷爷挨个问他们，但每个人都不肯说。他们像商量好了似的，只告诉我爷爷：“能看到内衣里面的东西，那一个月的口粮，真的特别值！”

我爷爷后悔不迭，开始了漫漫积攒口粮之路。但还没等他攒够一个月时，那部电影就被赵队搜了出来，当众销毁，并将看过电影的人一一揪出来。当时我爷爷在台下，看着被惩罚的伙伴们，心情十分复杂，似乎是庆幸又似乎是后悔。

但现在，我爷爷又有了奔头。

我爷爷一边辛苦地养猪，一边盼着那些姑娘早日来芜星。

这一天很快就来了。在一个晚霞密布的傍晚，一艘飞船缓缓降落在营地中央，灰尘四起中，舱门打开了，露出里面一张张好奇的脸。

都是漂亮姑娘们的脸。

营地一下子炸开了锅，没有人工作了，人们纷纷围过来，兴奋地打量着飞船上的人。他们群情激昂，他们唾沫横飞，他们口哨不绝，似乎是一群围住了羔羊的恶狼。

赵队过来维持秩序，姑娘们才敢走出飞船。落日余晖在她们脸上打出了诱人的金色，晚风则拂起她们的秀发，纤腰柳摆，容颜花娇，她们在恶狼的视线里行走，纷纷红了脸庞。

我爷爷来得晚，只能站在人群的后排，焦躁地在一排排后脑勺的空隙间寻觅。

“哎，让让！我看不到。”我爷爷发现他前面的人正是小伙伴亨利。

“让什么让？！”

“有好事一起看嘛！”

“看什么看？！”亨利看得眼珠子都红了，显然什么都听不进去。

无奈，我爷爷只能尽力踮起脚，在有限的视界里搜寻。这时，一个姑娘的侧影进入了他的眼中。她穿着浅绿色衣衫，紧贴身体，由于夕照，她的胸前凝聚一星温暖的光亮，锁骨至腰腹的那一道优美弧线也被光晕勾勒，散发着淡淡的光芒。她显然不太习惯周围这一群男人，略微低着头，紧紧地跟着前方的姑娘。

当天晚上，我爷爷没有睡着。他躺在一群肥头大耳的猪中间，抚摸着它们粗糙的背脊，不时发出“呵呵”的笑声。根据研究，猪在求偶时也会发出类似的声音，所以那天晚上，我爷爷养的猪也没有睡着。但不同的是，猪们想的是同样体肥腰壮的猪，而我爷爷为之辗转难寐的，却是那个有着柔软山脊一样的胸部曲线的姑娘。

打那以后，我爷爷每次赶猪到营地外的山坡上时，都会绕很大一个圈子，经过姑娘们住的宿舍时努力朝里面观望。他总能看到许多美艳妩媚的姑娘们，她们像是点缀在这颗贫瘠星球上的花朵，但他真正想看到的，只是那一个。

姑娘们很快熟悉了这里的环境，不再羞涩，叽叽喳喳地跟路过的男人大声开着玩笑，但那个她却没有。一直以来，她都坐在宿舍的窗前，要么看书，要么托着腮仰望天空。隔着遥远的距离，我爷爷只能看见她隐约的面庞。

次数一多，姑娘们也就察觉到了我爷爷的目的。只要我爷爷的那群猪一出现，她们就会伸出手，指指点点，掩嘴偷笑。那群猪倒是无所谓，像是被笑声鼓励，走起路来越发耀武扬威，鼻孔朝天，大耳招展，一身肥肉抖擞。我爷爷则面红耳赤，低着头，却仍不忘用余光瞟向那个姑娘的窗子。这种胆怯的样子，总让别人误以为，是猪在牵着我爷爷溜达。

哦，我的爷爷啊！难道你不知道吗？如果你想要姑娘，就不应要脸。世间事，都没有两全的。

说回来，我爷爷在营地里也算是个名人，年少时胆大妄为，如今负责一大群猪，都可作为谈资。但我爷爷觉得这两者都不是什么好名声，要是那个姑娘知道了，肯定会暗地里笑话他。

每当我爷爷想起这个，就会愁眉苦脸，叹气不迭。他把那群猪赶到山坡上，让猪自行去吃猪草，自己就抱着膝盖，忧愁地撕扯叶子。他在想如何才能接近那个姑娘，却毫无办法，她像是远在天际的一抹霞，而他是在地上拱草的一头猪。想到这个比喻，我爷爷下意识地去看猪，它们白色的阴影隐在一大片蓝色猪草间，斑斑点点，大声咀嚼。当猪也没什么不好，至少无忧无虑，这样想着的时候，我爷爷就哑然失笑。

“你在笑什么？”

“笑我的猪。”我爷爷回答道。几秒钟后，他才意识到不对，回头一看，然后像受了惊吓般，猛地后退，摔进了一片柔软的草地里。

他身后，是那个姑娘的脸庞。

是的，我爷爷和那个姑娘在霞光遍野的山坡上相遇了。

当我知道这件事后，曾兴冲冲地跑去找奶奶，问她是不是那样邂逅我爷爷的。结果她沉默了几秒，浑浊的泪迅速蒙上了眼睛，然后她抄起棍子打我的背，我就又跑开了。我花了很长时间才想通——那个姑娘，并不是我后来的奶奶。

当时我爷爷兴奋地爬起来，说：“你好……你怎么来了？”

“我来这边走走。”那个姑娘说，“这片草地真大，蓝得一眼看不到边，就像是海洋一样。”

“海洋？”我爷爷有些迷糊。他生长在这颗枯芜的星球上，从未见过海洋。

那个姑娘低下了头，笑笑，“我没有见过，但书里讲过。在我们的母星——地球上，有很多很多的水，它们汇聚起来就成了海洋。水是透明的，但海洋却是蔚蓝色的，人可以在里面游泳，还有船在海面上前行。要是天气好，海和天就分不开，因为它们是一样的颜色。”她抬起头，昏黄阴沉的天空倒映进她的眸子，她又低下了头，“我很想见一见。”

我爷爷被那个姑娘所描述的场景震惊了。在芜星，水无比珍贵，每天限量供应，大多数人的嘴唇都是干涩的……但是，以前的船居然是在水面上航行的？难道船不是只能飞行在宇宙里吗？哪里有那样多的水可以承载巨大的舰队？

这份震惊同时又令我爷爷感到羞愧。于是，为了找回面子，我爷爷开始喋喋不休地讲述养猪的技巧和心得。他甚至抓来一头猪，死死按住，给姑娘看猪的各种体征，并说明通过哪些体征能够看出猪的成长状况。

哦，我的爷爷啊，请不要这么做！我都为你这样拙劣的手段感到羞惭！

但是那个姑娘并没有显出不耐烦或鄙夷。她安静地坐在我爷爷身旁，一会儿看猪，一会儿看我爷爷，脸上是娴静的表情。每当我爷爷感到尴尬的时候，她就出声问一句什么，让我爷爷能够继续往下讲。

这个晚上，他们聊了很久，一直到六轮月亮爬上来，他们都没有停下。后来连猪都累了，在他们脚边拱成一团，睡着了。至于他俩到底说了些什么，已经没人知道了，久远的年岁埋葬了一切。或许那晚的风知道，它从他们中间吹过，偷听到了一些凌乱的句子，但它又吹向远方，无力将那些话语讲给四方的人听。

接下来的事情陈旧俗套，我就不一一赘述了。反正我爷爷跟这个叫莎莲娜的姑娘越来越熟悉，见面的次数很多。我爷爷第一次感受到了爱情的滋味，多次在梦境里亲吻莎莲娜——当然，他睡在猪圈里，所以你明白当他在梦里吻着莎莲娜时其实是在吻什么了吧。

按照赵队给的承诺，这一年结束的时候，他就可以正式提出跟莎莲娜在一起了。他觉得莎莲娜是不会拒绝的。

但那一年，是无比艰难的一年。当时对芜星的改造已经持续了三百多年，而对于了解一颗星球来说，还是太短。出于尚不了解的原因，那年所有的农作物都枯萎绝收，营地之外，疮痍满目。更糟糕的是，承载人类希望的星舰在遥远星系里遇到了疯狂恒星群的引力陷阱，整个舰队都被引力裹挟，向未知凶险的星域飘去。

内无收成，外无供给，整个芜星都笼罩上了饥饿的阴影。为了了解饥饿的程度，我曾专门去问过一个幸存下来的老人。那是傍晚，他刚吃完饭，心满意足地打着饱嗝，但当我让他回忆那场遥远的饥荒时，他立刻陷入了沉默，零星的朽牙一张一合。几分钟后，他站起来，把刚才剩下的食物拿出来，一个人闷头吃完了。我看到老人肚子鼓胀，看到他眼角流下了浑浊的泪水，但还是不停地扒饭，我就转身离开了。

让我们将视线重新投回那个时候，看一看笼罩人们的诸多困境。

首先，是能源不足。芜星的夜晚刺骨寒冷，没有星舰供应的反应堆原料，人们只能紧紧裹住衣被，但寒冷还是如蛇一般潜到身体里。每天都有人没有熬过夜晚，再也没醒过来。

其次，是饥饿。库存的食物被耗尽后，人们就忘了吃饱是什么感觉。最初的一阵子，大家都不干活儿，躺在营地里，张大嘴望着天，似乎能从空气里吃出稻子来。再过一阵子，人们饿得躺都躺不下了，纷纷爬起来去觅食。他们跟地球上的蝗虫一样，在芜星的各处翻拣，把一切能吃的东西都吞进肚子里。

最后，是绝望。这一点比前两者加起来都可怕。

人们都饿成了皮包骨头，我爷爷养的猪们却安然无恙。这是一种奇怪的现象，农作物颗粒无收，芜星的野草反而格外茂盛，似乎将所有的营养都掠夺了。人类不能吸收野草里的植物纤维，猪却可以，它们每天在山坡下咀嚼，一个个肥头大耳，像是滚动的肉球。

可想而知，这些猪对饥饿的人们来说，会是多么大的诱惑。

我爷爷深知这一点，因此每天格外警醒，睡觉时都把耳朵竖起来，时刻提防有人闯入猪圈。其实我爷爷也饿得不行，原本一个壮硕的小伙子，硬生生饿成了骨头架子。但我爷爷不能让猪出事，它们是他娶到莎莲娜的希望，它们也是他的朋友，他甚至给每一头猪都取了名字。

一个夜晚，我爷爷正在睡觉，突然听到了猪圈门被撬的声音。他一骨碌翻身而起，拿起钢叉，对准猪圈门。

门被推开，一个人冲了进来，看到我爷爷，愣了一下，央求说："我快饿死了，让我吃肉……"

进来的人是亨利，他比以前更瘦了，在黑夜里如同行走的骷髅。他的衣衫挂在身上晃荡不休。

"不行，这些猪是大家的，最后要上交给星舰。"我爷爷试图劝说，"星舰要通过猪的质量来评定我们生产队的等级，很重要的。"

"星舰都没有了！星舰被恒星抓到了，烧成灰了！管他的呢！现在只有我俩，你给我吃一头——不，我只要一条腿！"亨利说着，抽动鼻子，闻到了猪身上的骚臭味。这难闻的味道却令亨利口水都快流下来了。

"不可能！"我爷爷悍然拒绝。

亨利怪叫一声，猛地扑向猪圈。他翻到猪群里，不顾脏臭，一口咬住了一头猪的后腿。猪顿时惨嚎起来，后腿乱蹦，正中亨利的面部，踢得他鼻子眼睛里都是血。但他依然没有松口，越发用力，竟硬生生地在猪后腿上咬下了一块肉来。

他不管腥臭的猪血和猪毛，一口接一口，把那块肉给吞了进去。

然后，他停止了呼吸。

我爷爷惊呆了，连忙扑过去按压亨利的肚子，同时把手指伸进亨利的喉咙里抠。所幸，那块肉没有被嚼烂，我爷爷一下子把它扯了出来。

“咳咳”，肺部涌进了新鲜空气，亨利咳嗽着醒过来。他看着地上被灰尘裹满的肉，浑身颤抖，眼里满是泪水。“对不起。”过了很久，他低声对我爷爷说，然后踉跄着走出猪圈。

我爷爷失魂落魄地走到猪群中间。猪被亨利的疯狂吓到了，哼唧不安，全部依偎在我爷爷身旁。我爷爷小心地安抚它们，当他摸到那头后腿流血的猪时，也不禁连声叹息。

然而，饥饿的人并不止亨利一个，其他的人更难对付。在饥饿的驱使下，十几个男人结成了短暂的同盟，他们磨牙吮血，瞅准时机，在一个月黑风高的夜晚袭击了猪圈。

我爷爷还没有醒过来，就被当头一棍给敲晕了。当他醒来时，猪圈已经空了，只有凄凉的晚风在他周身环绕。

“啊……呀……”我爷爷发出含混不清的声音，爬起来，奋力向外面追去。他知道饿急的人什么都干得出来，自己冲过去，很可能会被打死。但他没有选择——这些猪是他生活的唯一希望。

外面很冷且黑，六轮月亮全部隐进了云层后。我爷爷身上只穿着单薄的衣服，跑起来时，风从他脖子处灌进去，然后从裤管溜出来，将他身上的热量带走。但我爷爷不管，顺着风里面隐约的猪臭味，一路追下去。

我爷爷奔跑的姿势其实很笨拙，手臂和腿都不协调，背上很快冒出了汗，然后又被冷风吹干。他凌乱的头发在眼前晃来晃去。他开始还能呼吸，后面便只能喘息，心脏“咚咚咚”跳个不停。

但他跑得很快。

我爷爷在风里穿行，在黑暗里奔跑，耳边溢满了呼啸声。跑着跑着，他自己都有种错觉：要是这么一直不停地跑下去，快一点儿，再快一点儿，自己会不会像利箭一样刺破夜的外壳，到达另一个世界？

当然，我爷爷并没有找到这个问题的答案。在他看到另一个世界之前，他看到了那群偷猪贼。

那些人牵着猪，也在夜里跋涉。他们想把猪弄到隐秘的地方，慢慢来吃，以使自己度过困境。他们正深一脚浅一脚地走着，一边对深沉的夜咒骂不已，一边为到手的猪暗暗得意。这时，我爷爷突然冲出来，撞倒了两个人。他自己也翻倒在地上。

“怎么回事！”有人怒喝道。

“不知道，刚有个人撞我……哎哟，我的腰……”

几个人跑过来，把我爷爷压住。“见鬼，这不是那个猪倌吗？”他们一下子认出了我爷爷，皱眉道，“刚才是谁负责把他敲晕的？”

“是我……可是我记得我一棍子下去他就不省人事了啊，怎么现在又跟个狗一样窜出来了？”

“废话少说！罚你少吃一顿肉。”为首的人说。

“那他怎么办？”

“还能怎么办，再给他一棍子，重一点儿！”

我爷爷看到有人拿着棍子走过来，顿时拼命挣扎，无奈对方将他死死按住，他动弹不得。“嘣”，一棍子敲在他后脑勺上，他没晕，只感觉到了脑袋里响起了金属振鸣的声音，还闻到了一丝血腥味。

“去你的，这都打不晕！罚你两顿肉！”

那小子急了，抡圆棒子，猛地挥下来。我爷爷听到棒子刮起的呼呼风声，知道这一棒下来，自己不仅仅会晕眩，恐怕脑浆都要被打出来，于是他闭上了眼睛。

然而我爷爷没有听到脑袋破碎的声音。他耳朵里，只有吭哧的呼吸声、人被撞倒的“哎呀”声，以及纷乱的脚步声。我爷爷睁开眼睛，看到那十几个人都在手忙脚乱地赶猪，倒是没人注意自己了。

是猪救了他。

在千钧一发之际，那条被咬了后腿的猪猛地挣脱出来，撞倒了拿棒子的人，然后向外跑。其他猪也四处乱拱，场面一时乱了套。

我爷爷爬起来，手脚挥舞，在人群里冲撞。他一会儿趁乱扇这个人一巴掌，一会儿又在那个人屁股上踹一脚，就是不让他们顺利地抓猪。偷猪贼很快转移了重点，派几个人把他抓住，狠狠地揍他。

“快跑啊，你们跑啊！”我爷爷一边忍受着雨点般的拳打脚踢，一边大声喊，“麻子，大壮，小毛，花花，阿缺……”我爷爷叫着他的猪的名字，每一声呼喊都快要把喉咙叫破，“你们快走啊，你们是自由的，不要落到他们手里。他们会把你们清蒸、红烧的啊！”

猪们似乎听懂了我爷爷的话，跑得更欢畅了，接连撞翻好几个人，消失在夜色里。

“呵，哈哈哈……”我爷爷欣慰地露出笑容，笑着的嘴边有血流下来。

偷猪贼们气急败坏，指着我爷爷喝骂道：“都怪他！浑蛋，往死里打！”

当然，聪明的你肯定知道，他们最终并没有把我爷爷打死，不然也就不会有我，也就不会有这个故事了。

我爷爷遍体鳞伤，一路爬向猪圈。夜色消弭，天刚破晓时，他才回到熟悉的地方。仿佛是奇迹一般，当他推开猪圈的门时，里面竟然挤满了肥猪，正睁着黑溜溜的大眼睛望着他。

这群猪，在夜色里四处奔逃，然后又不约而同地回到了猪圈。他们依偎成一团，一边瑟瑟发抖，一边等待着我爷爷的回归。

我爷爷爬到它们中间。许多猪鼻子顿时蹭到他脸上，腥热的鼻息扑面而来。我爷爷在奔跑挨打时都没有掉一滴眼泪，这时却忍不住鼻子一酸，泪水唰唰流下。

尽管我爷爷为了这群猪舍生忘死，但终究没有把它们救下来。

因为要杀这些猪的，是赵队。

原因是负责整个芜星生产安全的将军要过来巡视。其实谁都知道巡视是假，到各个生产队混吃混喝才是他此行的目的，但没有人敢阻拦——他是带着军队来巡视的。听说有几个生产队实在没有粮食，硬生生被他给烧了营地。他和他的士兵像飓风一样，走到哪里，哪里最后剩下的粮食就会被一扫而空。

将军到了生产队，对赵队说："老赵啊，你看看，我这些兄弟们一脸苦菜色，好几个月没尝到肉味了，我听说你这里，还养着一群肥猪？"

赵队恨得牙齿打战，脸上却堆出笑容来，说："明白明白……"

那天是我爷爷最悲惨的一天。他耳朵里满是猪被杀死的惨嚎声，他捂住耳朵，跑得很远，趴在山坡下，藏在茂盛的猪草里，但那些声音还是像蛇一样蜿蜒进入他的脑海。他的麻子，他的大壮，他的小毛，他的花花，他的阿缺……这些有了名字的猪，全部被砍成一块块肉，扔进了大锅里。

那些猪肉被将军和他的士兵们一顿就吃完了，地上满是啃干净的骨头。他们吃的时候，营地的工人都围在四周，闻着肉味流口水，但没有一个人敢进去吃。

只有作为主人的赵队，在猪肉宴上才有一席之位。他跟将军说了许多好话，将军才松口，让我爷爷也进来吃。或许是赵队知道这些猪是我爷爷的心血，过意不去。

我爷爷本来不想答应的，但犹豫过后，还是进去了。原因只有两个，第一，我爷爷实在是太饿了。他也是人，好几个月都在饿着肚子，闻到肉香，胃部好像有搅拌机在搅一样难受。

我爷爷吃第一口猪肉的时候，差点儿把自己的舌头给吞进去。那味道太鲜美了，像传说中的灵丹妙药，吃一口就能得道成仙。

我爷爷也只吃了那一口肉。

接下来，每当士兵把肉端上来时，我爷爷都把衣领拉开，然后用手捂着嘴，把叼住的肉悄悄吐进衣服里。因为人多，分给我爷爷的，总共也就六块肉，他在衣服里悄然藏了五块。

吃干抹净后，将军满意地打着饱嗝，剔着牙，瞅了我爷爷一眼，说:“还留在这里干什么，滚吧！还没吃够吗？”

我爷爷点头哈腰，捂着肚子，一步步走向食堂外。

“慢着！”将军的副官突然皱眉说，“你肚子这么鼓，到底是吃了多少肉？”

我爷爷一下子站住了，脑门上汗珠滚滚而落。要是被将军知道他藏了肉，恐怕会当场被激光射穿脑袋。

“嗐，这你可就冤枉他了。”赵队讨好地笑着，走过来，不动声色地把我爷爷的肚子一按，让它没那么明显，“他从小就胃气肿，吃点儿东西，肚子里就满是气，这是给胀的。”

“我说嘛，几块肉哪能吃那么鼓。”将军笑道。

赵队冲我爷爷的屁股抬脚踹去，大声说:“快滚吧你！还留着，难道想等肚子里的气放出来，熏死我们？”

在一片哈哈大笑声中，我爷爷低着头快速走出了食堂。

等到了深夜，我爷爷悄悄来到了莎莲娜的宿舍。这个时候的莎莲娜，已经形销骨立，不复以前的红润。她躺在床上，意识昏沉，声息微弱。

我爷爷没有吵醒她，烧了水，然后把藏起来的肉放进去煮。在此之前，他已经把门窗都关得严丝合缝，以防香味泄露出去。

所以，现在你明白我爷爷答应去吃肉的第二个理由了吧？

莎莲娜是被满屋子的肉香给勾醒的，在迷糊的视线里，她只看到了那一锅肉汤。她从床上爬下来，头磕出了血，径直爬向那锅汤。我爷爷上前扶住她，她没有看到我爷爷，眼睛直勾勾地盯着锅，手向那个方向伸着。

在我爷爷与莎莲娜相处的时光里，她一直是娴静优雅的形象，笑声轻细，举止柔弱。要不是这场饥荒，谁都想不到她也会有饿死鬼一般的面目。

饥饿，是一种罪。

为了不让莎莲娜噎着，我爷爷把肉分成一小块一小块，小心地喂给她吃。她眼睛都睁不开，咀嚼着肉，最后还把煮肉的汤喝完了。

她这才有了一点儿力气，睁眼看着我爷爷，说："谢谢……"

我爷爷暗地里吞了口唾沫，摇摇头，表示没关系。

"可是……我吃了那么多，你怎么办？"

"我还有啊！我可是喂猪的，要猪肉还不容易吗？"我爷爷豪气干云地拍了拍胸膛，咚咚咚，他的胸膛里像是什么都没有，声音空荡荡的。

莎莲娜这才安心，闭上眼睛，回味刚才唇齿间的味道。

"你的锅脏了，我去给你洗一洗。"我爷爷提起锅，走到外面。

莎莲娜恢复了力气，想起刚才自己狼吞虎咽的模样，惭愧不已。她扶着墙出门，想去给我爷爷好好解释一下。

外面已是深夜，六轮月亮在天空悬挂，因此她的脚下也映出了六条影子，如同绽放的影之花。她慢慢地在黑夜中行走，脑中思索着怎么才能跟我爷爷解释她之前的失态。

快到我爷爷的住处时，她突然在屋后面听到了哗哗的水声，然后是吱吱的奇怪声响。她好奇地绕到屋后，在水管旁，她看到了我爷爷。

我爷爷背对着莎莲娜，蹲在地上，正在用那口锅接水。他把锅晃了晃，让水冲刷整个锅面，然后把水一股脑喝完。他还意犹未尽，又把锅举起来，贪婪地用舌头舔锅底。他舔得如此认真，以至于身后的莎莲娜都开始哭泣了他也没有听到。

直到那口锅被舔得干净光洁，映出明晃晃的月光，我爷爷才捂着肚子站起来。他的肚子里灌满了水，站起来的时候，居然听得到水晃荡的声音。他转过身，看到了莎莲娜。

“啊！呃，我刚才在……在洗锅……”我爷爷大惊失色，笨拙地解释着。

莎莲娜哭泣不止。

熬过了那段艰苦的岁月，芜星人终于迎来了曙光：星舰逃出了恒星群的引力陷阱，重新出现在宇宙空间里，并且继续开拓版图。同时，星舰派出了纠察队，对饥荒时期发生的事情进行审查。

接下来发生了一系列事情，那个混吃混喝的将军被处决，他的士兵受到不同程度的处罚。而作为坚守职责的典型，我爷爷成了榜样，被通报表扬，在各殖民星球网络的首页上都能看到我爷爷略带羞涩的正面照。

这给我爷爷带了许多好处，除了出名，他还被额外分配了一所房子。说到这里，我得再解释一下，我也不想啰唆，可是我不解释你就不知道一所房子在芜星的珍贵，也就不能理解我爷爷当时的优越性。你要知道，所有人都在进行艰苦的拓荒，晚上只能蜗居在狭小的宿舍里，躲风避雨，瑟瑟发抖。而我的爷爷，却能够在开发区拥有一套大房子，享受晨风吹拂，看尽落日余晖。

这优渥的条件让我爷爷受到了众多姑娘们的关注。他每天都能收到数不清的秋波和笑脸，还有姑娘们以各种名义发出的邀请。有一次，一个漂亮姑娘来到我爷爷家里，寒暄之后，天色已晚，我爷爷正要送她回去，姑娘却解开了衣襟。被优化过基因的她，拥有惊人的曲线和肤色，我爷爷的鼻血一下子就像江河奔流一样涌出来。

“今天晚上，我留下，好吗？”姑娘用魅惑的语气说。

我爷爷以令人吃惊的毅力拒绝了她。他给她穿好衣服，礼貌地送她出门，一路上，姑娘的表情先是错愕，然后是羞惭，最后是低声地啜泣。她并非水性杨花，只是希望有个栖身之所，所以才鼓起了莫大的勇气，可是却不能使我爷爷动心。

“不是你不漂亮，”我爷爷安慰她说，“这个房子已经有女主人了。”

“是谁？”

我爷爷没有回答。

尽管我爷爷没有回答，但我想你可以猜得到，我爷爷说的女主人是莎莲娜。我爷爷安顿好一切后，兴冲冲地找到了莎莲娜，询问她是否愿意搬过去住。

然而，我爷爷得到了否定的答案。

“你……你不愿意住大房子吗？”我爷爷困惑地说，“而且我也在啊。”

莎莲娜缓慢但坚定地摇头，“对不起，我怕……我怕我会住习惯你的大房子，然后就忘记了我的愿望。”

“你的愿望是什么？”

“我不想留在芜星上，我想去别的地方。这里太荒凉，太贫瘠，景色一眼就能看尽。我要回星舰上，或是去别的星球。我不能把一辈子耗在这里。”

我爷爷怔然无语。

“我知道你也不想待在这里的，我们一起走吧。”莎莲娜一把抓住我爷爷的手臂，殷切地说，“只要找到机会，我们就能一起离开。”

莎莲娜每说一句，我爷爷的心就凉一点儿。

我爷爷曾和莎莲娜在六轮月亮下长谈，曾把唯一的食物留给她吃，曾抱着安慰哭泣的她……那么多次，我爷爷都以为自己走进了这个姑娘的心。但现在，他蓦然发现，其实自己从未了解过她。

她想离开这里。

原来她每天仰望着天空，心里想的是怎样逃离。原来她那晚来到山坡上，并不是随意走走，她只是听说了我爷爷当年劫持飞船的英勇事迹，想找一个愿意离开的同伴……

我爷爷在爱情面前只是笨，却并不蠢，那一瞬间，他明白了许多事情。他踉跄着后退，手臂从莎莲娜手中挣脱出来，莎莲娜的指甲在上面划出了血痕。

“你……你不愿意吗？”莎莲娜的手伸在空气里，哀切地看着我爷爷。她的眼睛像是含了水，隔着空气我爷爷都能感受到温润的潮湿。

有那么一瞬间，我爷爷的心里产生了动摇，他也想跟莎莲娜去游历星海，见遍宇宙的种种神奇。但是，芜星的生产还未结束，所有人都不能离开。我爷爷想起了他年少时候的行为，为了离开这里，他的朋友被活生生打死。那具尸体倒在我爷爷脚下的瞬间，勇气就抛弃了他。

徐家声那双如同沉郁沼泽一样没有生气的眼睛浮现出来，如同每晚的噩梦一样，在虚空中盯着我爷爷。我爷爷打了个战栗。

“不……我不能……”我爷爷嗫嚅着，像逃跑一样飞快离开了莎莲娜的宿舍。

打那天起，我爷爷和莎莲娜的爱情之花就凋零了，它甚至还不曾绽放出芬芳。所有的爱情，如果想持久，都需要有共同的理想来维系。在当时，普遍的共同理想是建设好殖民星球，而莎莲娜的目标太高，我爷爷追不上。

我爷爷备受打击，心灰意冷，只得把精力放在工作上。那时候，他已经在生产队小有权力，负责物资的运送。

星舰回归后，给芜星送来了技术员。那些穿白色大褂的人在芜星的地表上勘探，取样，分析土壤溶液，不到一个月，就找出了饥荒的原因：芜星的环境拥有自我恢复能力，类似于负反馈调节，在经过了九代人的改造之后，它开始了反击。芜星的土壤里突然多出了一种元素，能够精准地杀死外来植物。

人类科技的伟大之处在于：它可以征服那些反抗的星球。

技术员们修改了作物的基因，使其具有芜星本土作物的种种特点，成功蒙蔽了芜星的负反馈调节。到了第二年，营地外，一片葱绿的作物漫山遍野地铺展开。

收成比往年翻了几番，粮食和其他农产品堆起来时，就像几座大山。我爷爷兢兢业业地清点物资，送上飞船，然后看着它消失在天际。我爷爷的工作态度值得肯定，尽管占了肥缺，却从不贪污受贿，一丁点儿错也没有犯。赵队十分满意，甚至想过在他退休之后，由我爷爷接手。

但我爷爷不开心。

我爷爷保留了他养猪时候的习惯，每天上下班时，都会绕道经过莎莲娜的宿舍。他看到朝霞和晚风中莎莲娜的脸，她依旧看着天空，视线邈远，表情恬静。我爷爷在她屋外一次次走过，他仰望着她，她仰望着天，目光从未交汇。

时间就在这些仰望中流逝了。

三年后，我爷爷娶了那个魅惑过他的姑娘。到了这里，你要明白，我并没有打算讲一个缠绵悱恻的爱情故事，男女主人公彼此坚守，爱情在时间的河流里孕育出芬芳什么的，那都是小说和戏剧里的人物，愿意为了爱情牺牲一切。但事实上，我爷爷只是一个普通人，想过简单的生活，每晚有人可以拥抱，一起生活，生下孩子，继续将芜星改造成宜居星球。

而莎莲娜显然无法给我爷爷这些。我爷爷不能为她等待一辈子。

其实莎莲娜的生活过得并不好，她在营地里工作，既劳且累，总是形单影只。也有男人去亲近她，但最后都放弃了——没有人能够实现她逃离芜星的愿景。

只有我爷爷时不时地暗中帮她，送一些物资，或把自己的配给额悄悄划到她名下。她知道这些恩惠来源于我爷爷，以她的处境，她不得不接受，但她无法向我爷爷表示感谢。很多次，她和我爷爷在路上遇见，都是面无表情，擦肩而过。我爷爷也沉默。只是在错身的那一瞬间，他总是忍不住深呼吸。他的鼻子能闻到莎莲娜头发上的淡淡香味。

两年以后，我奶奶生下了我爸爸。当我爷爷捧着那幼小脆弱的身体时，忍不住长长地叹了口气。所有人都以为他是高兴傻了，乐极而叹息。只有我爷爷自己知道，他捧着儿子的那一刻，就要开始全身心承担起家庭责任了，他不能对莎莲娜再抱有任何幻想。

在当时，我爷爷的家庭简直是楷模，有大房子，有优渥的职位，而且父慈母贤子孝，人人称羡。我爷爷辛勤持家，白天工作，晚上照料妻子，只有在深夜时才偶尔发出不为人知的叹息声。

直到那一年的秋天。

那天，我爷爷刚把丰收的粮食装进飞船，看着飞船缓缓升空。通常情况下，飞船会穿越大气层，到达外空间，然后通过虫洞跃迁到星舰所在的坐标点。但这次，飞船刚离开大地，就落下来了，飞扬起的一大片尘土模糊了我爷爷的视线。

我爷爷感到好奇，但也只是远远地看着。他要早点儿回去照顾儿子。飞船的舱门打开，几个船员押着一个人影走出来，骂骂咧咧。许多人围过去，对着人影指指点点，船员见人多，声音越发大了。

“幸亏我们船上有热扫描仪，开船前我检查了一遍，发现谷堆里有个人影……”船员得意扬扬地说，“按照联盟的法律，发现了偷逃的人，要直接扔在外空间里。这种人，总想不劳而获，不愿意付出，是集体的蛀虫！”

说着，他把抓到的偷逃者往前推搡，人群顿时发出嗡嗡的议论声。在围观者的间隙里，我爷爷看到了熟悉的脸——莎莲娜。她被船员紧紧押住，面如死灰，浑身颤抖。各种各样的目光扫视着她，她低下头，凌乱的头发如瀑布一样垂下来。

“是她啊，”有人说，“她早就想跑了，没想到今天终于忍不住，藏到谷堆里！”

“是啊是啊，这种情况，要交给赵队。惩罚肯定少不了！”

“嘿嘿，好吃懒做就是这种下场……”

……

那天回到家，我爷爷一直魂不守舍。我奶奶让他盛饭，他应承了，却拿着勺子坐在门口发呆；我爸爸尿裤子了，他去拿衣服来换，却走到了院子里，在菜园里寻寻觅觅……

这种恍惚的状态一直持续到深夜，我奶奶已经抱着我爸爸上床休息了，窗外夜色浓重，风呼啸往来。我爷爷坐在床边抽烟，地上已经堆满了烟头，不知过了多久，他猛地一拍大腿，起身就往门外走。

“停下！”我的奶奶，我那从来都是柔声细语、温婉贤淑的奶奶，突然爆发出响亮的尖叫，“你不准走！”

我爷爷停下脚步，却没有转身。

我奶奶坐在床上，手攥着被子，青筋一根根都暴了出来。她死死盯着我爷爷，一字一顿地说：“你不能去。你去了这个家就散了。”

“我只是去……”我爷爷的声音很涩，像是吞了一颗苦果子，“去抽根烟……”

“你以为我什么都不知道吗？这几年，每次她有困难，你就拿家里的东西去帮她。每个月的配额那么少，我们俩都不够吃，你还暗地里转到她名下。”我奶奶扳着指头，把我爷爷拿给莎莲娜的每一样东西都说出来了。

这个沉默的女人，将一切都看在了眼里，将一切都记在了心里。她花了好一会儿才把物资的名字说完，然后说：“我从来不跟你说，是因为我们是家人，我总想着你会慢慢改，最后只对我一个人好。但现在，你一旦出去，这个家就完了。你就算不管我，也要想想你儿子。”说完，我奶奶狠下心，使劲拧了一把我爸爸的屁股。

我爸爸正在熟睡，被剧痛惊醒，顿时哇哇大哭。

我爷爷依旧没有转身，迎着风，一口气把烟抽完。他吐出烟头，大步走向外面，将我奶奶的啜泣和我爸爸的哭声扔在脑后。

我爷爷独自一人在夜色里不紧不慢地走着，黑暗凝重如铁，一重重压迫着他。到了关押犯错者的禁闭室前，我爷爷停下来，深吸口气，再吐出来，然后推门而入。

“是李哥啊。”几个看守都认识我爷爷，笑着打招呼，“都这么晚了，来陪兄弟们打牌消遣？”

我爷爷摊摊手，说：“一说打牌，我就手痒了。可是，赵队让我来把逃跑的人叫过去，问问她的情况。唉，改天再来跟哥儿几个玩几把。”

“好说，好说。”看守爽快地把钥匙递过来，让我爷爷去提人。

我爷爷押着莎莲娜，走到禁闭室外。“跟着我。”我爷爷低声说，“别说话，走路轻一点儿。”

他们没有走向赵队的住处，而是朝我爷爷上班的仓库走去。一路上，他们都低着头，路边的树木如同守卫的巨人，轮廓庞然而模糊，似乎被夜色融化了。

仓库的最里层，存放着一艘小型飞船，是紧急时用来转移重要资料的。它空间不大，只能容纳两三个人。我爷爷检查了一遍，确认线路正常，而且燃料充足，示意莎莲娜走进去。

“你呢？”莎莲娜走到舱门口，发现我爷爷没有动。

我爷爷摇摇头，说：“我只能送你到这里了。”

“你不跟我一起走吗？”

“我还有家人。”

莎莲娜上前一步，抓住我爷爷的手，恳切地看着他的眼睛，说：“什么都不要管了，跟我一起走吧。我知道你还喜欢我，我也会对你好的，我们一起去很多美好的地方。”

“我都快三十岁了，这些对我来说，已经很遥远了。”我爷爷再次重复，“而且我还有家人。”

莎莲娜两眼通红，泫然欲泣。

正当两人僵持着的时候，外面突然传来了纷乱的脚步声。许多人在靠近——禁闭室的看守觉得我爷爷来得有些突兀，就给赵队打了电话，赵队一听，立马就想到了这个唯一有飞船的仓库。

“你快走！”我爷爷心一沉，急声说。

莎莲娜固执地摇头，“不，你跟我一起走。”

仓库门被撞开，一群人冲了进来，领头的正是赵队。他已经年迈，但身形依旧魁梧，嗓门粗大，吼道：“小李，快停下，不要做傻事！”

年少的阴影再次覆盖而来，我爷爷却不再战栗，坚定地摇头。“进去，不然就来不及了！”他把莎莲娜推进舱门，然后转身盯着闯进来的人。

"嗡"，飞船浑身一震，启动了。

"快，抓住他们！"赵队吼道。

十几个男人跑过来，我爷爷扛起一袋谷子，死命砸过去。他像疯狗一样嗷嗷叫着，冲过去顶翻了好几个人，但立刻有更多的人把他压住。

身后的飞船已经离地升起，左右摇晃着向仓库门外飞去——莎莲娜只有驾驶的基本常识，并不熟练。

"把门关上！"

男人们立刻舍了我爷爷，起身冲向库门。我爷爷浑身瘀血乌青，却翻身而起，追上那些男人，专踢他们的腿，让他们一个个都摔倒。追到最后两个人时，已经到了门口，我爷爷咬牙扑过去，抱住那两人的脖子，三个人一起滚倒在地。

那两人急了，想推开我爷爷然后爬起来关门。但我爷爷爆发了不可思议的力量，死死箍住他们，多重的拳头打在自己身上都不松手。

飞船跌跌撞撞地飞过来，穿过库门，进入了广阔的夜空。

"走啊，快走啊，你要自由，就可以拥有自由！"我爷爷声嘶力竭地喊，眼泪和血一起流下来，模糊了眼睛。多年前，他救那群猪时也这般呐喊过，只是，猪跑了还会回到猪圈里，而莎莲娜飞走之后，就会永远消失。

飞船的八架引擎全部启动，喷出来的离子束令四周灰尘弥漫。所有人都捂住了嘴巴，仰起头，看着飞船笔直而上，逐渐变小，化为一星光点，消失在亿万星辰里。

我爷爷这才松开手臂，像一摊烂泥似的躺在地上。

我爷爷八十二岁时，芜星的改造才结束。

当星舰派来的官员们仔细检查完芜星的各处，以七比二的高票通过芜星的结束改造申请后，整个星球一片欢呼。从此以后，芜星将正式成为人类联盟的殖民星球，在星际版图上，它会以绿色的标记来标明。

宣布那天，我爷爷正躺在病床上。我爷爷坐过十年牢，独自在破旧的宿舍里度过了一生。艰难劳累、疾病缠身的他总是感觉浑身酸痛。到了晚年，他只有依靠药物来维系微弱的生命。

听到改造结束的消息后，我爷爷的呼吸急促起来，扭过头，看向窗外。

窗外，是改造过的明净天空，几行飞鸟掠过，留下清越的鸣啼。高大的建筑群拔地而起，人工树林郁郁葱葱，清香扑鼻，阴凉怡人。看着这种景象，我爷爷很难回忆起芜星当年的贫瘠模样，他仔细思索，只能模糊地想到一个姑娘的影子。

他再也没有见过那个姑娘。

有人说她成功回到星舰里，钻进冬眠机，在青春永驻的睡眠里等待拓荒纪元全面结束；也有人说她没有回到星舰，而是在一个个殖民星球间游历，见识了种种瑰奇景象，最后累了，嫁给一个愿意给她熬热粥的老实人；还有人说，她的飞船刚一到达芜星的外空间，就被陨石击中，船毁人亡，在群星间永远飘荡……

这些说法，跟我爷爷都没有关系了。

他下半生的整个生命，都用在了改造芜星上，正是一代代他这样的人抛洒了青春和热血，才使芜星的土壤肥沃起来，子孙后代才能富足安乐。所以他被我奶奶赶出家，一生凄凉，孤苦伶仃，却总是能够找到活下去的勇气。

我爷爷死后，我亲手将他的骨灰盒放进公墓。这儿埋葬着几百万拓荒者的尸骨，每一个都有我爷爷这样的故事，只是我不能一一叙述。我爷爷在他们中间，将得到永恒的安息。

我离开墓园时，回头凝望，百万墓碑都在渐暗的天色里静默着，只有晚风在吟唱。

大饥之年 / 张　冉

盒子里的东西选定了我，这是命运。

宝永三年（1706年）四月七日

日本萨摩藩屋久岛下屋久村

雨下个不停。浅灰色的云幕笼罩着屋久岛山脉，已经连续一个半月看不到屋久岛的最高峰宫之蒲岳，下屋久村的三十三间草房都生出了惨绿的青苔。

数十人聚集在村中央一栋大屋门前，在雨幕中拥挤着，发出低沉的嘟哝声。深红色泥浆淹没他们枯瘦的脚腕，那是用来刷涂墙壁的红色涂壁土的颜色。这个屋久岛山深处的村落正在融化于连绵大雨之中。

透过墙壁上的破洞，能看到两个男人坐在屋子当中。水珠滴滴答答落入火塘，腾起呛人的烟雾。坐在上首的白发老人喉结滚动，将唾液咽进枯涸的喉咙。饥饿感如一只巨手攫住他的胃，抓挠着肝肾，把肠子狠狠揉成一团。他肮脏的脚趾紧抠榻榻米，枯黄趾甲刺进草席。

他已经断食整整二十天了。二十天里，他吃下三十八升五合白米，相当于两名精壮武士的饭量，可他还是饿，饿得浑身浮肿，眼睛发黄。再多的米饭都填不饱肚子，唯有味噌和豆腐能带来一丁点儿充实感。他不住地进食，紧接着呕吐；继续进食，继续呕吐。

下屋久村名主（村长）饭田守很清楚自己需要什么。他需要山猪、牛羊、鸡鸭，充满油脂的肥腻的肉是治疗饿病的唯一药品。然而早在二十多天前，村里就再也找不出任何肉类了，即使治饿病不那么有效的咸鱼、干虾也已吃光。全村三十三户，每家每户的米缸都装满了白花花的大米，去年棚田（梯田）丰收，本该让村子安然度过青黄不接的时节，可牛头天王在春雨时分降下饿病，使下屋久村陷入一片混沌。

“父亲大人，村寄合（村议会）早已做出决定，他们已经无法等待下去了。”下首正坐的年轻人说。他的身体浮肿胀大，面色焦黄，显然也正在经历难挨的饥饿。这个年轻人的名字叫稻盛孝广，下屋久村的百姓代，饭田守的女婿，今天是他断食第十九天。

雨鞭打着屋顶，火塘即将熄灭，屋外突然传来巨响，腐烂的篱笆墙被人们推倒在水中。呻吟声渐近，雨幕里，有人影摇摇晃晃走来。

饭田守下定决心，从衣袖中慢慢摸出一柄短刀，说：“这柄肋差是下屋久出身的本乡大人赐给我的宝物，本乡大人是我们七十七万石萨摩藩的总番头（骑兵大将），为人宽厚，一定会原谅我吧，原谅我吧……”

看着老人抽出短刀以白绢擦拭，稻盛孝广忍不住变了脸色，“父亲大人，你要做什么？难道想要自杀吗？我们是农户之身，怎么可以擅自切腹，那可是诛灭全族的罪名！”

“孝广啊……”饭田守翕动嘴唇，以黄疸严重的眼睛望向屋外昏暗的天空，“你还不明白吗？下屋久村已经完了。出去求援的人没有回来，说明所有的桥梁都被洪水冲垮了，通往港口的路也毁掉了，在这场雨停止之前，没人能进来，没人能出去。我活了五十八岁，从没听说世上有这样的饿病。牛头天王将疫种撒在这里，又用山洪封锁道路，就是要彻底毁掉下屋久啊……可是孝广啊，你想想，若能够将瘟疫同下屋久一起埋掉，对萨摩来说不是最好的事情吗？”

年轻人猛地站了起来，双腿因虚弱而摇摇晃晃，“村子不会毁灭，我们会活下去，撑到岛津大人的援军到来！”

饭田将短刀举起，借昏暗天光凝视刀身的云纹，“这话我在饿病刚发生的时候说过，在吃光肉的时候说过，在村寄合决定开始吃人的时候也说过。孝广，外面那些人已经不再是人了，而是食人的鬼，我们都是食人的鬼。每天吃掉一个人，这是恶鬼的行径，就算神佛也不会原谅的……夕子是柔弱的女人，甘愿为村子牺牲，成为大家的食粮；可是朝子才刚八岁，无论如何我也没办法……”

稻盛提高音量：“固然朝子是我的亲女儿，可作为百姓代，我必须听从村寄合的决定！父亲大人，你把朝子交出来吧，别让饭田家蒙羞！”

“嗤——”饭田浮肿的脸突然挤出一丝笑纹，老人回答道：“你没有吃夕子，我很感激你。可你终究会吃人的，不是朝子，就是其他人，变成外面那样的恶鬼……你找不到朝子的。你的眼神已经变了，只要我一倒下，你就会撕下我的皮肉，喝光我的血啊，稻盛！朝子已经走了，她会把灾祸带走，将一切终结……”

这时雷声从天际滚过，闪电照亮山峡间的孤村，下屋久村第十二代名主饭田守，猛力将冰凉的短刃刺入自己的左腹，慢慢向右横拉，刀刃切裂胃肠的感觉并未缓解蚀骨的饥饿。“本该拿锄头的手，看来还是不适合拿刀啊……”老人喃喃自语，“杀死夕子的时候也是这样不干脆，要死很久的样子吧。稻盛，你能当我的介错人吗？……这听起来真像武士说的话啊。”说完，他头一歪，断了气。

“父亲大人！”

鲜血的气味芬芳四溢，稻盛孝广终于屈服于腹中的恶鬼。他扑向自己的岳父，牙齿映出雪白的光。那么多日夜的忍耐，只是因为对父亲大人的尊敬，如今表达敬意的方法，就是将对方的身体当成治病的良药。

村民们拥进大屋，浮肿的、恶臭的、如鬼一般的村民将尸身淹没。外面的人开始啃噬同伴的肢体，呻吟声与咀嚼声在雨声中显得含混不清。

屋外的水流急促起来，红色泥浆冲走浮土，使地下草草掩埋的数十具骨骸显露出来。河水开始泛滥，在山腰用以分流溪水的堤坝旁，一个小女孩正用木棍吃力地撬起闸门。她不明白妈妈究竟去了哪里，也不知道宁静的村子为何变了模样，她只知道自己小小的身体里还有一丝力气，足够完成外公给予她的最后指令。

“嘿呀……”朝子撬开闸门，蜷缩身体，把怀中的东西护卫起来。

堤坝崩溃，洪水到来。来自宫之蒲岳的洪流轰鸣而下，将山石、树木、泥土与小小的村庄一同吞噬。短短几分钟内，泥石流就彻底改变了山谷的模样。

印有萨摩藩大名岛津家十字丸纹章的船帆在风中飘摆，一位武士站在船头远眺，看到黑沉沉的雨帽覆盖下，屋久岛的绿色山脉正在流淌。

“山崩了……”武士摇摇头，叹息道，“返回鹿儿岛吧，下屋久已经完了。”说出这句话时，他的眼角挤出一颗泪珠，那是对故乡最后的惦念。

2014 年 12 月 20 日

美国内华达州提卡布山谷无名农场主宅起居室

“五, 四, 三, 二, 一——”顾铁瞅着腕表读出数字,“现在是 2014 年 12 月 21 日了，同志们。”

屋里的四个人一齐扭头望向屋角的座钟，时针指向午夜十二点，自鸣钟咚咚敲响。人们屏住呼吸，静静等待了一会儿，然而什么都没有发生。壁炉内的火焰噼啪跳动，老式电唱机上有黑胶唱片在吱吱空转。有人手中的酒杯倾斜了，琥珀色的酒液沿着杯壁流下，无声地坠入羊毛地毯。

“又一个世界末日！”长着一头浓密黑发的中国人倒在摇椅中，有气无力地摊开双手，“2012 年的世界末日是假的，又有专家说，根据玛雅历法认真推算，2014 年才是真正的世界末日，结果全是扯淡！无聊，无聊！”

有人将悬空的唱针复位, Billie Holiday 的歌声再度响了起来。“玛雅人的历法同样令人失望啊，铁。那么该下一个故事了，我们每年只聚会一次，除了例行的世界末日妄想之外，总该有点儿新鲜话题吧……浅田，该你了。”一个梳着两条大辫子的印第安女人转过身说。

“没什么好说的。”开口的是端坐在沙发上的中年日本人，这人皮肤黝黑，神情阴郁，看起来不大像是个喜欢讲故事的人。

顾铁嘟哝道：“老兄，拿出点儿奉献精神来吧，难道一年之中就没遇到点儿什么稀奇古怪的事情吗？”

“没有。”名叫浅田的日本人生硬地答道，“我是个杀手，一年来只杀人而已。”

“当然，杀手……”屋里的几个人同时举起杯，喝了一口酒。这个穷极无聊的沙龙有且仅有四名成员，成立十六年来，只聚会过十六次。四个人的国籍、职业和教育背景完全不同，促使他们走到一起的，是20世纪90年代中期刚刚兴起的网络留言板上一场有关生存意义的大讨论。哲学问题是没有最优解的，思维碰撞的结果是漫长而丑陋的论战，而在这场论战当中，四个陌生人发觉了彼此身上某种共性的东西，决定成立一个小小的讨论组，那就是这个沙龙的前身。

这个沙龙是松散的，成员之间基本互不联系，只在每年例行的聚会当中分享故事，彻夜长谈。今年的召集人是顾铁，他是中国北京一家投资基金的管理人，对未知事物有着超常的好奇和敬畏之心，带来的话题总是有关反进化论、反人类沙文主义和末日审判的激进观点。而此刻该讲故事的，是日本人浅田，没人知道他的真名是什么，也没人知道他的职业，浅田总是用那种故作深沉的语气说自己是一个杀手，这成了沙龙的一个例行娱乐项目，每当“杀手”二字出现，大家就要笑饮一杯酒——谁都知道真正的杀手是不可能承认自己是杀手的，所以这只是个玩笑而已。

“离天亮还早着呢，总得聊点儿什么吧？”坐在唱机旁的人说。

这个年纪四十岁的女人是美国华盛顿史密森学会的人类学家，名叫祖尔·科曼彻。

日本人闷闷地喝下杯中酒，“好吧，一个月前，我得到了一件东西，我不太明白它究竟是什么，或许你们能找到答案。”他从灰色外套的内兜中取出一个布袋，解开绳结，将里面的东西倒在咖啡桌上，“三十三天前，我在鹿儿岛县出差，负责接洽的客户是早稻田大学考古研究所的教授，他在鹿儿岛外海的屋久岛上进行考古发掘工作，那里新发现了绳文时期的建筑遗迹。这件东西从他手中得来，似乎对他很重要。我把它当作战利品——不，纪念品留了下来。”

祖尔说：“绳文时期是日本旧石器时代的后期，南九州的绳文遗址多有发现，基本上是距今九千五百年前的小村落遗迹。”说着话，她拿起桌上的物件端详着，“这可不是什么绳文时期的东西，它最多不超过三百年历史。和式的枣木木盒，做工粗糙，并非将军和大名所使用的器物。”

这个不起眼的盒子呈现朱红色，体积与一台游戏主机相仿，接缝处用淡黄色的蜡封闭。浅田点头道：“没错，这是日本幕府时期的东西，当时屋久岛属于萨摩藩管辖，岛上有人居住。在挖掘绳文遗址的时候，考古队发现了一个掩埋于地下的近代村落，根据地方志记载，应该是18世纪初毁于山体滑坡的下屋久村。由于没有得到挖掘许可，考古队并未进行深入发掘，不过在工程机械掘出的坑洞中找到了大量尸骨。这个盒子是早稻田教授私自取得的，没有列入日志当中，我猜想其中一定有着什么不寻常的理由。”

“可以打开吗？”顾铁拿出一柄薄刃的匕首。

“要考虑到毒气和病菌的可能性。”旁边金发碧眼的男人提醒道，随即耸耸肩，“仅仅是提醒而已。”这个英俊的北欧人是沙龙的第四位成员，芬兰医药集团公司 IDD 的研究中心主任安德鲁·拉尔森，目前在美国 CDC 疾病预防控制中心从事高等级病毒实验室的组建工作。

“那我打开了，看看里面有什么宝贝。”顾铁催促道，“浅田你接着说。”

刀刃沿着盒子的缝隙刺入一撬，蜡封被破坏。中国人轻轻抽出盒盖，向里面看了一眼，“咦，还有一个盒子。”

日式木盒里装着另一个黑漆漆的木盒，除此之外空无一物。祖尔脸上掠过惊疑之色，将黑色小盒捧在手心，“奇怪，这是中式的红酸枝机关盒，用料相当考究，没猜错的话，应该是中国明朝所造。这种机关盒由能工巧匠定制，每只盒子由数十个木块榫卯拼接而成，必须按照特定顺序才能组装起来；而开启的时候，也必须按照特定顺序抽出相应的木块才行，否则榫卯会越咬越紧。瞧，盒子表面还用黑色的火漆刷过，所以变成这种颜色。火漆中的虫胶经过数百年时间胶结干燥，已经把机关盒彻底粘成一个整体了。”

这时屋中的人都聚集在咖啡桌前，好奇地端详着黑色机关盒。顾铁一副心痒难耐的表情，“能打开吗？日本盒子套中国盒子，里面没准儿还有个埃及盒子呢！”

“以现代技术对盒子进行扫描，把结构中的每一块木片还原为三维模型，就可以找到开启的顺序。”祖尔有点儿犹豫，“可是这只盒子已经无法正常开启了，恐怕只能切割开来。”

浅田给自己杯中倒满酒，继续说下去：“我的客户——早稻田大学的教授先生留下了一份工作日志，其中有对那几十具骸骨的描述：绝大多数骨骼有噬咬的痕迹，留下齿痕的并非兽类，而是人类，下屋久村遗址毫无疑问是一出食人惨剧的现场。这一发现能够颠覆日本人长久以来自我标榜的国民品格，除了斯特拉·马里斯大学橄榄球队事件以外，还未曾有过如此确凿的证据证明文明社会中的群体性食人事件存在。”

“吃人？”安德鲁·拉尔森倾斜身子，显出很感兴趣的样子，“洞穴奇案是最著名的法学、哲学问题之一，看来今年浅田带来了一个好故事。这盒子在其中又扮演了什么角色呢？”

日本人摇了摇头，说：“我不知道。教授先生应该已做出某种程度的推断，不过他并没发表研究成果，他只提到这个盒子是在一具矮小的女性尸骨身旁发现的，那具骨骼表面并没有啃噬痕迹。在萨摩藩的地方志中，下屋久村是被罕见的大雨隔绝交通近两个月之后，才被泥石流摧毁的，两个月之中究竟发生了什么，这谁都不知道。”

顾铁挑起眉毛，“那还等什么？”他抓起盒子站了起来，“X光照相，确保里面的东西不被伤害，然后用锯子锯开它，我们的地下基地有这些设备。”

“这种机关盒一般用于保存非常重要的资料、信物和贵重物品，如此完好的明代红木机关盒是极其罕见的，未开封的更是收藏家眼中的至宝。”祖尔说，“这件东西如果完整地送到苏富比，有三十万美元以上的价值。”

“比起人类的好奇心来说，三十万美元一点儿都不贵。对吧？”中国人如此作答。

四个人起身离开温暖舒适的客厅，沿隐秘的螺旋楼梯降至地下一层，这间大屋装满稀奇古怪的收藏品（一半是与外星人有关的玩意儿，另一半是泡在福尔马林里面的诡异器官），周围四间实验室有着完备的解剖和理化分析设备。

沙龙的成员们走入第四实验室。红木盒子在X射线成像仪上转了几圈，一个立体模型呈现在投影屏幕上，盒子里的东西显出形态——毫不令人意外，那是另一只盒子。

“看起来是金属的。”顾铁挠挠鼻尖，“体积不大，正好将机关盒的内部空间填满，一丝缝隙都没有。”

“不，应该说机关盒就是为了封锁里面的金属盒而制造的，中国古代工匠有能力把硬木工艺品的误差控制在一毫米之内。”祖尔用手指在模型上画出几道切线，“这台X光机的功率太低了，看不清更里面的东西。应该从正面和两个侧面下锯，将上半部的红木剥离下来，锯路一定要窄，以防伤到金属盒子——这是在破坏艺术品，你们知道的。”

安德鲁·拉尔森微微一笑，“让我来吧，这不会比外科手术更难。”他将盒子捧至旁边的一台仪器上，熟练地键入数据设定参数，将机关盒用夹子固定，按下数控木工机床的启动按钮。“吱——”0.3毫米的超薄链锯开始切割木盒，人造金刚石锯齿柔滑地破开坚硬的红木，空气中出现一股微酸的香气。

这时顾铁发言：“历史上有关吃人的记录是很多的，比如中国史书中就多有记载，大饥之年，易子而食，割肉道殍，灾民为了活命是不顾伦常的……关于人性的讨论先搁一边，我倒是想起一件不太平常的吃人事件，就发生在制造机关盒的明代。明朝天启二年，贵州一带爆发‘奢安之乱’，彝族头领安邦彦率领大军围困贵阳城三百天，贵州巡抚李橒率军死守城池，城中缺粮，开始吃死人的肉，后来吃活人的肉，再后来连亲人朋友都抓来吃。军队公开贩卖人肉，每斤生肉卖一两银子，等到叛军退走的时候，原本十万户人口的贵阳城只剩下千余人幸存，好几万人被活活吃掉了……这事是《明史》中记载的，听起来更像恐怖小说里的情节，若不是白纸黑字写着，绝对想象不到人类的疯狂能够达到这种程度。”

这耸人听闻的故事使屋子陷入寂静。过了一会儿，祖尔开口说：“这不是我研究的方向，不过在战争中出现食人事件并不罕见。根据史料记载，伯罗奔尼撒战争中，波提狄亚人被围困时就以尸体为食，而《拿破仑传》中多次提到俄国士兵烹食小孩的场景。《圣经·列王纪》说：你在仇敌围困窘迫之中，必吃你本身所生的，就是耶和华你神所赐给你的儿女之肉。这说明吃人这件事情在特定条件下是被社会所接受的。”

“阿兹特克文明的献祭仪式中有吃人的环节，当然那主要是宗教意义上的行为。”北欧人说。

“数万人疯狂地大规模彼此相食，这不能仅仅归结于战争的原因吧。”中国人若有所思道，“若说起类似的事件，中国还发生过一回……我突然有点儿不太好的预感。”

这时机床“嘀嘀”一响，切割完成了。拉尔森松开滑动卡扣，黑色木片左右倒下，露出下面的金属表面。看到显露出来的东西，几个人同时屏住了呼吸，浅田突然向后退了一步，低声道:“这是一个错误，不应该继续下去了。”

“要有科学求真的精神，浅田。”金发的芬兰人说，“绝不应该就此停下。”

出现在众人眼前的是一只金灿灿的长方形金属盒，看起来像镀金制品，可短短半分钟内，其表面就浮现了一层青绿色的锈迹，显然以前是红木机关盒阻止了氧化反应的发生，而当金属盒暴露在空气中时，这一反应过程便加速了千万倍。盒子表面雕有人物图案，线条是诡异的暗红色，五个人物分别位于盒子的五个面，五人面目不清，分别手执勺与罐、皮袋与剑、扇、锤、火壶，唯一没有人物的表面则刻着复杂纹饰。肉眼看不到盒子的接缝，看起来完全是一个金属浇铸的整体。

祖尔显得神色凝重，她默默观察金属盒，思考了一小会儿，说道:“这五个人物形象，应该是中国神话传说中的‘五瘟’，也就是五位瘟疫之神。而纹饰图案代表‘四神’，镇守四方的四大神兽。在中国文化里，这种形式叫作‘四神镇五瘟’，表示降服瘟疫的意思。我在去年召开的墓葬文化研讨会上见到过类似的壁画，那是在瘟疫死亡者的合葬墓中出现的。”

“越来越有意思了。”顾铁拍了拍手，“根据惯例，不感兴趣的人可以提前退出了，到上面继续喝酒吧，酒柜里还有上好的单麦芽威士忌——我记得是美妙的麦卡伦三十年。”

浅田一语不发地转身就走。剩下三个人围在工作台旁边互相注视，直到离开者的脚步声消失在楼梯口，芬兰人说:“继续吧，看来你已经找到什么线索了。”

顾铁将眼神投向那神秘的小盒，“算是吧。这金属盒子是件青铜器，未经氧化的青铜器呈现金黄色，这证明盒子刚一制造出来就被封锁在了外层的机关盒中。只是有一个问题对不上号，看来需要做一个碳-14鉴定才行。祖尔，如果没猜错的话，四神五瘟的图案应该流行于唐代，而那个朝代正是中国青铜器时代的尾声——这盒子来自唐朝。”

“这不可能！”其他两人异口同声叫道。

2014年12月21日

美国内华达州提卡布山谷无名农场地下实验室

“铜盒铸成之后立刻被红木机关盒收纳，因此两只盒子的年代应该是一致的。明代是最合理的推测吧。”芬兰人说。

祖尔犹豫道：“这只盒子从造型和纹饰来说，确实符合唐代器物的特征。中国自五代十国以后普遍使用黄铜和紫铜，一般只有钟鼎等大型器物才会使用青铜浇铸……不过不排除仿古的可能性，宋代曾铸造了相当数量的仿古礼器。”

“碳-14，很简单就能解答我们心中的疑惑，半衰期不会骗人。”顾铁戴上手套，小心地捧起盒子来到第三实验室，把铜盒摆在一个不锈钢操作台上。地面上的仪器只是冰山一角，庞大的加速器线圈藏在深深的地下，这台加速器质谱仪是足可以媲美顶尖大学实验室的新型设备，而懒散的主人们看来很少使用它，仪表上落着薄薄的灰尘。

祖尔对这种仪器并不陌生，她使用一次性探针从红木机关盒上取了三个样本，又从青铜盒表面阴雕处取得三个样本。碳-14鉴定法无法测定无机物的年代，不过盒子阴雕线条中涂有赤红色颜料。“这应该是银朱（硫化汞）与桐油的混合物，能够代表铜盒制造、雕刻、涂装的年代。”人类学家一边介绍，一边将探针插入收纳口，盖上保护盖，打开质谱仪的电源开关。

“嗡嗡……”不知藏在何处的大功率柴油发电机启动了，加速器要将同位素原子加速到数十兆电子伏特，所需要的电量是惊人的。屏幕显示整个程序需耗时十分钟，几个人就在仪器旁边坐下来，一边观察铜盒，一边继续讨论。

安德鲁·拉尔森将领带稍微松开，做了一个深呼吸，“稍微整理一下头绪。从营养学角度来讲，人肉同猪肉和牛肉没有太大区别，不过作为食物链顶端的生物，人肉是自然生物中污染富集程度最高的，常吃容易重金属中毒；而长期食用死者的肉则会导致某些疾病的交叉传染，例如巴布亚新几内亚 Fore 部落因朊蛋白病毒而引起的震颤病。另一方面，顾铁刚才提到的大规模食人事件是有医学可能性的，甲状腺异常、胰岛功能亢进、皮质醇增多症等都可导致食欲亢进。若某种未知的传染病能够抑制饱食中枢的活动，使感染者出现异常旺盛的食欲，那么一千人吃掉几万人的场面就很可能出现。他们会吞下比食量多十倍的食物，不住呕吐，继续进食，直到成为别人的食物，化为一摊呕吐物……想象一下那是什么样的画面？”

祖尔露出恶心的神色，顾铁打了个响指，说：“就是这个思路！刚才我想到另一起群体性食人事件，灾难发生在唐朝至德二年，安史之乱时期。当时，安禄山的儿子安庆绪派兵进攻睢阳，唐将张巡守城十个月，粮尽后开始大规模吃人，到城破时，睢阳城四万户，只剩四百人活了下来。盛唐年间发生这种惨剧，恐怕是大多数人所不知道的吧。”

“你是说唐代、明代的两起事件，都是盒子里的东西引发的？”拉尔森质疑道，“这说法没什么依据，虽然骇人听闻，可毕竟是战争中发生的事情，战争的本质就是剥夺生命。”

中国人摆摆手指，“不不，它们不符合战争的基本规律，守城战本身是消耗战，一旦资源枯竭，战争就走到了尽头。军民相食开始的时候，就是城防崩溃的时候，根本不可能再坚持那么长的时间。两起事件的守城时间都是十个月，即三百天，其中显然有着明显的规律性。无论史书中怎么记载，我认为，真实的攻城战其实早早就结束了，是敌军在城外隔岸观火，不肯进入这两座陷入疯狂的城。当数万人、数十万人大口大口撕扯对方血肉的时候，谁会做出大举进攻的决定？十个月，或许是幸存者人数递减到一个足够小的规模，或许是传染病的传播期已经过去，一切才算结束。”

祖尔脸色变得煞白，“就是说，这铜盒子里装着的是病毒？能导致人吃人的恶性病毒？”

芬兰人立刻纠正：“病毒在活体之外不呈现生命特征，离开宿主细胞后，没有代谢机制的病毒最多只能存活几天。”

“传染病在唐代的暴发导致了睢阳食人事件，当时的人铸造了四神镇五瘟纹青铜盒将最初传染源封存起来；八百六十五年之后，盒子被打开了，贵阳食人事件发生，于是人们按照唐代铜盒的原样铸造了第二只铜盒，重新封锁传染源，并且用红木机关盒加以额外保护。八十年后，这盒子辗转流落到日本，在九州的一个小岛上引发了食人事件。我刚在红木盒底部发现了一个直径不到两毫米的小孔，像是手钻留下的痕迹，日本人一定想窥探里面的东西，不小心把青铜盒与红木盒那微小缝隙中的瘟疫释放了出来。”顾铁向大家展示红木机关盒的碎片，“这就是我的推断。”

祖尔说：“也就是说，我们正处于危险当中吗？”

拉尔森略加思索，“我不这么认为，排除病毒的可能性之外，细菌类的群体生命是无限的，而在封闭环境中的单体受到细胞寿命限制，其生命周期其实很短，比如大肠杆菌的存活时间只有二十五分钟左右，酵母菌的存活时间不超过一个小时。目前最耐不良环境的细菌芽孢也存活不过二十年。无论里面曾关着什么怪物，都应该早已死去了。”

祖尔嚷道：“可是几起事件间隔几百年，就说明病原体一直活在盒子里头——这分明就是现实中的潘多拉盒子！”

“战争。疯狂食人。被毁灭的城市。”顾铁眉心打了一个结，“如果反过来想想的话，蒙古人进攻克里米亚半岛时就曾经将死尸抛进城市，用黑死病作为生物武器。这种食人怪病难道也是作为一种武器存在的？只是其表现形式太过凶残，威力不易控制，而安全期又太漫长，才会被重重封印起来，极少被使用在战争当中……”

拉尔森说：“那么日本村庄事件只是个意外，真正的瘟疫，还藏在明朝铸造的铜盒里未被释放出来。”

屋里突然安静了，三个人不约而同地沉默下来。青铜盒子闪耀着异样的绿光，五瘟使者在铜锈下若隐若现，仿佛在盒子表面蠕动起来。

“到此为止。将铜盒密封起来，埋藏在内华达的戈壁滩深处，我们得去做个全面的身体检查，然后忘掉这件事情。”

“我同意。”

“同意。”

“同意。”

不知谁先开口，一个决议立刻达成。

祖尔说：“我突然想起一件事，你们是否知道印度的摩亨佐达罗遗址？它被称为‘死丘’，是印度河中一座岛屿上的大型城市遗迹，科学家们推测这座城市是在相当短的时间内毁灭的，有四万到五万人集体死去，大量骨骼堆积在城市当中。如果是类似的食人事件的话……”

正在这时，质谱仪嘟嘟的提示音打断了她的话，检测结果出现了：“样本一：1620 年（±8 年）；样本二：1620 年（±8 年）……样本六：1620 年（±8 年）；复检将在十秒钟内开始。”

顾铁点点头，“没错了，正是贵阳城事件发生的年代。若分析青铜盒的成分，一定能发现那符合唐代青铜器的合金比例，因为新盒是融化旧盒重新浇铸的，古人一定认为这种特殊的金属和纹饰能够压制瘟疫。”

“轰！”这时不知从何处传来砰然巨响，四周立刻陷入漆黑，焦煳味沿着通风系统传来。屋里混乱起来，惊叫声和碰撞声响起，有人嚷道：“短路了！供电系统的负荷太大了，备用发电机启动需要三十秒……好了好了！”

头顶灯泡啪啪闪烁，接着慢慢亮了起来，实验室重新被柔和的白光照亮，三个人站在质谱仪旁，胸口起伏不定。“等等……”顾铁慢慢低下头，望着工作平台上完整的青铜盒，长长地出了一口气，“还好没事，要是有人碰到盒子就糟糕了，这种青铜器很坚硬，因为铸造时添加锡的比例相当高，不过同时韧性会变得很差，一摔就会碎成渣子吧？”

祖尔说：“快把它封起来，我再也不想看见这玩意儿了，即使这是个能获得诺贝尔奖的研究课题。”

安德鲁·拉尔森小心地捧起青铜盒，放进玻璃箱，带到第二实验室进行喷洒消毒，用玻璃和铅盒做了双重密封，最后用 HDPE（高密度聚乙烯）热塑树脂将铅盒裹在里面。芬兰人亲手将这团琥珀一样的东西丢进地下室的渗漏竖井，然后向井中灌入大量的速凝水泥，确保它被埋在无人能触及的地方。

完成这一切时已是早晨六点。拉尔森摘下手套，抹去脸上的泥浆，“我们再去做一次消毒，接下来我会抽取咱们几人的血液样本做病理检验，确保没有染上什么怪病。观察期三天，没有异常的话才能离开这里，没异议吧？”

“当然，安全第一。”祖尔说。

“可惜没能看到那东西的真相，有点儿遗憾啊……”顾铁打了个哈欠，“这次聚会要延期了，希望大伙儿都有其他的好故事可讲。”

三个人说着话离开地下室，灯光熄灭，屋子重归黑暗。

“咔嗒——”在八十米深的地下，被重重包裹起来的铜盒突然裂开。它早就被人砸裂，只是拼合在一起勉强维持形态而已。若有光源照亮盒子，能看到断茬处的青铜呈现耀眼的金黄色，五瘟使者的脸支离破碎。盒子的内部空间小得可怜，只能勉强塞下一只ZIPPO打火机——而无论里面曾经装有什么，此刻都已不在了。

2014年12月24日18：22

美国纽约皇后区肯尼迪国际机场6号航站楼

来自拉斯维加斯的航班刚刚降落，人流拥向机场捷运换乘站，航站楼中央竖着一棵巨大的圣诞树，喇叭播报起降信息的间隙一直在反复播放《铃儿响叮当》。“哦呵呵呵呵——”圣诞老人驾着电动雪橇滑过大厅，笑着向孩子们分发礼物，大屏幕上每隔一分钟就飘过一阵雪花。圣诞节到了。

一个穿着黑色风衣、戴着黑色滑雪帽和墨镜的人低头向停车场走去，看起来似乎不太享受这温馨的圣诞氛围。这时滑动门开了，一群身穿厚棒球外套的男孩冲了进来。“汤姆，传球！”“二垒！传给二垒手！”他们大声叫嚷着，将棒球掷过人们的头顶，瞧着吓了一跳的人们哈哈大笑。

“嘭——”黑衣人与其中一个男孩撞了个满怀。这群高中生立刻将他围了起来，用金属球棍推搡着他的肩膀嚷道：“喂喂，你差点儿撞坏我们的第三棒打者哩！斯特里国王学校棒球队正要去佐治亚教训红脖子乡村队，万一大明星汤姆·史迪威被你害得怯场起来，难道要由你站上该死的打者席吗？”

“听着，我不想惹麻烦。”看不清面目的人举起双手，“快点儿去赶飞机吧，大明星们。我只想走出这道门而已。”

棒球队员们笑了起来。“有意思。教练怎么说来着？”被撞到的健壮男孩将棒球抛来抛去，突然握住球用力砸向对方的心窝，“砰！痛快地用触杀来解决战斗！”

黑衣人捂住胸口痛苦地弯下腰，男孩们发出一阵哄笑。“你们在干什么？”机场保安在远处大喊一声快步跑来，领头的男孩带着队员迎上去把保安围在当中，“没什么，先生，这位路人跌倒了，我们扶他起来而已。”

这时候黑衣人低声说：“你有没有想过……有一天改变整个世界？”

“你说什么？”手持棒球的男孩愣了一下，接着笑了起来，“这是灵异电视剧的桥段吗？你要告诉我，我是被什么组织选中的？有哪位灵魂导师是你这副男不男女不女的模样吗？哈哈……”

“在飞机上我做了一个决定。”黑衣人自顾自说下去，“我一直在试图了解人类，想搞清楚人心中最深的善和恶，可接触的人越多，就越觉得迷茫。刚才看到三万米高空的蓝天，我感到人类只是这地球上寄生的渣滓而已，没有半点儿价值；可当纽约出现在舷窗里，我又改了主意，因为无论是多么丑陋的物种，能建造起这么复杂高效而美丽的城市，都是件相当了不起的事情。”

健壮男孩皱起眉头，用力推了他一把，“你精神有问题吗？”

黑衣人缓缓抬起头，“我必须做出选择，因为身上肩负着使命，从你的小脑瓜里不存在的遥远时代的遥远帝国继承而来的使命。我做了个决定：从下飞机的一刻起，第一个跟我对话的人若是善意的，我就停止这件事；若相反，我感受到了人类的恶意，那么一切就从此刻开始。德国演化生物学家吉斯·詹森通过对黑猩猩的研究得出结论：即使最接近人类的黑猩猩，也没有人类这种纯粹的卑劣品格，它们不会主动拉动机关剥夺其他黑猩猩的食物——‘恶意’这种东西是人类所独有的，是与社会性共同产生的毒瘤，是天性，是人的原罪。你们没有让我失望，大明星，恭喜你，2014 年 12 月 24 日 19 时 23 分，你改变了世界。”

黑衣人的右手伸进衣兜捏碎了什么东西。随着手指抽出，一缕灰白的粉末从指缝间飘散。没人看见这小小的动作。

“疯子！”男孩使劲一搡将他推倒在地上，转身挤进人群。棒球队员们还嘻嘻哈哈围着保安说话，球队教练正走进机场大厅，圣诞老人抛出系着红色蝴蝶结的礼物盒，孩子们的眼神追逐着雪橇上的铃铛，一片雪花从自动门的缝隙中飞进来，马上被空调的热风融化。

空气循环系统让某种未知的物质在半个小时内散布到整个机场。

一个小时后，有人通过网络访问了纽约城市供水委员会的网站，浏览了纽约市几大自来水系统的概况。

四个小时后，黑衣人站在朗道特河北岸白雪覆盖的针叶林中，打开银色密封箱，捧出一团淡黄色的物体。北风吹来，笼罩着这团有机质的灰白色烟雾如纱轻舞。黑衣人松开手指，浅绿色河面泛起小小的水花。

“嗨，老兄，别乱丢东西啊。”不远处一位裹着厚毯子的垂钓者抱怨道。

“对不起……祝你好运。”黑衣人向他点头致歉，提着箱子转身离开河岸。

薄冰碰撞发出细碎的声音，清澈的河水向南流淌。这些来自卡茨基尔山脉的清流将流入朗道特水库，在那里进入供水系统，为纽约市提供百分之五十以上的日常用水；而流出朗道特水库之后，水体会一直向东汇入哈德逊河，贯穿整个纽约，注入纽约湾。

四十个小时后，黑衣人播下的种子已遍布整个纽约。

2015年2月19日16：02

俄罗斯摩尔曼斯克市北海水文水资源研究所

“别连科先生，你在这里，太好了。”办公室门开了一条缝，副所长把头从里面探出来说，“我需要七天内的所有水文资料样本，深度由两百米至表层每十米抽样，精确到每小时。这事要保密，客人不希望惊动所长，所以别通过系统报备了，直接去样品室拿吧，我打过招呼了。”

名为别连科的实验室助手刚刚在门外偷听，此刻显然吓了一跳，“是、是的，博士，样本数量这么多，可能要花点儿时间。”

“别耽搁太久，装箱的时候要千万小心，别连科先生。”大胡子的中年副所长摆摆手，关上屋门。他走到沙发前，给客人的骨瓷茶杯续满红茶，“再喝一杯吧，反正时间还早。”

裹着黑色羽绒服的人扭头看看窗外，虽然只是下午四点，摩尔曼斯克港的夜幕已然降临。港口的探照灯照出雄伟巨舰的剪影，那是进港检修的俄罗斯北方舰队旗舰“库兹涅佐夫号”航空母舰。受到北大西洋暖流的影响，摩尔曼斯克是北极地区的优良不冻港、俄罗斯最大的渔港和北方地区最大的商港，也是北方舰队的驻扎地。

“谢谢。这茶很棒。”客人端起茶杯，抿了一口深红色的茶水，慢慢咽下滚烫香甜的液体。不适感自胃部传来，客人不动声色地侧过脸，以免主人看到自己的表情。

副所长愉快地摆弄着茶壶，“一到冬天几乎晒不着太阳，只有喝茶才能让身体暖和一点儿。这种中国茶加上柠檬、蜂蜜和红糖是最美味的，能让你的脚暖和一整天……对了，你为什么对北海的海水有兴趣？摩尔曼斯克的水没什么特殊的，在其他几个不冻港也能找到几乎相同成分的海水样本啊。”

客人答道：“只是在这里短暂停留而已，我从布雷顿角、纽芬兰、冰岛和挪威来，前面也到过几个港口，通过一些手段收集了海水样本。因为我们是旧识，所以特地在摩尔曼斯克多停一天，好跟你坐下来喝杯茶。”

副所长说：“那么你已经去过特隆赫姆和纳尔维克了？”

客人说：“没错，接下来还要去阿尔汉格尔斯克和伊加尔卡看看。”

“你在追逐北大西洋暖流啊。”主人笑了起来，“我们早过了做这种傻事的年纪了，在找什么东西吗？这可不是你擅长的领域。”

黑衣人说：“并非特别寻找什么，只是有个特别长的假期需要浪费而已。这么说吧，圣诞前夜那天，我在纽约附近丢下了一些东西，这小玩意儿被墨西哥湾暖流带到北冰洋来了，按照洋流的平均速度，它们应该已经到达这里了吧。”

副所长笑道：“我们的圣诞前夜可是1月6日，别忘了这儿是俄罗斯。对了，你记不记得漂流小黄鸭的故事？1992年，一艘从中国出发去往美国的货船在太平洋遭遇风暴，两万九千只塑料小黄鸭坠入大海，其中一批鸭子花了三年时间完成了一万一千公里的北太平洋副热带环流漂流，访问了印尼、澳大利亚、南美洲和夏威夷；而另一批鸭子向北漂去，通过白令海峡前往北冰洋，花了五年时间才穿越北极到达格陵兰，向南进入大西洋，乘着墨西哥湾暖流抵达英国西海岸。这支迷路的鸭子舰队总共花了十六年时间才完成从太平洋到大西洋的环游之旅，总里程三万五千公里，几乎绕了地球一圈。到现在还有上万只鸭子在海上漂流，上个月我们的研究员就在港口捡到了一只鸭子，看来有些鸭子乘着墨西哥湾暖流来做客了呢。”

“啊，很有趣。”黑衣人说，勉强挤出礼貌的笑容，“根据我的观测，洋流推动漂浮物的速度比预想得要快呢，尤其是微小的漂浮物。”

副所长问：“什么漂浮物？”话刚出口，他又笑着摆手，“不不，你不用回答，我知道你是个很有原则的人。那么，聊点儿不碍事的话题吧，我的三女儿娜斯塔西娅去年获得了摩尔曼斯克州大提琴演奏比赛的银奖，要不要看她的比赛视频？我一直存在手机里面呢。”

“啊，当然。”黑衣人说，“不过我时间有点儿紧，老朋友，这回没空去你家里做客了，如果样本准备好的话，我会搭一个小时以后的飞机离开。”

“别连科先生，五分钟之内准备好样本给我。”副所长拉开门冲外面吼了一声，回到桌前，掏出手机调出比赛视频，然后殷勤地给客人斟满红茶。“起码喝够了茶再走吧，尝尝卡莲娜亲手烤的饼干。偷偷告诉你，右边的锡瓶里装的是最好的斯米尔诺夫伏特加。”他调皮地眨了眨眼睛。

手机屏幕上红脸蛋的女孩开始演奏舒曼的《梦幻曲》，走廊里响起实验室助手的脚步声。两个男人举杯相碰。

离开研究所五分钟之后，黑衣人跪倒在路边不停呕吐。令他感到恶心的并非红茶、伏特加和饼干，而是一切来自农作物的纤维类副产品。

几乎将整个胃清空之后，这个男人虚弱地靠在路灯杆上，摸出一块食物塞进口中，当囫囵嚼碎的肉干滚落喉咙的时候，他发出了满足的呻吟。

“这只是开始。”望着北极星照耀下的港口，他自言自语道，“我会好好培育你们……人类种下的是什么，收获的也是什么。顺着情欲撒种的，必从情欲收败坏；顺着圣灵撒种的，必从圣灵收永生……”

悠远的汽笛声传来，庞大的北海舰队即将起航。

同一天 16：24

美国纽约曼哈顿上东区理查德·纳茨内科诊所

“最近这样的例子多起来了，太太。您是在过分担心而已。”纳茨医生合上病历表，“就像我一直在说的那样，挑食对这么大的小伙子来说不算什么大问题。我开给你的复合维生素片可以弥补膳食中缺乏的营养成分，而且对于棒球队的运动员来说，牛肉和牛奶是最好的蛋白质来源……只爱吃牛排、小羊肉、炸鸡和培根？这听起来像三亿美国人的通病呀，哈哈哈……”

桌子对面的女人犹豫着说：“可汤姆以前不是这个样子，他很爱吃蔬菜，也爱吃肉汁土豆泥和起司通心粉。现在除了肉类以外，他什么都不碰。”

医生再次打开病历表，指着上面的字母和数字说：“现代医学是非常精准的科学，史迪威太太，您儿子的身体非常健康，所有读数都在正常范围之内，他的体能比同年龄段的大多数孩子要好得多。唯一的问题是右肩三角肌拉伤，挥棒动作导致的职业病——相比那些浑身零件都已经破破烂烂的职业选手来说，这根本不值一提。”

“好吧，谢谢。”史迪威太太站起来同医生握手，走出了办公室。外面的高中棒球明星早就等得不耐烦了，他挥舞着拳头嚷着：“我就要错过晚间练习了！快点儿，晚高峰就要来了，我可不想堵在路上！”

“走吧。医生说你一切正常。”女人拎起儿子的棒球包。

“我早说过。”汤姆·史迪威烦躁地走在前面，“对了，路过135街的时候停一下，我去买一桶鸡块。”

“你以前总说那是贫穷的黑人才吃的食物啊。”

“随便啦。”

同一天 23：50

沙龙的几位成员同时收到了顾铁发来的一封电子邮件：

To 同志们：

我最近一直在考虑人吃人的法律问题。吃人这件事本身犯了侮辱尸体罪，可如果为了生存不得不吃人，则可应用《刑法》第二十一条的紧急避险原则：“为了使国家、公共利益、本人或者他人的人身、财产和其他权利免受正在发生的危险，不得已采取的紧急避险行为，造成损害的，不负刑事责任。”也就是说，如果我们不亲手杀死别人（中国也没有对见死不救量刑的法律条款），被迫吃人就是无罪的。我不是法律专家，只想问问其他国家的情况是不是类似。这大概是个挺有意思的话题。附上一本很有价值的专著《中国古代食人考》，里面或许有青铜盒子的线索。

顾铁

P.S. 今天是中国的农历新年，最近大鱼大肉吃多了肚子真难受，身体是革命的本钱！祝大家都好胃口。

2015年4月1日20：44
日本横滨京滨工业区A6道山吉进出口株式会社

浅田刚刚结束为期一个月的工作，回到横滨。他按照惯例在离公司两公里外的地方下车，确认没有受到跟踪，绕了几个弯回到那栋陈旧的三层小楼，掏出钥匙开锁，将卷帘门拉开一条缝，钻了进去。

门前街灯将一束光投向屋内，照亮一双高高翘起在办公桌上的脚。浅田放下行李箱，转回身关闭卷帘门，让自己和不速之客同时陷入黑暗当中。“我不喜欢这样。”他的声音沉闷地响起，“出去。”

“我也不喜欢，但谁让你手机不开机呢。”坐在桌后的人说，“停电两天了，你冰箱里的菜都开始发臭啦，瞧瞧你的电费账单，从去年六月起就没交过一分钱，攒钱留着干吗用啊，老兄？”

“出去。”日本人的声音换了一个方位。

椅子的挪动声传来，桌后的男人站了起来，“我只想跟你聊聊而已，虽然这样不太符合沙龙的规章制度，可谁让我没什么朋友呢。”他说着话，发现一个红点出现在自己胸口部位，隔着衣服灼得心脏怦怦直跳。

“出去。”浅田第三遍重复道，这语气听起来，他不想再重复第四遍了。

“啪嗒。”突然一朵小火苗亮起，一次性打火机的火焰照亮了顾铁扬着眉的脸，“原来你真是个杀手啊。我会自己滚出去的，可走之前，我必须问你一个问题……你饿不饿？”

这问题显然出乎日本人的意料。沉默了一会儿，阴影中走出浅田高瘦的身影，他手腕一转，手枪无声地消失在袖管里。“吃完东西，然后出去。”丢下一句话，他拎起行李箱转身登上楼梯。

三支蜡烛的光填满屋子，这栋楼的二层空荡荡的，没有任何家具，两人盘腿坐在地板上，每人面前摆着一份单兵作战口粮。

在等待口粮自加热的时间里，顾铁说：“我知道咱们两人没有多深的交情，不过能坦率地把老巢的地址告诉我，就当是你相信我的证明吧。浅田，我的身体出问题了，从几个月前开始的。问题就是——米饭和面条再也填不饱我的肚子，只有肉才能解渴。宣武医院消化科主任医师给我做过检查，结论是缺乏必要消化酶导致的异食症。他开了几瓶药给我，让我每顿饭前服用一片，过段时间再去检查。”顾铁从兜里掏出一个小药瓶放在地板上，“复方消化酶：含胃蛋白酶、木瓜酶、淀粉酶、熊去氧胆酸，用于食欲缺乏、消化不良等症。药效起初非常好，我又能吃大碗的炸酱面，大口大口嚼黄瓜了，每天三次，每次一片，药效持续了一个礼拜。”

作战口粮开始冒出白烟，浅田沉默地拆开咖啡包，倒入一次性茶杯。

顾铁叹息道：“那天晚上我在公司加班，吃了盘外卖的炒饼。几分钟后，我开始喷射状呕吐，像个洒水机一样把整张办公桌浇了个遍。之后情况就更严重了，与肉类无关的物质不能与胃相容，加大用药量的话能暂时控制这种情况，可只能维持很短一段时间——这是个不断下降的螺旋。”他平伸双手，药片噼里啪啦掉了一地，“现在再多的消化酶也不起作用了，我只能吃肉，大量吃肉，远超过身体需要量的红肉。”

日本人抬起眼皮看了他一眼。顾铁露出苦笑，“我没有再去医院，因为这不是什么异食症。我被感染了，浅田，被那盒子里的东西感染了！而你就算没有亲身参与开启盒子的过程，也与盒子处于同一个房间之内，面对同样的感染源……如果没猜错的话，你也早就不能进食谷物和蔬菜了，对吧，老兄？”

口粮加热好了，红酒牛肉烩饭散发出诱人的香气，日本人用叉子铲起米饭送进口中咀嚼着，一边说：“不，我很好。我说过不要打开盒子。我根本就不该把那盒子带到沙龙，更不该当众拿出来。”

顾铁三口两口把牛肉吃完，然后用自己包里的牛肉干补充能量，“你是个嘴硬的家伙……不承认也没关系。我想问的是：你认为是谁开启了最内层的青铜盒子？红木盒子是安全的，青铜盒子才是感染源，我认为是在农场断电的半分钟内，有人用重物敲裂了青铜盒，把里面的东西取了出来，造成我们几人的连带感染。”“不是我。”浅田冷淡地回答，继续吃着米饭，“或许是你，或许是芬兰人，又或者是祖尔。我不关心。吃完你就赶紧出去，我不想被你传染。”

中国人咧嘴笑了，“你这么谨慎的人，怎么可能听说我身患传染病的消息而无动于衷？唯一的解释，就是你也得了一样的病……别闹别扭了，事情比你想象得严重得多，这可不是什么玩笑！”

浅田吃光盒里的饭，喝完咖啡，把垃圾装进纸袋，站起来说：“好了，话说完了，走吧。”他没再给顾铁说话的机会，用瘦长的双臂推搡着顾铁下楼，直到把客人送出门外。“路口右转，便利店门口有一辆丰田花冠，车钥匙在右后轮胎上面放着，开着去机场，然后飞回中国去。”他说，“再见。”

卷帘门“轰隆隆”关闭。顾铁站在街灯下，望着一片漆黑的小楼，没有离开。五分钟后，他绕到楼房后面，攀着排水管爬到二层，敲敲玻璃窗，“喂，接下来讨论点儿有建设性意义的话题吧，老兄。”

黑暗的房间中央，孤独男人的身体如虾米般蜷缩。

同一天 21：25

南非开普敦维多利亚港桌湾酒店 Vista 酒吧

“先生。”侍应生悄无声息地出现在黑衣人身后，用手捂住无绳电话的话筒，低声道，“来自美国的电话，先生，您要接听吗？对方没有表明身份，说有重要的事情必须找到您。”

男人愣了一下，“我知道了，谢谢。”他递出一张纸币换来电话机，目送侍应生鞠躬离去，“是美国CDC的人吗？我已经辞职了，请不要来打扰我，病毒实验室与我没有任何关系。我会马上离开南非，消失在你们的情报圈外，就这样，再见。”

“不。我是祖尔·科曼彻。”听筒里传来中年女性的声音，“我必须同你谈谈。回房间用Skype联系，电话不安全。”

“祖尔？”黑衣人显得很意外，他摘下墨镜，湛蓝的眼睛望着阿尔弗莱德码头的点点白帆。“你怎么找到我的？我是用假护照出境的，处处谨慎，没有留下任何电子指纹。除了该死的医药间谍之外，没人能跟在我身后。”

女人严厉地说：“开普敦大学是社会人类学的学术中心，南非是我的大本营，拉尔森！”

芬兰人叹息道：“大学教授的情报网吗？我给你五分钟时间，就在这里说吧，用不着什么网络电话。”

“是你放出了匣子里的东西！就是你！”祖尔叫了起来，“我出现了严重的症状，那不是幻觉，我被感染了！……顾铁和浅田并不了解你，只有我知道你在打什么主意！从我们认识的那一天起，你就总在念叨那些疯狂的念头，安德鲁·拉尔森，你根本不爱别人，也不爱你自己，你只爱显微镜里的那些小东西！你取出匣子里的东西，将它们——无论那是病毒还是别的什么玩意儿——散播到每一个地方。你想让整个人类灭绝，疯子！”

男人端起杯子抿了一口“龙舌兰日出”鸡尾酒。糖浆、酒精、水，除了肉类之外，这是消化系统所能接纳的极限了。“让人类灭绝？你从何处得来这么荒谬的结论？”他舔舔嘴唇，“我最近是在周游世界，追寻洋流和大气环流的路线，印证之前的一些设想而已。上帝按照自己的形象制造人类，让他们管理海里的鱼、空中的鸟、地上的牲畜和所有的爬虫，我尊重人类的存在，正如我信仰上帝本身。”

“闭嘴，你的话令我恶心。”祖尔说，“听着，我已经提取了自己的体液样本交给我的助手。只要拨出一个号码，他会立刻联络CDC、国土安全部和FBI，几个小时后他们就会找出病原体，把你的名字加入全球通缉的黑名单！用不了半天时间，从航空母舰上起飞的X48无人机就会把你轰成一团碎肉！”

“可你没有那么做。”

“尚未那么做。但现在我的手指就放在电话的呼叫键上，拉尔森。”

“我猜是多年的友谊拯救了我，对吗？”

“我把自己关在房间里，整整四个月。征兆一出现，我就断绝与外界的联系，以染病为由闭门不出。我每天测量自己的生命体征，记录身体的微小变化，怀着恐惧和侥幸默默等待。我变成了食肉动物，过着‘五月花号’到达北美大陆之前美洲部落祖先们的生活。有一天我突然发现生肉比熟肉更加美味，我怀着愉快的心情吃下了两磅淌血的牛肉，然后睡了个午觉。醒来之后我在浴室看到自己嘴角的血液，整个人突然崩溃了，要知道在此之前，我当了整整二十年的素食主义者，就连人造肉汉堡包都未曾碰过一下……没错，就是盒子里的瘟疫，令人类变成食人狂的传染病！疾病在古代缺乏肉食补充的情况下爆发，一定会令人类陷入彼此相食的疯狂状态，饥饿感会夺取人的理智……我只尝试过三天不进食，就在无意识中咬掉了自己的左手小拇指。”

芬兰人平静地说：“可你现在还活得好好的，不是吗？”

祖尔说：“不，我不好。充足的肉类供给能延缓疾病进程，但一切正在变得更糟，我用显微镜在呕吐物中找到了病原体——那比想象中简单得多，根本用不着电子显微镜，致病的是一种微米级的生物体，用普通光学显微镜就能看到。我不是专家，分不清这是阿米巴原虫、细菌还是别的什么东西，可这些该死的虫子在游动，一刻不停地游动……”

“祖尔，”男人突然打断了她的话，“你是人类学家。人类学是什么？”

“是从生物和文化的角度来研究人类的学科。我没有玩问答游戏的心情！”

“那么，人类是什么？”

“智慧生物。文明的创造者，社会组成者。”

“分类学意义上呢？”

“动物界脊索动物门脊椎动物亚门哺乳纲……”

安德鲁·拉尔森在南非的灿烂阳光下眯起眼睛，“没错，目前已知的物种数量共约两百万，未知物种数量可能是这个值的十倍，仅从动物界来说，人类只是灵长目下面一个微不足道的科属，一百五十万种分之一。遍布整个星球的人类在分类学意义上不过是末梢的一个节点，渺小得不值一提。”

“你想表达什么？”祖尔的声音明显在颤抖，不知是在压抑愤怒，还是在掩饰恐惧，“人类是生态圈最重要的组成部分，你、我、他，七十亿人构成了现在的世界！”

“那是因为其他物种没有获得同等的机会。自然选择还是上帝造人，这话题俗不可耐，我只相信物种存在的机会性。设想，如果人类彻底消失，地球会变成什么样子？”拉尔森提出问题，然后自己做出回答，“仍然是我们熟知的地球，或许会稍微冷一点儿、绿一点儿而已。不仅如此，借用BBC大卫·阿腾伯格爵士的话：‘如果一夜之间所有的脊椎动物从地球上消失，世界仍会安然无恙。’构成陆地生态系统的不是高度进化的脊椎动物，而是低等的无脊椎动物、植物和微生物。”

“你到底在说什么？”

“一个假设，令人类极度衰弱、给予其他生物平等机会的假设。我已经思索多年，感谢浅田带来的魔盒，那里面藏着的并非瘟疫，也并非顾铁设想的生化武器。那里面装的，是远古的遗产，留给世界的希望。”

拉尔森的手机响了起来，那是一条来自莫桑比克国家科学中心的水文分析报告。男人滑动屏幕，在赞比西河入海口处采集水样的分析结果中找到一个不起眼的参数，他的眼中泛起了满意的光彩。他在尼罗河、刚果河、尼日尔河与赞比西河四大流域的种子投放都已顺利完成，加上季风与洋流的复合作用，整个非洲大陆已被充分覆盖，包括最干旱的撒哈拉地区。

“我要拨通电话了。”印第安女人说，“就现在。”

“不，再给我一点儿时间吧，我还有最后一个地方要去，飞机就快起飞了。”安德鲁·拉尔森站了起来，“祖尔，这也是你最后的人类学研究课题。当你注定很快死去，而任何一个决定都可能影响整个世界未来的时候，人类趋于做出怎样的判断？先天的恶意与后天养成的社会责任感哪个比较强大？把原罪和自我救赎放上天平，又是哪一边比较沉重？思考一下吧，我们还有足够的时间来完成这前所未有的课题。”

“你说服不了我。”在华盛顿的宅邸中，坐在来自世界各地的民俗工艺品当中，浑身浮肿的女性人类学家用力咀嚼着生马肉，咬牙切齿地说。

“我们总是说谎。”北欧人挂断了电话。

同一天 21：45

美国纽约斯特里国王学校体育场

棒球赛进入第八局，斯特里国王高中目前落后两分，汤姆·史迪威坐在休息席上，用帽檐遮住自己的脸。连续七场无安打，这对高中球队王牌打者来说是难以置信的糟糕成绩。汤姆的电子邮箱塞满了恐吓信，女孩们对他视而不见，除了父母之外，没人再为他加油叫好。

两人出局，三垒满员，被寄予厚望的强打者拎着球棒走向打击位，体育场响起热烈的欢呼声。投手掷出一个速度很快的直球，打者挥棒，清脆的打击声传来，棒球高高飞向电子记分板。“全垒打！全垒打！”观众席沸腾了，“国王万岁！”

汤姆竖起耳朵。在嘈杂声中有人叫嚷着：“让软蛋汤姆·史迪威去死！没了他我们一样能赢得冠军！”

汤姆摘下棒球帽。他的眼睛布满血丝，体形明显消瘦下去，腹部却鼓鼓囊囊撑起棒球服。饥饿感如炼狱的火炙烤着他的灵魂，他被身体和精神的双重痛苦折磨了太久，终于到了爆发的时刻。

他踩着长凳爬上观众席，在惊呼声中扑进人群，抓住那个咒骂自己的男孩，张开嘴巴，一口狠狠咬在对方脖颈上！

摄影机将行凶画面准确捕捉，两千五百名观众从体育场的大屏幕上看到了汤姆咬死男孩的一幕。史迪威太太坐在那儿，不能动弹，不能说话。史迪威先生站了起来，逆着惊惶四散的人潮向自己的儿子走去，手伸进外衣，死死握住了柯尔特手枪的枪柄。

“嘎嘣！”半颗门牙被坚硬的颈椎硌断，汤姆抬起头来，吐出沾血的牙齿。这一刻，他觉得需要向父亲和母亲解释点儿什么，主导自己身体的并不是名为汤姆 · 史迪威的十二年级学生，而是几个月前机场那位怪人所施加的诅咒。但他什么也没说出来，原始的掠食冲动强迫他俯下身子，张开血淋淋的嘴巴。

2015 年 4 月 3 日 09：06

印度加尔各答市索纳加奇贫民窟

安德鲁 · 拉尔森停下脚步，立刻被几十个光脚的孩子围在中间。“先生，行行好吧。”这是孩子们唯一会说的英语，他们用脏兮兮的手拽着芬兰人的衣角，翻着他的衣兜，解开他的鞋带以防他逃跑。警察刚刚离开，他们曾再三告诫这位游客不要拿出任何一个铜板，找一根木棍当自卫武器，快速通过最混乱的棚户区。拉尔森却向最混乱的街巷走去，直到被乞讨者包围，再也挪不动步子。

他丢出兜里所有的零钱，在人群中引起短暂的混乱，可乞讨者们并未满意，裸着身体的孩子、枯瘦的吸毒者、年老的妓女……越来越多的人围拢过来。索纳加奇棚户区有数十万人口，其中包括一万两千名未成年的性工作者，这些女孩用不足两美元的日薪养活着她们的男友、母亲和孩子。低矮砖房用木板互相连接，破败的遮雨棚覆盖天空，人们像昆虫一样在建筑物的缝隙中生活，无数恶臭而黑暗的小巷织成庞大的蛛网。“来玩玩吧，先生。”女孩们用厚厚的粉底掩盖着年龄，她们躲避着遮阳棚缝隙里的阳光，如影子一样在门背后发出邀请，“只要一美元。”

拉尔森扫视四周。一位肤色漆黑的老人倒毙在路旁，他手指的方向是一栋象牙白的二层建筑，“仁爱传教会——垂死者之家”——白色拱门上如此写道。可大门紧闭着，挂着冷冷的锁。

芬兰人喃喃自语：“八十年前，一个阿尔巴尼亚人来到加尔各答，以自由修女的身份帮助有需要的穷困者，她工作了整整六十年，救助了无数被霍乱、麻风病和战乱所迫害的垂死者，在一百多个国家留下了四千名修会修女，还有超过十万名义工。她是个伟大的人，可她改变了什么？”

一个孩子用小刀割断带子抢走了他的背包，但没等冲出人群，他就被打倒在地，失去了刚刚到手的战利品。“什么都没有改变。人类不会改变，永不改变。”拉尔森取出一个银色盒子，弹开盒盖，将一团淡黄色的原生质抛向空中。灰雾被风吹散，就算这闭塞而黑暗的贫民窟深处，也总有外面世界的风吹来。

春季季风将会吹遍整个加尔各答，乃至恒河三角洲。这是布置在南亚次大陆的最后一粒种子。

同一天 09：31

美国佐治亚州亚特兰大 CDC 总部 NCID 国家传染病中心

"已经确认了，这不是玩笑。"CDC 中心主任曼根海姆博士对着摄像头说，"恐怕我有个非常糟的消息要公布。你们必须马上控制体液样品的提供者，我们从粪便样品中提取出了致命的传染源。"

"正在做。"对方简短地回应道，"有多糟？"

"正式报告还没有出来，但已经糟到必须把总统先生从床上叫起来。糟透了！"曼根海姆博士犹豫了一下，点击鼠标发出一份文件，"实际上，刚才我发现全美报告的类似事件已经有二百二十起，提取的样本数很多，可我们传染病实验室的系统没有把同类样本归档，反而将报告的重要性降到最低，拖延我们发现病原体的时间……拉尔森——这个人是我们新传染病实验室的负责人，实验室建设已经完成，他应该在 CDC 进行一年半的调整观察，可几个月前他突然辞职了。是他对系统做了手脚，这一定是有关联的。"

对方沉默了几秒钟，看来是在阅读档案，"安德鲁 · 拉尔森，我们正在调查这个人。博士，你还没有回答我的问题，事情糟到什么地步了？总统已经被电话吵醒，半个小时后他会在白宫听取简报。"

CDC 主任摘下眼镜丢在桌上，"直径三微米，单细胞结构，有八根游动鞭毛。我们发现的是一种孢子，准确地说，一种真菌孢子。需要解释吗？孢子是真菌的繁殖器官，由菌丝分裂而成。真菌有寄生和腐生两种形态，我们发现的真菌会寄生于人体消化器官内部，一旦这些孢子进入消化道，就没有什么能阻止它们在胃和肠道中分裂繁殖。”

“真菌？”对面的人顿了顿，“危害呢？”

“还不清楚。样本中没有明确病变征兆，我相信你的样本提供者一定还活着。我不清楚真菌到底想做什么，或许它们能像消化菌一样与人类共生？”

“可你说‘糟透了’。”

“是的，基于三点判断。第一，这是全新的物种，从未在人类视野中出现过的消化系统寄生真菌；第二，这种孢子（以及在粪便中提取到的少量菌体）几乎不可能被现有手段杀死，它们对紫外线和 X 射线免疫，对甲醛、苯酚、过氧乙酸等化学消毒剂高度抵抗，常用的伊曲康唑等三唑类抗真菌剂、特比萘芬等丙烯胺类药物的药效都不明显。我们怀疑新真菌及孢子的细胞膜磷脂双分子层具有特殊的物理结构，能够抵抗药剂及消毒剂的通透。目前唯一有效的杀灭途径是一百二十度以上的高温长时间作用，不过这只对孢子起作用，长在消化道内壁的真菌显然不能这样消灭。”

“继续说，博士。”

“第三点，也是让人绝望的一点。”说到这里，曼根海姆博士吸了一口气，组织了一下语言，“刚才我让新传染病实验室的几名研究员做了自身抽检，所有人都检验出了真菌感染。你知道这意味着什么吗？实验室是 P4 级别的，是全球生物安全最高级别的实验室，我们的负压、过滤、隔离和消毒系统是最顶尖的。我敢肯定管理方面没有任何疏漏，样本不可能泄漏，外面的东西也不可能进来……没错，这证明我们所有人早已被真菌感染，只是他们没有表现出明显症状，所以没人注意到而已。”

“你是说，整个 CDC 的人都被传染了？”

“不，是整个亚特兰大，整个佐治亚州，整个美国，整个世界。”博士说，“叫总统起床，让所有人做个粪便检测吧，到时候你就会明白什么叫‘糟透了’。”

同一天 09：45

美国纽约长老会医院心脏外科手术室

医生关掉体外循环机，正式宣告汤姆·史迪威的死亡。

棒球场惨剧发生时，汤姆被其父亲的大口径手枪射出的子弹击中心脏，倒在另一个孩子的尸体上。他被送入医院时并没有咽气，子弹擦伤心脏，打穿横膈膜后坠入腹腔。尽管伤势很重，经验丰富的长老会医院心脏外科医生们还是有信心保住他的性命，起码支撑到人工心脏准备完成。心脏瓣膜修复手术进行得很顺利，当医生们准备切开汤姆的腹腔取出子弹时，某些不寻常的现象使他们停了下来。

“告诉我并不是我眼花了，埃德。”

“你没有眼花，医生。这鬼玩意儿……是他的食道、胃和小肠。”

呈现在众人眼前的，是怪异的明黄色人体组织，就像医疗教学中用到的解剖模型一样，汤姆·史迪威的消化系统被鲜艳的黄色标示出来。“从没见过这样的病例。”主刀医生说，用手捧起一截小肠，不同于健康器官，手中的肠子有一种怪异的橡皮质感，仿佛有人把洗车用的黄色橡胶软管胡乱塞进了男孩的腹腔。

“这里有一处伤口，子弹看来钻进去了，医生。”第一助手指着胃壁提醒道。

“这可能不是个好主意。”医生犹豫了几秒钟，“用衬垫把胃垫起来，我要把伤口切开，准备引流，别让里面的东西流进腹腔。”

手术刀在小小的伤口上做出十字切割，几乎同一时刻，一股黏糊糊的黄色流质猛地将子弹头推了出来，就算戴着口罩也能闻到四溢的恶臭。“上帝！”医生后退一步，摘下手术放大镜，“你们看到切面了吗？他已经完全没有正常的胃壁组织了，有种东西侵蚀了整个消化系统！这孩子是怎么活到现在的？手术暂停，准备缝合！埃德，去叫消化内科的朴教授来，现在！”

消化科主任匆匆赶来。在他的要求下，医生切下一小块胃壁样本，然后进行胸腹缝合。朴教授通过仪器做了简单观察，然后宣布这可能是一种罕见的真菌病，因为布满消化系统的东西是真菌的菌体，无数菌丝刺入消化器官内壁，向器官内部伸展，现在病人的整个消化道成了真菌的营养体，他吞下的每一克食物都要先被寄生者享用。

意识到事态的严重性之后，医院立刻通知 CDC，并将汤姆·史迪威移入传染病观察室。这时汤姆的生命体征正在急剧恶化，仿佛触动了某种防卫机制，真菌的活动加剧了，棒球手的心跳、血压、激素水平和血含氧量出现大幅度波动，短短几个小时后，他的心脏、肝与肾脏都陷入衰竭，不得不以循环机维持生命。

当 CDC 将整个楼层完全封锁时，汤姆·史迪威的脑波消失了。

他是第一个牺牲者。

2015年4月3日09：06
美国内华达州提卡布山谷

贝尔407直升机从内华达戈壁上空飞过，炙热太阳下飞机的投影在仙人掌和月见草之间快速穿行。“科曼彻博士！”坐在副驾驶席的银发男人回头喊，“状况怎么样？能坚持住吗？”

“还没死。”祖尔·科曼彻回答道，衰弱的声音没能穿透防化服面罩，她随即意识到无线电没有开，于是举起右手大拇指作为回应。这简单的动作耗去了她大半力气。

“还有五分钟就到了，让伙计们准备好。”银发男人敲敲无线电麦克风。

“进入目视距离，中校。”直升机驾驶员指向前方，“与卫星图片一致，主建筑物只有一栋。”

“按计划来，当心防空火力。”

稀疏的铁丝网圈起一百五十英亩的土地，除了满地的风滚草以外，这个荒凉的农场看不到什么像样的植物。红色屋顶的主宅与车库、谷仓连成一体，坐落在杂乱无章的车辙辐射线中央，随着直升机高度下降，地面的杂草倒伏下来，瓦片噼啪作响。

四架CH-47奇努克直升机悬停在距地面十五米的高度，身穿橙色防化服的突击队员沿滑降绳进行快速机降，将屋子四周包围起来。贝尔直升机缓缓降落在正门前，银发男人摘掉耳机，扣上防化服面罩，跃出机舱。后舱门开启，祖尔乘坐电动轮椅驶出，臃肿的A级防化服将她牢牢地卡在轮椅里面，能动弹的只有两只手臂。

“你确定要这么做？”男人说。

“这屋子的地下室是一个迷宫，除了我们四个，没人能摸清所有机关。”祖尔的轮椅咯咯碾过沙砾，“我相信他正躲在地下室深处研究那种致命病毒。让我带路是最好的选择。”

男人做了个手势，突击队员扩大了包围圈，CDC 特勤小组点燃气囊弹，“砰！”水桶大小的弹丸被抛上天空，向四周洒出三百枚钢针弹，随着钢针“啪啪”钉入地面，一顶覆盖整座建筑物的高密度聚酯薄膜帐篷建立起来了。特勤小组在气囊正面制造出一个拉链拱门，两名士兵抬着破拆器材钻进帐篷，将冲击锤的两脚架钉入地面。“砰！”第一次冲击就将那扇厚重的红橡木大门撞得四分五裂，士兵向屋内抛入几枚震爆弹，然后把 UAV 涵道风扇微型无人机送进门内。

“其实我有钥匙。”祖尔小声说。

嗡嗡作响的无人机在起居室上空盘旋，震爆弹的声光平息之后，屋内的光电 / 红外感应画面出现在指挥系统上，一个三维战场模型正在被建立。投影式头盔内壁出现代表安全的绿色信号，“走。”银发男人手持冲锋枪钻进屋门，祖尔操纵轮椅跟在后面，四个战术小队鱼贯而入，胶底军靴悄无声息地踩过地板。

绕过沙发、餐桌和吧台向楼梯前进的途中，祖尔说：“让我走前面，中校。你不认识路。”

男人向身后打个手势，放慢了脚步。人类学家将轮椅驶到楼梯前，拉着扶手撑起身子，笨拙地迈步下楼，楼道里的壁灯亮着。“千万别启动那什么炸弹。”她一边艰难地挪动木柱子一样的腿，一边嘱咐，“那会毁掉所有的资料。你们需要那些资料。”

中校在无线电里说："看来无线电静默是没用了，博士。突击前破坏建筑物的供电系统，这是标准程序。对于这种拥有独立供电设备的房屋，我们不得不准备定向 EMP 冲击炸弹。在明确情况之前，我是不会发动 EMP 攻击的，毕竟那对我们的电子设备也是致命的打击。"

"那么，谢谢？！"

祖尔喘着粗气踏下最后一级台阶。在身后的士兵转过螺旋形楼梯之前，她有十秒钟不受监视的时间，可这并不够。"小心！"她隔着厚厚的手套抓起旁边的一个金属罐子向楼梯丢去，来自中国的茶叶罐"叮叮当当"反弹着乱滚。她几乎能想象到中校和突击队员们动作突然静止的滑稽样子。

压缩空气阀门"刺刺"响着，祖尔向第三实验室走去。

同一天 09：10

芬兰赫尔辛基

不足四十平方米的房间里堆满了实验设备，除了烧杯和烧瓶之外，浅田叫不出任何一样东西的名字。他熟悉的是手中的瓦尔特 P22 手枪，0.22 口径，短螺纹枪管，Silencerco 牌的消声器。这支手枪射出的子弹只能在眉心开一个洞，打不穿后脑的头盖骨，浅田最中意的就是这一点：翻滚的子弹能把脑子搅成一锅杂碎粥，而伤口最多淌几滴血而已，又干净又高效。

不过他从来没有冲着朋友的脑门开过枪——如果他可以把眼前的人称作朋友的话。浅田是个不善交际、沉默寡言的家伙，长久以来唯一的消遣就是做完杀人买卖之后，回到横滨港的一家芬兰浴去洗个澡，趁着身体暖和，去临街的小馆吃老板娘煮的萝卜、炸豆腐和鱼板，喝三杯烧酒，然后回家躺在冷冰冰的木地板上睡觉。顾铁成立的沙龙对他来说是个非常奇特的存在，他害怕每年一次的面对面谈话，又对那种疏远而亲密的关系有所憧憬，他甚至将自己的真实身份告诉了大家——尽管没人相信。

“下一枪打准一点儿。”安德鲁·拉尔森抱怨道。他捂着肩膀坐在地上，指缝里汩汩冒出鲜血，“原来你真是杀手，真让人意外。是谁派你来的？”

浅田沉默地望着对方，手枪的照门和准星重合在北欧人的眉间。他再次犹豫了，这对杀手来说显然是个极大的错误。想了想，他说：“是顾铁。他说必须杀掉你。那种病毒……已经被你散布到全世界了吧。我和他的身体都不行了。”

拉尔森望着他，“那不是病毒，是真菌。病毒只能算一串基因而已，真菌才是完整的生物，浅田。没错，是我打破了青铜盒子，把里面的东西拿了出来，那时候我们四人都被最初的孢子感染了……想看看它的模样吗？”他把身体挪动了几厘米，肩膀一撞桌子，一个透明树脂球掉了下来。

浅田戒备地望着那东西。封存在树脂里面的是一块黄色的生物组织，厚度约两厘米，像一块比萨饼的形状，凑近观察，能看到组织表面生满极纤细的绒毛。“这就是中国明代被封存进盒子里的东西，一块被寄生后长满菌丝的胃，人的胃。”拉尔森靠在桌子上，胸部起伏，“当时我在黑暗中没来得及细看，顺手把它塞进衣兜，第二天回到亚特兰大的 CDC 实验室之后才拿出来研究。我有了惊人的发现。1622 年的真菌孢子至今仍保持着活性，它们以一种完全脱水的无生命状态度过了五百年岁月，然后在适合的温度和湿度条件下复苏。它们寄生在人的消化道，几乎不可能被杀死。它们会改造人类的肠胃，生出无数菌丝结成菌毯，吸收人类吞下的水和蛋白质作为养分，分裂释放出孢子……”

浅田打断了他的话，“我不想听。我杀死别人是为了报酬，一份报酬，一条生命，这是必须遵守的游戏规则。你呢？”

“我快说到了。”芬兰人说，“真菌需要大量的蛋白质，所以它们寄生的第一步就是改造人体肠胃的消化酶。人的消化液中有许多种消化酶，每种酶都是专一的，只催化另一种或一类化学反应，比如淀粉酶促进淀粉和糖原水解，脂肪酶分解脂肪，蛋白酶分解蛋白质。真菌改变黏膜细胞使其分泌的蛋白水解酶变质，极大地加强了蛋白酶的活性。你知道，酶本身就是一种蛋白质，变质的蛋白酶会将其他种类的消化酶全部分解，导致消化系统内只剩下一种酶存在。这种变化体现在人身上，表现为对肉类的强烈渴求，因为淀粉、脂肪类食物无法被分解，只有肉能够被肠胃（应该说肠胃中的寄生真菌）分解吸收，这就是我们饥饿感的来源。人类从杂食动物变成了食肉动物……这本应是上帝的工作吧。”

这时，电话震动的嗡嗡声响起。两个人对视一眼，日本人垂下枪口，默默地摸出手机按下通话键。

“喂，拉尔森还活着吧？我想跟他说几句话。”顾铁说，“用视频对话模式吧。”

浅田把手机转个方向，屏幕上出现了一个黑发男人的形象。“顾铁，”芬兰人虚弱地抬起右手打招呼，“你好吗？”

“好个屁！”中国人毫不客气地说，“半死不活的，饿得想吃人。我昨天一顿吃下了两斤半五花肉，生的，吃得越多越饿。黄豆、豆腐、面筋……植物蛋白一点儿用都没有，看来肚子里寄生的玩意儿对动物蛋白情有独钟啊。”

拉尔森回答道：“没错，真菌需要的是动物蛋白质，我猜可能与免疫球蛋白和赖氨酸含量有关，不过没有做相关实验。你我所经历的只是一个阶段而已，当真菌菌丝体彻底成熟，人类就不会再有饥饿感了。”

顾铁啐道：“呸，废话，死了还知道饿啊！距离最后阶段还有多少时间？”

“因人而异，如果营养补充充分的话，成熟期会推迟一些。最多还有三四个月吧。”拉尔森说，“当整个消化道被成熟菌体侵占，人会死去，孢子则通过体腔飞散出来，完成真菌的生殖过程。你看过成熟的菌丝体吗？非常美丽的金黄色，与这种半成品完全不同。”他手指一松，凝固着人体组织的树脂球在地上骨碌碌滚动。

顾铁问：“我身边的所有人都检测出了孢子感染。做什么都太晚了，对吗？”

“很抱歉，是的。”

“跟我说说有关真菌的事情吧。我搞不太懂它的生态。”

“它其实很单纯。第一，它通过孢子传播，孢子具有很强的环境耐受力，可以在空气、水和泥土中生存，极难被杀死，一旦进入消化道，它们会在食道、胃和肠中扎根；第二，它制造饥饿感，促使寄主大量进食肉类，分解蛋白质作为养分。孢子的正常生存期是六个月，而菌丝的正常成熟期也在四个月到六个月。接下来发生的事情很有趣：在一个小圈子里（比如古代中国一座被围困的城，或者日本一个被封闭的村），被感染的人类将会被饥饿感驱使化为食人魔，他们杀死别人，撕开其他人体腔的时候，未完全成熟的真菌会提前完成生殖过程，这时释放出来的孢子感染力很弱，只要短短几天就会失去活性；而倘若处在食物充足的环境中，寄主因消化道崩溃而自然死亡，这时菌丝会成长为真正的菌体，释放出第二种孢子：腐生孢子。可以这么说，寄生孢子是手段，腐生孢子才是目的。这种奇异的真菌有两种生命形态，藏在人体内部的寄生形态和生存在腐殖体之上的腐生形态，前者微需氧，后者需氧。”

顾铁皱着眉头说：“那盒子里的孢子是怎么回事？上百年了啊。”

北欧人眼睛明亮，“这是最有趣的地方，寄生孢子若处于极端环境中，会产生一种我们尚不能理解的变异，或者说进化——孢子会自我脱水，进入无生命状态，再次接触到水源和氧气的时候又恢复活性。这种状态可能持续数百年甚至上千年，而复活只需要短短几秒钟。我最初在纽约散布的是盒子里藏着的原生孢子，而后来通过这种脱水假死制造了大量的新生孢子，两种孢子从形态到能力上都毫无不同。”

“你制造了大量孢子？用人类做原料？”

“当然。”

“你估计全球人类被寄生孢子感染的比例有多少？”

“接近百分之百。”

“其中有多少人会死去？”

“接近百分之百。”

“也就是说，人类还剩下几个月的时间。这应该够了，如果全世界的科学研究齿轮启动，总会找到治疗感染的办法……”

“不。”

拉尔森咳嗽着，“我留给人类的时间，只有十天。你说的几个月是在肉类供应充足的前提下，可我已经在全球一百二十四处关键地点埋下了种子，它们会陆续爆炸释放孢子，全新的孢子……这些宝贝是我在实验室里制造出来的，不同于只以人类作为寄主的原生真菌，新孢子会感染一切具有完整消化腔的动物——所有脊椎动物。”

顾铁沉默了几秒钟，“你是说，从天上的鸟到海里的鱼到大象猴子青蛙还有猪圈里的猪牧场里的牛羊养鸡场里的鸡……”

“一旦被感染，杂食与草食的牲畜会开始自相残杀，人类的肉食供应链在几天之内就会中断。植物蛋白无法满足需要，人工肉的技术尚不成熟。顾铁，现在全球的肉食储备最多支撑十天，十天后，整个地球将变成……天启二年的贵阳城。”安德鲁·拉尔森平静地述说着，仿佛谈着一件毫不起眼的小事。

这时，日本人突然扣动扳机。

同一天 09：13

美国内华达州提卡布山谷

当突击队员进入地下室的时候，祖尔·科曼彻正倚着第三实验室的门喘气，“他不在这里。最里面的那扇门，第一实验室是生化实验室，他一定在那里。”她伸手指向地下室深处，“中校，我已经解除了警卫系统。这里安全了。”

中校挥挥手，士兵们如幽灵一样潜入地下室诸多收藏物的阴影里，在外星人标本、大头婴儿和风暴武士之间穿行。“你可以出去了，科曼彻博士。”中校说，“接下来的事情交给我们。”

“我走不动了。再说，我也想亲眼看到最后。”人类学家慢慢坐了下来。

突击队员们很快到达第一实验室门前，在铝合金气密门铰链处装上黏性炸药，插入引爆线路。这时，UAV 垂直起降无人机“嗡嗡”地降下楼梯，开始在地下室中盘旋，头戴式显示仪仍然显示代表安全的绿色信号，这证明无人机的声光电探测设备并未找到任何潜在危险。

中校做出手势，士兵们隐蔽起来，咚！沉闷的爆炸声响起，冲击波推倒一排展示架，装满福尔马林的瓶子在地上摔得粉碎。大门轰然倒下，无人机加速冲向爆炸烟雾，机身下部激光致盲武器的保护盖“咔嗒”弹开。军靴碾过扭曲变形的金属门，两个小队的士兵跟着无人机进入房间。

“把手放在看得见的地方！”中校通过防护服肩部的扬声器高喊，“安德鲁·拉尔森，放弃抵抗！”

这一刻，他突然觉得这次行动有点儿太过顺利了。走下楼梯的时候，他发誓听到了什么声音，可不能确定。如今想来，那应该是机械或电流的噪音，从很遥远的地方传来。这个念头令他心神不宁，可爆炸烟雾正在散去，士兵已经控制了实验室，他必须前进。跃出隐蔽处，他快速冲进门内。

无人机悬停在房间中央，用传感器扫视四周，它的激光脉冲并未发射，因为这房间里并没有任何需要攻击的对象。“安全！”突击队员回报，“这里没有人，长官！”

中校愣住了。在头盔射灯纵横交错的光柱里，展现在眼前的是一个塞满了线圈和管道的狭窄房间，这根本不是什么实验室。他转身望向被炸开的大门，厚达十五厘米的门只有薄薄一层铝合金外壳，里面灌满了铅。几秒钟后，他猛然转身叫道：“撤退！控制科曼彻博士！别让她再碰任何东西！”

然而已经太晚了。那种蜜蜂般的嗡嗡声越来越响，士兵们扭头寻找声音来源，发觉噪声从四面八方传来。

“你说得对，安德鲁。”祖尔自言自语道，“在知道死期将近的时候，人的行为模式会变得难以预料。文化背景、性别、年龄、教育程度，什么也好……研究了一辈子有关人的问题，却连自己都看不明白，这感觉真是无力啊……”

一千五百米长的巨蛇首尾相接，在深深的地下将整栋房屋环抱，质谱仪的串列加速器线圈正在全速运转，铯枪射出的离子被三百万伏特的电压差加速，在环形线圈中狂奔。负责供电的大型柴油机转速已进入红线区，带电粒子达到极限速度。正在这时，用以检修线圈的工作间防辐射门被炸开了，震动使环形真空管出现了一丝裂缝，而比爆炸更早到来的，是强大的辐射。

橙色防化服在辐射面前如纸片般无力。人们的晶状体化为一团熟透的蛋白，内脏被热量煮沸，五官开始熔化。

二十秒后，一场爆炸将农场从内华达的荒原上彻底抹去。

同一天09：18

芬兰赫尔辛基

一个弹孔嵌在安德鲁·拉尔森的眉心，子弹射入头颅，男人却一时尚未死去。血沿着鼻梁流向嘴角，他目视窗子，眼神安静，声音低微地念起了诗：

假如我变成了一朵金色花，为了好玩，
长在树的高枝上，笑嘻嘻地在空中摇摆，
又在新叶上跳舞，妈妈，你会认识我吗……

顾铁说："没来得及问他到底为什么。我虽然总想着世界末日的事情，却从未有过亲手毁灭世界的念头。就算再破再烂，毕竟也是自己的家啊，被无良房地产商强拆就算了，难道住着住着突然抡起大锤乱砸？真是莫名其妙。"

"任务完成了。"浅田松开手指，手枪坠落在地，"我可以休息了吗？"

"当然。"

日本人捂着腹部，慢慢走向房门。他的脚尖踢到一件东西，透明树脂球滚向门外，在地板上留下一行鲜红的血迹。推开门，浅田沐浴在芬兰赫尔辛基的明亮晨光中，越过封冻的山麓，能看到宁静的城市被波罗的海环抱，几只燕鸥掠过树梢。浅田转回头，望着树林中的红顶小屋，这是安德鲁·拉尔森家的老宅，那个男人出生和死去的地方。

两天前在横滨的家里，顾铁对他说：“你这个白痴杀手。明知自己死期将近，还是按部就班过着从前的日子，简直无聊透顶！我给你一个任务，你要找到那个混账芬兰人，问出有关真菌的情报，然后杀死他。”

一天前，祖尔·科曼彻发来一封没头没尾的邮件：“我受到监控，这可能是最后一次同你们接触了。拉尔森在芬兰，在完成一切之后，他一定会回到那个地方去。五岁那年，他第一次在那儿完成了真菌培养试验；二十九岁那年，我们在那儿第一次做爱，也是唯一的一次，是个错误，但很美好。我不会让美国人找到他，用刑逼问他解药的制作方法，因为开启魔盒的是我们几人，审判与被审判的，也应该是我们自身。再见，朋友们。”

一个小时前，浅田敲了敲门，门开了。

拉尔森说：“你终于来了，我等了很久，开枪吧，除非你还有什么事情想要知道。”

日本人做了个深呼吸，林间清冷而芬芳的空气令他内脏的灼痛逐渐平息。

在屋子后面，本来生长着大片铃兰花的地方，隆起数十座浅浅的坟茔。一层柔软的金黄色厚毯覆盖了大地，闪耀着湿润光泽的真菌迎着太阳展开菌伞，菌丝垂挂下来，如柔软的丝绒在晨风中轻摆。成熟的孢子被风吹起，越过林巅，投向大海，它们不再是危险的寄生者，而是渴求腐烂原生质的甘美养分、能够在空气中茁壮成长的崭新生命。

同一天 09：30

中国山东省枣庄市

一家国营养猪场发生意外，一头母猪吞吃了刚刚产下的六头猪崽。母猪产后食崽通常是营养不良造成的，负责调配饲料的几名职工因此被扣了当月奖金。“让你扣老子工资……”养猪人老徐在下班后回到猪舍，用铁锹杆子抽打老母猪泄愤，突然被猪一口咬住脚腕。

“放开！狗日的畜生……”老徐挥锹用力戳向母猪的眼睛，可猪嘴却并未松开。人类血液和肉的味道对它来说是陌生的，可那毫无疑问，是食物的味道，是代表生存的味道。

四百五十斤重的母猪奋力扬起前蹄将老徐扑倒在地，张嘴咬住了他的喉管。与此同时，幸存下来的两头小猪开始啃噬人类的手指，用乳牙磨破皮肤，吮吸着甜美的血浆。

同一天 09：44

中国北京中关村

华富大厦三十三层的办公室，顾铁在键盘上敲下最后的休止符。“准备好了。”一个穿白大褂的人从隔壁房间进来开口提醒道，推了推老式玳瑁框眼镜，“黑市医生的技术很不错，不过他可没做过这种手术。你想好了，可别后悔。”

“知道啦，马上过去。”顾铁嚼着肉干摆摆手，站了起来。他的办公室贴满了电影海报，天花板的高清投影仪在屏幕上投出一百五十寸画面，十四只 DTS 环绕音箱隐藏在四周的墙壁中。他非常喜欢看电影，不过近一段时间以来，他的投影屏幕没有出现过任何电影片段，复杂的编程软件已经运行了两个月时间，到今天终于完成了最后调试。

这就是他为世界所做出的努力。他以旗下基金公司的名义收购了一家业内领先的基因工程公司，亲自编制了崭新的基因图谱。当项目启动后，五百个正在培育的人工胚胎将被注入新基因片段——除了顾铁本人，没人会知道这件事。

这家公司是世界医学伦理委员会放松基因调制管制后成立的高级定制企业，面对顶级客户服务，为富豪进行人工胚胎的基因优化工作。

“你算错了几件事情啊，老兄。”望着墙上的一张海报，顾铁自言自语着，“就算所有脊椎动物都被真菌感染，以浮游生物—肉食性动物为主链的海洋生态系统还能工作很长一段时间，鱼类蛋白质足够全世界有钱人活到生命机能的极限；而即使我们想不出治疗真菌寄生的法子，也还是能苟延残喘下去啊，拉尔森，这就是人类。”

投影屏幕上的基因序列表明，五百名富豪之子将成为先天性的无肠人，他们没有食道、胃和肠，没有适合真菌寄生的消化道缺氧酸性环境。位于腹部的黏膜是他们获得营养的途径，尽管效率低下，又有感染风险，可这些新生儿将对寄生孢子完全免疫。

顾铁脱去衬衣、西裤，换上手术用的蓝色开衫，走进隔壁的房间。在巨大无影灯的照耀下，几名面目模糊的医生围在手术台旁边，戴玳瑁框眼镜的人说："去消毒，我们马上开始。切下来的东西要怎么处理？"

"留着，种在土里，做个盆景什么的。"顾铁撇撇嘴。

这将是世界第一例消化道完全摘除手术。他决定将自己的消化系统切除，赶在身体机能崩溃之前，如壁虎断尾一样将寄生者抛弃。他可能死在手术台上，也可能撑过这台离奇的手术。在有生之年他不能再吞咽任何东西，只能靠输液维持身体机能，肠外营养无法长久维持人体运转。几年后，他将死于败血症与尿毒症，可在此之前，他能够见证那些新生婴儿的第一声啼哭，看护着他们以完全不同的方式慢慢长大。

手术台硌得顾铁后背生疼，凉丝丝的麻醉剂进入血管。"跟着我数数，一，二……"麻醉师的脸在眼前慢慢模糊。顾铁喃喃道："大饥之年，彼此相食，伦理崩坏，谁能想到我们的末世是这副模样……人类建立了文明，又以最不文明的姿态灭亡……几年之后，这世界会是什么样子？有多少人还活着？七十亿尸体，将开出多少朵金黄色的花？……应该说多少朵金黄色的蘑菇吧，噗，想想还真是好笑……"

"六，七……麻醉完成。"麻醉师说。

同一天 09：59

"你为什么这么做？"

"五岁那年，我妹妹失踪了。二十天以后，我们在山谷里找到了她，她被埋在厚厚的树叶里，身上长出五颜六色的蘑菇。非常美丽的蘑菇。生命的形态是平等的，祖尔，盒子里的东西选定了我，这是命运。”

同一天 10：00

“Life finds a way.”

手术台上的男人突然睁开眼睛，说出了他最爱的电影里的台词。

开　光 / 陈楸帆

假设宇宙是一个程序，我们所能观测到的一切都是代码实现后的结果，而宇宙微波背景辐射可以看成是某个版本的源代码记录，我们能通过计算调用这个版本的记录，这意味着，我们也能够用算法去改写当前的版本。

据说我周岁的时候，我妈抱着我上街买菜，路遇一名和尚。

和尚摸了摸我当时和他一样寸草不生的脑袋，吟了几句诗。我妈回来告诉我爸，我爸比我妈文化程度略高，初中毕业，他说那不是诗，那叫佛偈，他记下只言片语，后来请教了屋头的教书先生，才查到了这几句决定我命运的佛偈。

出入云闲满太虚，元来真相一尘无。

重重请问西来意，唯指庭前一柏树。

他们觉得其中必有蹊跷，于是就根据这几句佛偈给我改了个名字。

你才太虚呢，你全家太虚。

一

我叫周重柏，我在一个蒸笼里，我是一枚蒸饺。

每个人都在不停地吐息，然后死死盯住对方嘴里冒出的白烟，就像卡通片里的人物，脑袋上升起云团，能看到思维逻辑，裸女，或者是凝固的表音符号。可烟雾散尽，只露出对面一张浮肿的糙脸。空气净化器疯了般嘶吼，后排的小姑娘默默戴上口罩，滑动手机，眉头一皱。

不用看我也知道，现在已经过了半夜，微信上的媳妇已经不搭理我了。

我是临时被拉来开会的。当时我和媳妇遛完弯回家，在天桥上经过一个身穿军大衣的哥们儿身边时，他突然开口，声若洪钟，把我俩都吓了一跳。

他说:“1 月 4 号象限仪流星雨光临地球，不要错过……”

我等着他说出专业上讲叫“call for action”的关键词，比如“加入 ×× 组织”“拨打热线电话”，或者从大衣里掏出一把单筒天文望远镜或者别的什么大家伙，告诉你“现在只卖八十八”，都算是成功的推销。可他像个自动答录机又回到开始:“1 月 4 号象限仪流星雨……”

Mission failed.

我们只好悻悻离开。这时手机响了，是老徐。我心虚地瞄了眼媳妇，她条件反射般露出满脸不高兴，这事不止一次了。我接通了手机，于是就到了这里，坐到现在。

媳妇给我的最后一句回话是:“让你妈就别惦记着要孙子了，她儿子已经够孙子了。”

“重柏，”老徐把我的思绪拽回到毒气室里，据说他已经跟老婆分居三年了，原因不明。有时候，我感觉他拍我肩膀时用力不太自然。“你负责策略，你说说看！”

透过烟雾迷蒙，我努力看清小白板上鬼画符般的记录，用户洞察、产品卖点、市场调研……用各种颜色的马克笔画连连看一样勾连成三角形、五边形、六芒星或者七龙珠。全是狗屎，毫无意义。

蒸笼里的压力在不断升高，汗珠在我额头凝结、淌下、滴落。

“热啊，擦擦。”老徐递给我一张揉得皱巴巴的纸巾，颜色可疑，我不敢不擦。

“万总对上次的方案就不太满意，想换组，被我摁住了，如果这次还不行，你懂的。”

劣质纸巾糊了我一脸。

他说的万总就是我们的上帝，一家移动互联网公司的老总。中关村街头主动跟陌生人搭讪的十个人里，一个卖安利，两个做如新，三个信耶稣得永生，剩下的全是 IT 创业公司的 C 什么 O 或者联合创始人。如果这群人在街头进行三分钟无差别一对一对喷战，那最后一类人必然大获全胜。他们不卖东西，卖的是改变世界的理念；他们不为神代言，他们自己就是神。

万总就是这么一个神人。

托了老徐的福，我们这小破公司接下万总的单，花着这个天使那个 PE 的 ABCD 轮美钞、欧元、澳币，帮他们公司的 App 拓展市场，提高产品知名度，提升日均活跃度，然后万总再拿着这些数字去喷来更多的投资，车轮般运转不息。

所以点在哪里？

“点在哪里？”老徐的干瘪嗓音像隧道里呼啸而过的地铁，一股无形的风压震得我眼前发黑。我颤巍巍地起身，刻意回避其他人的目光，就像二维国里的居民，身上全是点，就是看不见。

“是……是产品的问题。”我深深地低下头，准备迎接老徐的劈头盖脸。

“这还用得着你说？！”

我惊诧无语。

万总公司的另一个联合创始人是他中科大的校友Y，在美国待了多年，被万总忽悠着带着核心专利回国，准备大展拳脚。Y的专利是一种数字水印技术，由于关系到信息学和数学，解释起来颇需一番工夫。举个最简单的例子，你拍一张照片，用这种技术在照片上加上肉眼看不见的数字水印，则无论这张照片被怎么篡改，哪怕是被裁剪掉百分之八十，你都可以根据算法将照片恢复到原初状态。秘密在于，看不见的数字水印本身便携带了那一时间点图片上的所有信息。

当然这只是这项技术最基础的应用，它可以作为一种认证防伪机制被广泛使用到媒体、金融、刑侦、军事安防、医疗等领域，想象空间巨大。可回国之后，他们发现核心领域都被设置了准入门槛，这道门槛的关键之处就在于你根本不知道它卡在哪儿。屡屡受挫后，他们只好打着擦边球，搞起了娱乐产业，想先借助草根用户的力量把这项技术推广出去，再逐步渗透到商用领域。

万总总把“性感”挂在嘴边，似乎这是衡量世间万物的唯一标准，可他们做出来的产品却像被戳破的充气娃娃，皱巴巴地被晾在阴凉处风干。

“你们为什么不用？！”老徐转向后排的小姑娘们，她们花容失色，假装埋头做着笔记。

万总做出来的App叫“有真相”，只要用这款应用软件拍出来的照片便被自动加上数字水印，无论被转发多少次，被PS成什么样，只要一键便能将图片复原。最初的市场定位是主打安全牌：用“有真相”拍照，妈妈再也不用担心我的脸出现在艳照上了。

除了铺渠道之外，我们还帮他们策划了一个“有真相现原形”的线上活动。我们找了一百个姑娘，用“有真相”帮她们拍照，再用美化功能PS成女神模样，传到网上去，辅之以“一秒钟女神变恐龙”的Gif效果和文案，引导用户下载App进行功能认知。

反响出奇地热烈，男屌丝极力追捧，恶搞出许多UGC花样；女性用户群体却是另一个极端，她们在网上吐槽、谩骂、抵制这款产品，认为它以丑化、侮辱女性为乐，将女性追求美的正当权利贬损为一种变态自恋的欺诈行为，甚至还引起了一场不大不小的公关危机。

要我说，这就是我们想要达到的目的，做市场讲究一针见血、直插人心，不见血就说明针太钝，或者没扎中关键部位。

可万总却觉得我们的活动只能博一时眼球，长期来看伤害了产品的品牌。数据曲线证明他是对的，短暂的峰值后，后续下载量一蹶不振，而被活动吸引来的男性用户由于缺乏新鲜内容的持续刺激，也逐渐丧失了活跃度。

“比起担心照片安全，我更在乎别人看到的是不是我最美的一面。”用户访谈中一个相貌普通的女孩说。她的手机相册里充满了千篇一律过分修饰的大头照，每一张看起来都与她本人相去甚远，但她仍然每隔半小时便会举起手机，从侧上方四十五度角对准自己微微嘟起的嘴唇。

如果一座高塔把根基建在沙滩上，你又怎能指望它矗立到涨潮的那一刻？

老徐盯着我，我盯着白板，白板盯着所有人，所有人盯着手机。我们像一群迷失在雾霾里的鸟雀，不断被发光的屏幕吸引着注意力，忘记了自己原本想要飞往的方向。而寒冷的夜幕已降临，捕猎者饥肠辘辘，步步逼近。

手机发出电量不足的提示声。我的下意识反应不是省着点儿用，而是变本加厉地翻看起朋友圈来，越临近最后时刻，越要让每一滴能量充分发挥作用，而不是耗散在静默的后台运行里。这是我的价值观，我的哲学。

我看见了万总更新的动态，突然间，蒸饺的皮破了，馅流了出来。

“有了！”我拍桌子大喝一声，所有人都从半昏迷状态惊醒过来。

我把手机摆到老徐面前。

万总头像下，一张河畔水景图配上一段文字：

“本周六农历十五于温榆河畔放生带子螺蛳、鸟类、爬行类、水产类等物命，身为佛子，当行佛事，发慈悲心，消世代业。愿此功德，回向老者增福增寿，中年者家庭美满，妻贤子孝，小孩子开通智慧，茁壮成长！特此公告，祝大家六时吉祥！（随喜自愿，上不封顶，支付宝账号：××××××，转发此条信息亦可积功德）”

“他们资金链都紧张到这份儿上了？”老徐瞪大了眼睛，“这个月月费还没结呢！”

“您再往前看看。”我滑动手机屏幕，万总的动态时间线上，技术与佛法交辉，鸡血与鸡汤齐飞，“这也许是他的另一个爱好。”

“所以点在哪儿？”

“为什么每天都有那么多人转发这些保平安、积功德的消息？他们真的信吗？我看未必。图片安全也许不是人们的核心需求，但人身安全，尤其是心理上的安全感，是中国人当下最迫切需要的。我们所要做的，就是将产品和这种心理需求建立起强联系。”

“说人话！”

“你们说说，什么样的信息转了能保平安？”我反问大家。

“菩萨心咒！”“佛图！”“佛诞，各种寿辰！”“上师智慧金句！”

“什么样的你会信而且愿意掏钱？”

大家思考了片刻，一个女孩怯怯地说：“开……开过光的……”

“Bingo！”

整间屋子突然陷入寂静，老徐站起来，面无表情地走到我身后。只听见“哐当”一声，妖风由领口钻进我后背，像倒进了一桶冰块。屋里的雾霾瞬间消散。

“醒了没？”老徐把窗户重新关上，“你再说一遍，别再跟我扯那些有的没的。”

我看着他，一字一句地说：“找个大师，给这款 App 开光，让它拍出的每张照片都变护身符，这才是真正的转发保平安。”

所有人把目光从手机屏幕上移开，投向我，我盯着老徐，老徐不说话，看着手机。许久，他长长地出了一口气，说：“朝阳区的七百个仁波切不会放过你的。”

那时的我尚不清楚这意味着什么。

二

我媳妇是个新时代的卢德主义[①]者，她曾经是个重度的电游玩家，后来被家长强迫报了一个戒断夏令营，之后态度便有了一百八十度的戏剧性扭转。

我问过她很多次，那年夏天，在凤凰山上名为“涅槃计划”的营地里究竟发生了些什么。

她从来不正面回答。

这造就了我俩最大的观念分歧。她认为这一貌似风口浪尖的所谓高科技产业，到头来还是跟那些历史最悠久最顽固的行当一样，利用大众千疮百孔的心灵，假借进步、提升、拯救之名，行操控玩弄人心之实。无论你的手放在《圣经》还是 iPad 上，你都是向着同一个神起誓。

“我们只是给了人们想要的东西，他们想要慰藉、快乐、安全感，他们希望自己变得更好，希望自己是人群中与众不同的那一个。我们不能剥夺他们的这种需求。”我总是这样反驳她。

“别装大尾巴狼了，你们只是在玩游戏，以满足自己的控制欲。”她说。

“别扯了，都是大活人，有手有脚有脑子，谁控制得了谁啊。”

① 卢德主义：指对新技术和新事物的一种盲目冲动反抗。

“NPC。”媳妇吐出一个词。

“啥玩意儿？”

“Non-Player-Controlled Character，非玩家控制角色。如果你相信有一个大的后台系统，你的一举一动都会影响到相应的游戏进程逻辑，系统会反馈到这些 NPC 上，他们便会按照预先设定的程序进行反应。”

我盯着她的脸，像是从来没有真正认识过她，我甚至怀疑她是不是加入了什么新型的邪教组织。

“你不会真的相信这个吧？”

我去遛狗了，这个点儿路上狗屎还少点儿。

三

每天寺里的钟敲过五响，我就得起床开始扫地，从新修的藏经阁一路沿着木长廊扫到石台阶，再从石台阶扫到寺门口那棵张牙舞爪的千年老槐树。

至于扫地过程中默诵的是《楞严经》《法华经》还是《金刚经》，得看当天的空气 PM2.5 数值落在哪个区间。我咽喉肿痛，我心无旁骛。

随便哪个香客都能看出，我并非佛门中人，我出现在此处，只不过与其他周末研修班的俗家弟子一样，为了逃避。

就像那些在雍和宫外佛具商店里购买电子念佛机的人们，将电子念佛机摆在家里，按动按钮，它便开始诵读经文，每逢整点或者设定好时间，还会发出跟庙里敲钟一样空旷幽远的“duang”

一声，仿佛这样便能消除业障，净化自身。我时常想象着在罐头般拥挤的地铁二号线里，所有的电子佛盒同时响起的情景。所谓的“禅”或许便是这一瞬间与现实生活的抽离感。

就像吃素，我怀念北新桥那家老汤卤煮。

媳妇回了老家，我注销了手机号，删除了所有社交网络上的数据，甚至改名法号“尘无”。我只是希望那些疯狂的人们不会再找到我。

我受够了。

一切都是从那个夜晚，从那个貌似无厘头的疯狂点子开始的。

万总买了账，连夜召集产品技术进行开发，老徐布置市场创意和策略，而项目最最核心的部分，便义不容辞地交到了我手里。

去找一个愿意为这款 App 开光的大师。

老徐要求全程跟拍，做一个病毒视频进行传播。我开始万般推托，一会儿说家里三辈基督徒，一会儿说媳妇在待孕期间，禁止接触生冷食品、动物毛发及一切灵异事件。

老徐只回我一句话，“你的主意，你不做，就滚，耶。”

我开始求爷爷告奶奶地遍访名刹古寺高僧，包括隐居在皇城根各个角落的仁波切们，可每次把价钱谈妥后只要一掏出摄像机，高僧大师们便脸色一沉，“阿弥陀佛”几句，掩面而逃。我们也曾试过偷拍，但香火缭绕外加镜头抖动，效果实在堪忧。

眼看“死期”将近，我彻夜难眠，在床板上翻来覆去。媳妇问我干啥呢，我说烙饼呢。她给了我一脚，“要烙地板上烙去，别跟老娘这儿演擀面杖。”

这一脚踹得我神清气爽茅塞顿开，我顿时有了主意。

万总的新版 App 如期推出上架，老徐像他那辆路虎，开足马力把所有人的弦绷得紧紧的，连轴转似的推视频、出创意、上 campaign。很快地，一段表现高僧为一款手机作法开光的视频在网络上疯传，紧接着，来自“爱 Fo 图”的图片便攻占了朋友圈和微博，下载量和日活跃用户量曲线节节攀升，像疯狂的火箭以逃逸速度冲上云霄。

别问我这样做究竟对产品品牌有什么帮助，也别问我数字水印技术的后续开发及应用，那是万总要解决的问题。我只是一家三流野鸡营销公司的不入流策划，我只能用我的方式，解决我能解决的问题。

我还是低估了网友们的创造力，打上数字水印后的图片，只需要发送极低分辨率的版本或者部分图片，便可通过 App 恢复成接近原图质量的文件，省流量，省时间。我们乘胜追击，又推出了一系列主打这一功能点的传播广告。

曲线上又出现一个小小的峰值。但随后发生的事情超出了所有人的预料。

最开始是一张用“爱 Fo 图”拍摄的苹果照片，Po 主在一周后又发了一张同一个苹果照片。他发现，用“爱 Fo 图”拍摄的苹果比其他苹果腐败的速度明显要慢一些。

紧接着，出现了用 App 拍摄的患病的宠物猫狗奇迹般恢复健康的故事。

然后，有一位老太太说用“爱 Fo 图”自拍后，逃过了一场车祸，大难不死。

越来越多的传言甚嚣尘上，每一条听起来都像是愚人节笑话，但每一条笑话背后都站着一位言之凿凿的证人，以及滚雪球般飞速增长的信徒。

消息越传越离奇，晚期癌症患者每日自拍肿瘤显著缩小，不孕不育夫妇拍摄艳照喜得贵子，打工青年合影后彩票中大奖，诸如此类只有在小报上才能见到的耸人新闻，在社交网络上铺天盖地。它们都打着“# 爱 Fo 图 #”的标签，而我们都以为是公司内部花钱雇的水军。

我们都以为错了。

据说万总的电话被投资人打爆了。除了追加投资，这些投资人问万总问得最多的一个问题是，那个给 App 开光的大师究竟是谁。

逻辑很简单，如果单凭给手机应用开光便能出现如此奇效，那么请到大师本人作法，该能有怎样改天换地的大神奇啊。投资人想到了，亿万用户也都想到了。

在这个时代，真相往往难得，而比这更可悲的是，即便把真相放在面前，人们大多选择怀疑其真实性，他们只相信自己所幻想出来的真相。

很快，我的联系方式被出卖了，电子邮箱、电话、短信……所有的人都在怒吼着问同一个问题：那个大师究竟是谁？

我不能说。我知道他们迟早自己会找出来。

他们靠着人肉搜索的力量，找出了病毒视频中的“大师”及其弟子们，那是我托朋友从横店影视城趴活儿的群演里挑出来的，反正演清朝百姓也需要剃度，倒少了一道讨价还价的工序。这些怀揣演员梦想的人颇为尽心尽力，主演甚至为了头顶戒疤的排列形状与化妆师起了口角，这更加令我惴惴不安。

他们都是好人，错都在我。

惨遭人肉的演员们家无宁日，网民们用尽一切恶毒的语言攻击他们及其家人，逼迫他们承认本来就是板上钉钉的事实，即，他们确实是被公司雇用来假扮成大师的临时演员。如果说这里面尚有无法达成共识之处，那便是，他们相信我们公司，或者我，隐瞒了一个真正的背后的大师，出于私心，出于欲念，不愿公之于众，分享这足以光耀世人的大神通。

这个，我真没有。

老徐把公司暂时关了，每天一堆大妈候在楼底下扯横幅，我们受得了，物业管理也受不了。老徐给员工们放了带薪长假，希望这件事能够早日过去。他好心地提醒我，最好离开这里，回老家避几天风头，因为说不定哪天哪个绝症患者及其家属便会杀上门来，要求我供出大师的微信号。

我想他是对的，我不能连累家人。

于是安排好一切之后，思前想后，我来到这座千年古刹，成了一名扫地僧。

钟声敲过九下，结束了早课，我们开始各就各位，今天是开放日，住持德塔大师会迎接一批来自互联网界的高端信众，并召开一个关于佛法与网络的讲演沙龙。

我负责签到及发放胸牌。在签到簿上，我看到了不止一个熟悉的名字，其中就有万总。

在三十八摄氏度的桑拿天里，我戴上了医用棉质口罩，汗如雨下。

四

身穿土黄色僧衣僧鞋的信众们鱼贯而入，胸前红红绿绿的胸牌摇晃，恍惚间我仿佛回到了几个月前的生活，国家会议中心、JW 万豪、798 D-Park……我不是在开会，就是去开会的路上，散名片，加微信，吹各种牛皮，画各种大饼，言必称互联网思维。

如今，依旧是那些熟悉的面孔，只不过他们的胸牌上少了昔日那些耀眼的 title,“C×O”“联合创始人”“投资 VP”换成了“居士”“信士”“施主”。他们收起往日嚣张的气焰和突出的肚腩，念念有词，就近入座，并虔诚地将手机、iPad、Google Glass、智能手环等身外之物交给收集的小沙弥，换取一个号牌。

我看见了万总，他面容憔悴，却目光如水，步伐轻盈，施施然对着身边人双手合十作揖，全然没有之前的霸气。当他从我身边经过时，我低下头，他也低下头回礼。

这几个月一定发生了很多事情。

据说德塔大师曾经是清华大学计算机系的高才生，由于开悟得证，放弃了斯坦福、耶鲁、加州伯克利等常春藤名校的 offer，受戒皈依，遁入空门。在他的带领下，一众高等学府毕业生加入我寺，并以互联网时代的方式弘扬佛法，普度众生。

大师那天说了很多，我却记不得太多，只记得万总态度虔诚，频频点头。当讲到如何利用大数据技术帮助定位转世灵童时，他甚至眼含泪水。

我躲着他，又按捺不住想上前问他，那件事究竟过去了没有。我想念我的家人，但并不想念我的生活。

在这里，只有一定级别的僧人才有上网权限。这山间的古柏，重重叠叠，如同防火墙般将我们隔绝于俗世烦嚣之外。每日生活单调却不枯燥，扫地、劳作、诵经、辩义、抄帖，在极简的物质生活中，我逐渐恢复了良好的作息习惯，并不会因为手机的振动而心生焦虑。尽管偶尔在右侧大腿股四头肌上仍会有“幻振”感，但师父说，只要每日摩挲佛珠，遍数一千八百颗，如此经过一百八十天便可彻底痊愈。

我想也许是因为我们要得太多，多得超出了我们身心能够承受的限度。

我的工作便是创造需要，让人们去肆意追逐那些对他们人生毫无意义的事物，然后将兑换到的金钱，再去购买他人为我所创造的生活幻象。我们乐此不疲。

我想起了媳妇的话，“真孙子”。

这就是我的罪过，我的业障，我需要洗清涤净之因果。

我开始有点儿理解万总了。

讲演结束之后，万总和其他几人围住德塔大师，似乎有满腹疑惑等待解答。德塔大师朝我招招手，我硬着头皮走过去。

“把这几位施主带到三号禅房，我稍后就过去。”

我点头，带着几位走到后院的禅房，那里是接待贵宾的地方。

我安排他们入座，又帮他们沏好茶。他们彼此点头微笑，却又只是客套寒暄，我猜他们以前可能是竞争对手。

万总并没有正眼瞧我，他抿了口茶，闭目养神，口中念念有词，双手不停盘娑着那串紫檀佛珠。当他转到第四十九圈时，我终于没能忍住，在他近旁俯身轻问："万总，您还认得我吗？"

万总睁开双眼，仔细地盯着我瞧了半分钟，问："你是周……"

"周重柏，您的记性真好。"

万总突然龇牙怒目，用佛珠箍住我的脖子，把我掀翻在地。

"都是你这个王八蛋害的！"他边打边骂，旁边两位施主惊骇地站起，却也不来劝架，只是一个劲地念着阿弥陀佛。

我用手护住脸，却不知道该说些啥，只能"善哉善哉"地穷叫唤。

"住手！"那是德塔住持的声音，"此乃佛门净地，怎能如此无礼？"

万总举在半空的拳头停住了，他盯着我，眼泪就那么"唰"地掉下来，打在我脸上，就好像被打受委屈的是他一样。

"全没了……什么都没了……"他喃喃说着，一屁股坐回到座位上。

我爬了起来，原来一个什么都没了的人，打起人来也是软绵绵的，一点儿都不疼。

"阿弥陀佛。"我朝他双手合十，行了个礼。我知道他并不比我好过多少。正当我准备退出禅房时，住持叫住我，用戒尺在我左肩敲了两下，右肩敲了一下，说："今日之事不可外传，你身上狂狷之气尚未除净，难当大任，理当勤做功课，深刻反省。"

我正想反驳，转念一想，老徐和万总的气我都能忍，德塔大师现在就是寺里的 CEO，我还有什么不能忍的？

我行了个礼，躬身退出。

我倚靠在木质长廊上，遥望夕阳中的树林山色，雾霾闪闪发光，如层层叠叠的纱丽堆在城市上空。钟声适时响起，惊飞鸦雀，我突然脑中火花一闪，想起菩提祖师在孙猴子天灵盖上用戒尺敲了三下，背手走了，于是便有了经典的三更后门拜师学艺。

可左二右一是怎么个意思？

五

晚上九点，我顺着后山小道溜到了住持的房间，一路松涛阵阵，鸦雀无声。

我在门上先敲了两下，又敲一下，门里面似乎有动静。我再敲，门自动开了。

德塔住持背对门坐着，面前是一个硕大的屏幕，屏幕一片漆黑，房间里似乎有低频的电音涌动。我清楚地听见他长长地叹了一口气。

“师父请受弟子一拜！”我跪倒在地就要磕头。

“你《西游记》看多了吧。”住持缓缓起身，面有愠色，“我不是让你十点零一分到吗？”

我顿时语塞，原来师父用的是二进制。

“下午的事……”我赶紧打圆场。

“不怪你。你的事情我都知道，打你一进这寺门起，所有资料就已经同步了。”

“那您还收我？”

“你虽非一心向佛，却有菩提慧根。我不度你，你怕是早就寻了短见。”

“谢大师慈悲为怀。”我还是丈二和尚摸不着头脑。

“你还是不明白这究竟是怎么一回事吧？”大师其实年纪并不大，也就四十出头的样子，戴着眼镜笑起来的样子，还略像个学者。

“吾辈愚讷，还望大师点破。”

德塔大师把手一挥。原来那屏幕是体感操控的，忽地亮了起来，出现了一幅难以形容的图画——一个巨大的被压扁的椭圆，在深浅不一的蓝底上缀满了不规则的橘红色亮点，又或者是相反。看起来像某种星体表面经过补色处理的等高线图，又像是显微镜下某种霉菌的繁殖切片。

“这是？”

“宇宙，确切地说是宇宙微波背景辐射，大概是大爆炸后三十八万年的样子，迄今为止最精确的图谱。”他溢于言表的赞许之情，很难与那身装扮联系到一起。

“然后呢？”

“欧洲航天局用‘普朗克’太空探测器收集到的数据，经过计算得出了这张图，看看这里，还有这里的亮度有点儿异常……”

除了橘红或宝蓝色的霉斑之外，我看不出有什么特别之处。

“也就是说……佛祖是不存在的？”我小心翼翼地试探着。

“佛说，三千大千世界。”他瞪着我，像要逼我把那句话咽回去，“这张图证明了曾经有多个宇宙的存在，人类通过了这么多年的努力，终于用技术证明了佛教中的宇宙观。”

我应该早想到这一点，就像在中关村搞传销的那些人，多么风马牛不相及的一切都可以拿来成为佐证其观点的有力论据。我想象着假如他是一名基督教徒，会怎么解读这幅图。

“阿弥陀佛。”我双手合十，以示虔诚。

“问题在于，佛祖为什么选择现在向全人类展示这个事实。”他缓慢有力地说着，“我思忖了许久，直到看到你做的那个项目。”

“爱 Fo 图？”

德塔大师点点头：“我并不喜欢你做事情的方式，但是既然你来到这里，就证明我的猜测是有道理的。”

我的冷汗开始沁湿后背，就像遥远得不真实的那个夜晚。

“这个世界已经不是它原来的那个样子了，或者说，它的创造者，佛祖，上帝，神，无论你怎么叫它，已经改变了世界运行的规则。你以为真的是开光让‘爱 Fo 图’实现神通的吗？”

我屏住了呼吸。

“假设宇宙是一个程序，我们所能观测到的一切都是代码实现后的结果，而宇宙微波背景辐射可以看成是某个版本的源代码记录，我们能通过计算调用这个版本的记录，这意味着，我们也能够用算法去改写当前的版本。”

“也就是说，是万总的算法导致了这一切的发生？”

“不敢妄下断语，但要我猜，差不离。”

“我是个科盲，大师你不要诓我。”

“阿弥陀佛，我是个技术派佛教徒，我信奉的一句话来自已仙逝的 A.C.Clarke 爵士，他说，一切非常先进的科技，初看都与佛法无异。”

我隐隐觉得有什么地方不对，但又无力辩解:“可……可那个项目不是已经失败了吗？看万总都成那德行了，应该没我什么事了才对啊。”

“凡所有相，皆是虚妄；若见诸相非相，即见如来。”

“大师，请准许我还俗回家吧，我想我媳妇了。”一阵莫名的恐惧突然攫住我，仿佛巨大无底的黑洞从墙上的屏幕凹陷进去，想要把我吸入。

德塔大师叹了口气，又苦笑起来，似乎他早就预料到了这一切。

“本以为与你参透佛理，便能让你安心在此渡过劫难，怎料……你和我都是轮回里的人哪，又怎能逃得脱命数？也罢，也罢，拿着这个，也不枉我们相逢一场。”

他递过一张金光闪闪的佛牌，背后写着一串 400 电话，还有一个 VIP 卡号和验证码。

“师父，这是……”

“好好收着，市面价八千八百八十八呢，有事给我打电话啊。”

德塔大师背过身去，手一挥，屏幕上的霉斑图又恢复成了正常的电视画面：美国一名量子物理学家遭遇离奇枪击事件意外丧生，凶手声称只是认错了人。

六

和老徐的再会，是在半年后的管记翅吧里。

老徐没怎么变，依然保持对烤大腰的病态热爱。几瓶啤酒下肚，油光满面，横肉抖动，他开始像个典型的东北人那样掏心窝子。

“我说重柏，一起过来玩吧，哥不会亏待你的。”

老徐在烟雾缭绕中唾沫横飞，他在家歇了一阵子之后，被一个电话撩拨着重出江湖。这回，他不再搞没前途的传播公司，摇身一变成了所谓的“天使投资人”，凭借他在创业圈里的人脉资历，拿着别人的钱可劲造，可劲忽悠。

他觉得我是可塑之才，想拉我入伙。

“万总现在怎么样了？”我岔开话题，媳妇刚刚查出来怀孕了，目前的工作虽然无聊，却也稳定。一语蔽之，我觉得老徐不是很靠谱。

“已经好久没他信儿了……”老徐的目光黯淡了下去，狠狠吸了一口烟，“造化弄人哪。‘爱 Fo 图’最火那会儿，好几家公司抢着要投钱。有一家美国公司还想谈全额收购，居然最后关头，杀出来一个程咬金，说 Y 的核心算法剽窃了当年实验室另一个哥们儿的研究。这老美打起官司来就没完没了，专利也被暂时冻结了，投资人也撤了，老万变卖家产，最后也没撑下去……”

我把杯中酒一饮而尽。

“那事真不赖你，真的！要不是你，估计老万他们死得还要早！”

“可如果没有‘爱 Fo 图’，估计美国那边也没人发现剽窃的事。”

“我现在算是想明白了，没有那件事，也会有其他的事，这就叫命。后来听说告他的那美国哥们儿被枪杀了，这案子就这么悬在那儿了。”

老徐的声音轰鸣着，我的视线穿过他捏着香烟的指缝，时间仿佛凝固了，那些喧闹的、烟火缭绕的、吆五喝六的背景变得模糊失焦又遥远。我想起了一件什么事，这件事是如此之重要，以至于我竟然把它完全抛到了脑后。

我以为一切都已经结束了，其实才刚刚开始。

告别了老徐回到家，我一阵翻箱倒柜，媳妇挺着肚子以为我喝多了耍酒疯。我问她，“你有没有看见一张金色的卡片，上面有个佛像，背后有个400电话？”

她看着我，像是看着一条被遗弃的哈士奇——这一品种在狗界以智商低下而著称。她扭过头继续做她的孕妇瑜伽操。

最后我在厕所的一本时尚杂志里找到了那张VIP卡，夹着的那页，是一名涂满凡士林躺在一堆电子产品中的暴露女星，大大小小的屏幕反射着她光亮肉体的一个个部分。

我拨通电话，按“9”，输入VIP卡号和验证码。一个熟悉的声音响起，略带疲惫。

“德塔大师，是我，尘无！”

“谁？”

“尘无！周重柏！就是那个你拍了我肩膀三下，让我晚上十点零一分到你房间看宇宙微波背景辐射图的那个！”

“嗯……听起来很变态的样子。我记得你，近来可好？”

“你说得对！问题就出在那算法上！”我深吸一口气，尽量简明扼要地把事情的前因后果告诉他，同时还有我的猜测——有人希望阻止这套算法被投入实际应用，甚至不惜牺牲他人的身家性命。

电话那头久久沉默，接着又是一声长长的叹息。

“你还是没明白。你玩电子游戏吗？”

“很早以前玩过，你指街机、掌机还是PS时代？”

“随便啦。如果你操控的角色向大 boss 发起进攻，按照游戏设置，它是不是会调动所有兵力去抵抗你的角色？”

“你是指，NPC？”

“没错。”

“可我什么也没做，我只不过出了个营销方案！”

“你误会了，”德塔大师的声音变得低沉，似乎随时会丧失耐性。“你不是那个向大 boss 发起进攻的主角，你只是个 NPC。”

“等等，你的意思是……”突然间我的思绪变得黏稠无比。

“是的，我知道这很难接受，可这是真的。某人，或者某些人做了一些事情，可能会威胁到整个程序——我们所处这个宇宙的稳定性，于是系统按照事前设定好的机制，发动 NPC，执行指令，去消除威胁，保证宇宙的自洽性。”

“可我以为我所做的一切全是出于自由意志，我只想把活儿干好，混口饭吃。我以为我是在帮他。”

“所有的 NPC 都这么想。”

“那现在我该怎么办？老徐要我去帮他忙，我怎么知道这是不是……喂？”

电话里突然出现了一些奇怪的声音，就像有许多细小的虫爪在摩擦着麦克风。

“迷时……嗞嗞……师度，悟了……嗞……自度。你只要……嗞……就好……对不起，您的 VIP 卡账号余额不足，请充值后再拨打。Sorry，your VIP……”

“你大爷！”我愤怒地挂掉电话。

“怎么回事啊你？那么大声，把我吓流产了谁负责啊？！”媳妇的声音从里屋飘过来。

我用三秒钟整理了一下思绪，决定把事情一五一十地告诉她，当然，只限于她能够理解的那部分。

“你跟老徐说，你媳妇怕生个孩子没屁眼儿，不让你跟着他干那些忽悠人的勾当。”

我正想反驳，电话又响了，是老徐。

“考虑得咋样了，重柏？中科大量子所的进展很迅速啊，他们的机器已经开始攻关 NPC 问题了，一旦证明了 P=NP，你知道那是啥意思吗？”

我看了看媳妇，她把手架在脖子上，横着一抹，同时做了个吐舌头的鬼脸。

“你知道那是啥意思吗……”我挂断了电话，老徐的余音在空中回荡。

所有的程序都会有 bug，而在这个我所处的宇宙里，我相信，我媳妇一定是最致命的一个 bug。

七

我还记得那一天，小来来呱呱坠地，玫瑰色的皮肤，浑身带着奶香。他是我在这世上见过最漂亮的宝贝。

媳妇虚弱地让我给他起个大名，我嘴上答应着，心里却想，叫什么已经无所谓了。

我不是个英雄，我只是个 NPC。打心眼儿里我就不认为这一切是我的过错，只因为我没有加入老徐的团队，没有用一些稀奇古怪的点子搞砸整个项目，没有阻止那台该死的量子计算机算出P=NP，至今我都不明白那究竟是什么意思。

如果这就是宇宙崩溃的原因，那只能说编写它的程序员太烂了。这样的世界，毁了又有什么值得可惜的？

可当我抱着小来来，牵着他弱小得吓人的爪子时，我只想让这一刻永远静止。

我后悔自己做过，或者没有做的一切。

在最后的那几分钟，我脑海里出现的，却是遥远的那个夜晚，天桥上那个身穿军大衣的哥们儿，他望着我和媳妇，像台自动答录机般循环播放着："1月4号象限仪流星雨光临地球，不要错过……"

没有人会错过这一场盛大的线下仪式。

我逗着小来来，试图让他发笑，或者做出任何表情。突然间，我看见他的眼中有什么东西在迅速扩大。

那是我背后的光。

出巴别记 / 索何夫

他能够感觉到自己的生命正像海绵中的水一样被逐渐挤干、耗尽，消散在这处很可能不会再度开启的密闭空间之内，甚至就连他原有的意识也已经随着逐渐失去活性的脑组织而陷入了永久的沉眠。

一

拉里·里德尔是行旅商人、颇有声望的估价师、值得信赖的信差和信件代笔人，以及众所周知的说故事好手。从北方的大江到东南沿海，即使是那些平素最不好客的基地与村镇，也会对他的到来表示欢迎，因为所有人都知道，拉里那支小小的商队不仅会为他们带来信件和货物，更重要的是，他也会带来故事——特别是那些大劫难之前的故事。

这位大受欢迎的商人现年五十二岁，个头不高，曾经受过伤的一条腿略微有点儿跛，有着一头稍稍有些卷曲的棕发、曾经被打断过一次的塌鼻梁，以及一双只有真正的商人才拥有的精明的灰色小眼睛。由于在所有地方——包括那些从来不以好客著称的偏远村镇——都能吃到好东西，他在最近几年里很是攒下了一些皮下脂肪，但他仍旧像以前一样怕冷。正因如此，在接到商队抵达的消息后，徐青就立刻让人从仓库里拖出几大捆准备过冬用的松木，在由废弃的工厂车间改造成的大厅里为这些尊贵的访客生起了篝火。地窖里最好的麦酒被端了上来，大块大块抹着盐的腌猪肉也和硕大的马铃薯一起穿上了烤叉。

当风尘仆仆的行旅商人们跟在徐青身后踏进这个房间时，飘溢的香气早已充满了屋内的每个角落，惹得众人垂涎欲滴。

“说实话啊，老徐，这几年的日子过得真是一天不如一天哪！”尽管主人表现得谦恭有礼，但客人们却一点儿都不客气：拉里和他的跟班们刚一进门，就径直在熊熊燃烧的火堆旁坐了下来。他们争先恐后地用匕首从烤叉上切下最肥的肉，塞进嘴里大嚼起来。黄澄澄的猪油沿着满是胡茬的下巴四处横流，把他们脏兮兮的亚麻衬衫浸透了一大片。“我知道你们基地的日子还过得去，但别的地方可就难说喽——火电厂基地和白岩镇那块儿从去年底就和外头失去了联系，去那儿的人到现在也没一个回来的。冯家庄的人两个月前给一帮从西边来的强盗杀了个干净，连半个活口都没留下。林场基地那边也只剩下几十个老头儿和小娃儿。等跑完这一趟，我还得到那儿去一回，把那些活着的人都送到车站基地去——如果那鬼地方还有活人的话。”他舔了舔两片肥厚的嘴唇，“唉，想当年，有谁能想得到这该死的世道会变成这样？照现在这样下去……”

徐青耸了耸肩，明智地没有开口，拉里的伙计们也全都保持着沉默——倒不是他们对拉里的话有什么异议，事实上，这些人中要是有谁突然开口说话，大厅里的其他人反而会大吃一惊：除了他本人之外，拉里商队里的成员全都是人们所说的哑人——也就是那些在大劫难前选择接入巴别系统的人。在那个黑暗的黎明，他们被迅速、残酷而又干净利落地剥夺了曾经拥有的一切，剩下的唯有自己的思想与意志——而更多的人甚至连这些也一并失去了。就徐青所知，在许多地方，哑人都被当成干粗重体力活儿的劳动力，他们的地位甚至不比拉车的牲口更高。相较之下，虽然拉里提供给他的“伙计们”的待遇也不怎么优厚，但却几乎可以称得上是非常人道的了。

如今，除了像拉里·里德尔这样的少数特例之外，大多数活着的人对大劫难前的世界不是一无所知，就是只有零星的记忆。尽管在两周前刚度过三十岁生日的徐青在普通人中已经不算年轻，但对他而言，所谓的旧纪元也只是一个褪色的影子、一幅色调淡薄的水彩画，遥远、模糊，缺乏细节与色彩。只有当拉里说起那些古老的故事时，这幅画面才会变得略微生动一点儿。对徐青而言，那些光怪陆离的记忆更像是一段梦境，一段来自另一个世界的往事。

——另一个他永远也无法返回的世界。

即便已经过去了这么多年，徐青仍能依稀记起，在那个惊慌狂乱，充满了警笛、高音广播与低声哭泣的早晨，大人们是如何神色匆匆地将他和其他同龄人集合起来，又是如何仓促地将他们送上一列连他们也说不清要开往哪里的自动磁悬浮列车。在列车启动之前，他只来得及带上自己的书包和一袋配给口粮，甚至没有时间与站在咫尺之外的父母道别——而在那之后，他就再也没有见到过他们。他还记得，十岁的他在人满为患的车厢里默默哭泣，直到列车因为供电中断而像一条死蛇般瘫痪在一条看不到头的狭长隧道中为止。惶恐不安的孩子们在整整两天之后才鼓起勇气走出那片令人绝望的黑暗，而那时的他们并不知道，早在初夏的阳光再次刺痛他们的视网膜之前，这个世界就已经永远地改变了。

在那之后，徐青的记忆里就只剩下一团灰暗的乱麻——或者说，他的理智刻意将这段痛苦的时光深埋在遗忘的尘埃之下，以免那令人难以承受的苦涩继续刺伤自己。他只知道，自己一直在漫无目的地行走，在饥饿、疲惫与困苦中行走，无尽的绝望就像一道巨大的帷幔，从世界的一头一直铺到另一头。

与他一同上车的同伴，只有为数不多的人撑过了最初的艰难岁月，他们努力迫使自己适应这个全新的世界，像所有其他的幸存者一样竭尽全力让自己不被它吞噬。在那之后，他们已经在这个新世界的角落里坚持了整整二十年；而至今为止，这个险恶的新世界还没能成功地吞掉他们。

“江溪基地现在怎么样了？”徐青几乎是小心翼翼地说出了这句话，“他们最近有什么进展吗？”

“进展？哦，当然有啦。”行旅商人从火堆上扒拉出一个土豆，往上面撒了一小撮辣椒面。这只土豆松脆的表皮被木炭烤得滚烫，他不停把土豆从一只手丢到另一只手里，“事实上，他们上个月刚找出一套节约粮食的好办法——没了脑袋，你也就没必要再吃饭了。”

“你是说——”

“玩完了，游戏结束了，和这个美丽的新世界说再见了，就这么简单。等到火电厂基地的人赶去增援的时候，那些可怜的家伙早就已经连同他们养着的哑人一块儿被吊在基地外的树上荡秋千了……”拉里用手背胡乱擦了一把沾在嘴角上的猪油，然后又啃了一大口土豆。或许是屋里的温度太高的缘故，他把脱下来的羊皮大衣随意搭在自己的肩上，肥厚的胸脯被汗水映衬得油光发亮，看上去活像是古罗马暴君维特里乌斯。“有人猜是刀剑帮干了这档子事，也有人说是疯狗帮下的手，不过依我看，这些说法统统都是扯淡。”他晃了晃脑袋，“其实我倒是知道一些情况，但是……咳，算了，现在说这些有什么用呢？”

“无论是谁干的，这都太过分了。”徐青的一名副手哀伤地摇了摇头，“江溪基地的人一直在想办法。”

“得了吧，难道你们真的相信那群家伙胡诌出来的什么‘心灵疗法’能派得上用场？”拉里把一口浓痰吐进了面前的火堆里，焦黑的木炭中溅出了一连串细小的火星，像一群精灵般轻盈地飞向了屋顶的烟囱。“你们真的以为，给这些家伙放放音乐、唠唠家常，就能让他们变得正常起来吗？”他随手拍了拍一位哑人伙计的肩膀，后者仍然一声不吭地吃着烤肉，脸上全无一丝表情，就像一尊有生命的石雕。

“我的答案是，不可能。”拉里说。

“这我可说不准，”徐青长长地叹了口气，“但人要想活下去，总得图点儿什么才行。哪怕是虚假的希望，终归也要好过没有希望。”

“希望？”矮胖的商人发出一声充满讥讽的尖笑，“你知道希望是什么吗，小子？那是这个世界上最诱人但也最致命的毒药，是上帝用来惩罚傲慢人类的鞭子与利剑！在三十年前，正是所谓的希望让那些蠢材和浑蛋建立了巴别系统，使得无数年积累的文明成就在一天之内化为乌有！难道这个教训还不够吗？嗯？如果真的有什么事还值得我们去指望，这样的事也只有一件：让当年那些自以为是的狗东西为他们的胡作非为付出代价，让那帮混账东西好好品味品味他们加诸他人的苦难。只有——”

“喂，头儿！”大厅的门突然被推开了，锈迹斑斑的门轴在转动时发出一阵令人牙酸的刺耳“吱嘎”声，同时也打断了拉里的长篇大论。

“头儿！”冲进来的是一个满脸雀斑、有着一头乱麻般的头发的大孩子，他是在基地外负责警戒的哨兵之一。“有人来了，很多人！就在东门外面！”

“哦？”徐青下意识地抓起那把时刻不离身的双筒霰弹枪，将子弹袋挂到了肩上，“是不是张老瘸子手下的那帮疯狗？还是白林基地的浑蛋终于来找咱们报仇了？”

“那个……嗯……都不是。”男孩摇了摇头，下意识地绞着手指，看上去似乎正在竭力从他那贫乏的词汇库里搜罗着合适的措辞，“他们……呃，我过去从没见过这些人。还有……嗯……那个……”

“什么？”拉里饶有兴趣地问了一句。谁也没有注意到，一抹难以察觉的兴奋从他的眼底一闪而过。

“那个……唔……他们人非常多，比……比我们基地里的人还要多。”男孩紧张地舔着干裂的嘴唇，脏兮兮的脸看上去活像是被霜打过的茄子，“还有……嗯……那个……他们领头的是个女的。”

二

“我的真名无足轻重。如果愿意的话，就叫我美狄亚吧。”

鬓发如霜的女子动作优雅地朝徐青伸出一只手，言简意赅地自我介绍道。她的汉语带着很重的口音。尽管穿着一套补丁摞补丁的旧迷彩服，尽管岁月已经用皱纹与老年斑夺走了她曾经拥有的美艳，但美狄亚身上仍然有着某种让徐青心头为之一颤的东西——或者更准确地说，某种能让人肃然起敬的气质。在与那双蓝宝石般的瞳孔目光相交的瞬间，徐青不由自主地觉得，站在他眼前的是一位被流放的贵族，一位离位已久的君主。尽管变幻莫测的命运已经从她手中夺去了她原本拥有的一切，但却无法拿走这种与生俱来、令人慑服的高贵气质。

不过，这种震慑仅仅持续了短短的一刹那——徐青之所以能在基地里管上十多年的事，靠的可不是擅长空想。片刻惊讶后，他的思绪很快就转回到了更加现实的层面上来：就像报信的那小子先前说的那样，这群毫无预兆地出现在基地外的不速之客确实是他们过去见所未见的——这倒不仅仅因为他们领头的是个女人。毕竟，如果有一支全副武装、组织严密、装备着十来辆武装皮卡车和轮式装甲车的队伍突然从你的基地围墙外面冒出来，那他们首领的性别也就不那么重要了。

“头儿，你觉得我们是不是应该先采取一些预防措施？”当自称为美狄亚的女人面带不悦地将手收回去时，先前报信的那个大男孩趁机凑到徐青的耳边压低声音问了一句。作为对这个问题的答复，徐青用一只手在背后做了个表示“否定”的手势——虽然在大多数时候，在与一群来路不明的家伙狭路相逢时，首先扣动扳机通常都是最正确的选择，但目前的状况显然另当别论：第一纺织厂基地里总共也只有不到三百个居民，其中能扛枪打仗的用十只手就能数得过来。尽管按大劫难之后的标准，徐青手下的人已经不算少了，却还没多到可以和两三百个装备自动武器的家伙硬拼的地步。

“尊贵的女士，您的大驾光临……呃……令本基地蓬荜生辉。”徐青清了清嗓子，把他所能想到的最礼貌的词汇一股脑儿地搬了出来。在过去，他很少用和平的方式与别人打交道，更没有多少和陌生女人谈判的经验——毕竟，大多数基地都把他们的女人安置在自家的围墙、鹿寨与壕沟之内，让她们争分夺秒地为基地添丁加口，而不是带着一大群武装人员在外头四处晃悠。“第一纺织厂基地的大门永远为那些友善的客人敞开。”徐青继续以礼相待。

“尊贵什么的就免了吧，我也不是什么‘女士’。我曾经是……嗯，至少算得上是个科学家吧，但那已经是大劫难之前的事了。如你们所见，现在我是人类拯救阵线远征队的指挥官，仅此而已。”美狄亚摇了摇头，“假如我们的造访造成了贵基地居民的紧张与不安，我愿意就此表示歉意。”

只有傻瓜才会不知道害怕。徐青下意识地瞥了一眼那辆轮式装甲车的临时炮塔上架着的六管加特林机关炮，这多半是从某架军用飞行器的残骸上拆下来的。如果双方真的动手，光是那玩意儿就可以轻而易举地解决掉他手下一大半的人马——哪怕他们依靠堆在墙上的沙包做掩护也无济于事。“恕我直言，”他清了清嗓子，“我过去从没——”

“从没有听说过我们？”美狄亚替他说完了下半句话，“哦，这不奇怪——毕竟，在过去的十年里，我们还是头一次来亚洲。而这年头的消息也不像过去那么灵通了。”

“你是说……”

“我们的船队 2075 年 11 月 30 日从温哥华岛西海岸起航，今年 1 月 27 日抵达长江口。我们在出发时有五艘船和五百人，不幸的是，‘克里斯托弗·哥伦布号’在经过九州岛南部时触礁了，连同我们的航空设备和飞行员一块儿沉到了海底；而‘回天号’和‘以实玛利号’又在穿过崇明岛南侧水道时撞上了一艘坐沉的集装箱货轮，这次可怕的意外让我们损失了两百六十个人和四分之三的补给。”美狄亚无奈地摊开了双手，“只有‘尼米西斯号’和‘探索者号’成功地在预定登陆点卸下了人员和物资。我必须承认，这次远航简直就是一场灾难。”

“你是说……嗯……”徐青竭力回忆着自己在孩提时代学到的那点儿地理知识，“你的意思是，你们是从太平洋的那边来的？”他摇了摇头，似乎这个想法本身就有点异想天开，“从美洲？但这不可能啊！已经有二十年没人从那儿来了。”

“无论你们是否相信，事实都不会有任何改变。”美狄亚似乎没有注意到徐青语气中透出的怀疑，“我们在从阿拉斯加到加利福尼亚的整个北美西海岸晃悠了整整一年，才勉强找到了足够运载一支远征分队横渡太平洋的船只；在那之前，我们在魁北克和罗德岛战斗；2072年在圣何塞，2071年在马瑙斯，2070年在布宜诺斯艾利斯；而在最初的两年里，我们则在西欧和北非战斗。成百上千的男人和女人为了人类的未来加入了我们的行列，更多的人则尽他们所能地为我们提供种种援助。当然有一些人离开了，但更多的人则为了我们的事业付出了生命。”她深深地吸了一口气，不由得攥紧了双拳，“而现在，多亏他们无私的付出与牺牲，我们离胜利只有一步之遥。”

“但是，你们到底在和谁作战呢？”徐青问道。

“我们的敌人乃是人类文明的敌人。”两鬓斑白的女子朝前踏出了一步，将一只戴着肮脏棉布手套的手按在徐青的肩头，用一种近乎命令的严厉语调说道，“先生，如果你们还有身为人类的责任心与道德感，如果你们还希望拯救这个世界，那你们就必须帮助我们。”

半个小时后，更多的篝火在纺织厂的自动加工车间里燃了起来，亮橙色的火苗在富含油脂的松木上欢快地跳跃着；一簇簇火星与灰色羊毛般的浓烟在毕毕剥剥的木材爆裂声中升上屋顶，使屋内燠热的空气中充满了浓郁的热松香和焦炭的气味。

尽管车间里的空间并不狭窄，但与美狄亚一起来到这里的两百多位“客人”还是让这儿看上去颇有些拥挤。这些穿着破旧的野战迷彩制服、戴着肮脏的凯夫拉防弹头盔的男男女女一言不发地围坐在火堆旁，轮流烘烤着在寒风中被冻得发麻的双手，或者将从室外收集到的碎冰在火焰旁融化，小心翼翼地灌进自己的水壶。除了偶尔的低声交谈之外，他们看上去几乎就是拉里手下的哑人伙计们的翻版：安静，有序，对身边的一切似乎都漠不关心。在这些人身边不远处，几名荷枪实弹的民兵正警觉地注视着他们的一举一动——尽管为了表示诚意，客人们早在进入基地时就已经交出了所有武器，但对主人而言，适度的谨慎永远都不是多余的。

“所以说，你们现在打算往死镇的方向走，而且还希望我们的人也和你们一块儿去？”在大厅的角落里，徐青用火钳拨了拨火势渐小的篝火，接着又朝里面塞进了一大捆风干的松枝。在他身边，拉里·里德尔仍然一声不吭地烤着火，似乎对身边的一切置若罔闻，但如果有人仔细观察他的话，会发现似乎有些不寻常——含义不明的神色正在他的眼睛里来回更替着，就像两条相互交缠的毒蛇。

“你们去那儿干什么？”徐青继续问道。

“根据《波士顿协议》，巴别公司的主要服务器基站之一就设在现在被你们称为‘死镇’的地方——在大劫难之前，那里曾经是中国东部地区最大的高科技工业园区之一。”美狄亚语气平静地说道，仿佛她刚才提到的事尽人皆知，“而我们必须尽可能完整地夺取这座建筑。”

“为什么？”

“为什么？！因为我们有义务结束这场笼罩全世界长达二十年的漫长黑暗，拯救正在走向穷途末路的人类文明。”美狄亚清了清嗓子，稍微让语气缓和了些，“我想，你应该还记得一些大劫难之前的事，对吧？那时，我们的生活中没有仇杀，没有饥荒，没有人会为了几个土豆、几袋玉米就豁出性命去抢劫杀人；那时，我们拥有知识与技术，过着真正的生活，而不是每天都在竭尽全力挣扎求存——”

“直到大劫难把几十亿人统统变成疯子为止。”拉里·里德尔插话道。

美狄亚摆了摆手，“不，这种说法并不准确。我不否认有许多受害者的确陷入了精神失常的悲惨境地，但那只是因为他们无法承受失去与他人交流的能力所产生的巨大痛苦。事实上，这些你们所谓的哑人面对着的是另一种黑暗，另一种寂寞：他们看得见，但却与瞎子无异；他们能听，但却等于是一群聋子。巴别系统不会剥夺人的感官，更没有直接毁掉人的理智，它只是暂时抑制了受害者的语言理解、书写、阅读的能力，让他们既无法理解外界传达的信息，也无法进行任何形式的表达。”

“呃，很抱歉，但我还是不太明白，”徐青耸了耸肩，“说话和语言理解这样的能力怎么可能被……嗯……抑制住呢？”

“我会试着尽可能简单地解释这一切。”美狄亚叹了口气，似乎对徐青的表现颇为失望，“众所周知，正如其他一切有意识或者无意识的人类活动一样，人类的语言功能也受到大脑——严格来说是一侧大脑半球的支配，也就是所谓的‘优势半球’。在通常情况下，‘优势半球’位于左侧大脑皮质及其连接纤维一带，这一区域的不同部位与言语功能的不同部分一一对应：第三额回后部是人脑的口语中枢，丧失功能后会导致运动性失语症；第一颞横回后部是听语中枢，受到损害时将出现感觉性失语症；书写中枢位于第三额回，一旦发生病变，患者将无法用文字书写的方式进行表达，亦即所谓失写症；而角回一旦出现问题，则会导致失读症。”她停顿了一会儿，似乎在等着徐青把这堆错综复杂的对应关系慢慢厘清，“大劫难爆发后，我曾经在一些……幸存下来的同事们的帮助下暂时恢复了一处医学研究机构的运转，并利用那里残存的设备对一批哑人进行了研究。结果表明，他们大脑中的上述部分虽然没有出现严重病变，但活跃度却极低，似乎有什么东西阻止了生物电信号在这些区域内的传播，从而导致了失能症状，使得患者无法理解除了简单的手势与具象的图形之外的任何外来信号，更无法用抽象的方式表达自己的思维。而据我所知，造成这种情况的原因可能只有一个——”

“我猜，这个原因就是那些参与‘巴别计划’的傻瓜打进他们脑子里的那劳什子药水，对吧？”拉里用不屑的语气问道，“大多数人用不着做实验就能猜出这一点来。”年迈的女子微微颔首，似乎并不计较对方的唐突，“你要这么说也没错。但严格来说，‘巴别计划’注射进参与者大脑中的物质并非真正意义上的药物，而是由巴别公司研制的智能纳米机器人集群。也许你们已经注意到了，所有的哑人全都是‘巴别计划’的志愿参与者，而且 CT 扫描也表明，他们大脑言语功能区域内的纳米机器人密度和活跃程度都远超正常标准——我想这应该足够说明许多事了。”

“没错，这充分说明这群蠢东西是自作自受！他们当年自以为高人一等，现在却落得了这种结果。”拉里扭头瞥了一眼犹如一群木雕般安静地坐在他身后的哑人伙计，活像是在打量一群不听使唤的牲口，“要我看，他们现在这样子倒也挺不错的。”

“恐怕我无法同意你的观点。”美狄亚说道，“无论‘巴别计划’有多么失败，它的受害者都是这个世界上最为宝贵的智力财富——他们中的大多数都曾经是科学家、工程师、技术工人和管理人员，是维系着社会运转与发展的人，是人类文明成果的主要承载者！一旦这些人在沉默中带着他们的知识离开这个世界，就意味着文明传承的机会彻底消失，谁知道我们接下来要在黑暗中徘徊多久？五百年？一千年？”她将咄咄逼人的目光投向了徐青，“年轻人，你希望你的孙子、你孙子的孙子都过着这样的生活吗？像现在这样的生活？！”

“让我再……再考虑考虑，”徐青眼神茫然地看着自己的双手，“我想……呃……也许我可以找其他人谈谈，也许我可以试着劝劝他们……但我不能保证……”

“没关系，这里的每个人都有权利自由选择是否加入我们。我不会指责任何拒绝这么做的人，因为没有人生来就注定必须成为英雄。”美狄亚点了点头，随即将目光转向正忙着和一只熏猪脚“战斗”的拉里·里德尔，“拉里先生，我和我的同志们自行携带了充足的燃料和弹药，但我们的大多数食物、药品和其他生活必需品都在船只失事时损失了，而您的商队应该能在一路上帮我们不少忙。我保证，我们可以提供相当丰厚的报酬……”

“我……呃……算了吧，死人可不需要花钱——除非你打算付给我在祖坟上头烧的小纸片。”有那么一瞬间，一抹激动的潮红短暂地出现在了身宽体胖的商人被篝火烤得发烫的圆脸上，他的呼吸也骤然变得急促起来。但转瞬间，拉里的神情就恢复了常态，“你们打算去死镇？据我所知，去那地方和直接用绳子把自个儿吊在屋梁上没啥差别——上吊至少还比较省事。知道吗？就在前年冬天，红山基地和三个大镇里的人联合组织了一支四百人的远征队到死镇寻宝，你知不知道那帮可怜虫最后回来了几个？就四个残废，而且全都发了疯！”

“我在别的地方也听说过类似的故事，拉里先生。”在接下来的一瞬间，美狄亚的眼中突然流露出一股比火焰还要炽烈的恨意。不过，在其他人注意到这一点之前，她就已经及时让自己的神态恢复了正常，“相信我，我很清楚自己所要面对的风险，也知道该如何应对这些风险。”

“无论你开什么价，我都绝不会跟着你去送死。”拉里双手交叉，目光在地板上来回游移着，“愿意的话就继续等下去吧，但永远别指望……”

三

一个星期后，当拉里·里德尔商队里的骡子背上的货物重量减少到出发前的一半时，美狄亚让这支队伍停止了前进。

“就是这儿？你确定？”当行驶在队伍最前面的轮式装甲车停稳之后，身材肥硕的拉里立即在他的一位哑人伙计的帮助下费劲地从狭窄的车门中钻了出来，半是疑惑半是兴奋地打量着身边暗影幢幢的废墟。和往常一样，他手下的其他商队成员一言不发地牵着骡子，静静地待在战斗人员的队列后面，像所有的哑人一样保持着惯常的木讷呆滞、了无生气的神情，看上去活像是一群由经验不足的实习生塑造的蜡像。

“这破地方根本还没建好嘛！”拉里嘟哝着。

“我不得不承认，里德尔先生，你的观察力相当敏锐。”美狄亚点了点头，同时向身后做了个手势。两支全副武装的战斗小队立即分头散开，以扇形搜索队形进入了周围的建筑群中。

“正如您所说的，这里确实还没有建设完毕——永远都不会了。按照我们手头的资料，在大劫难之前，这座产业园只有不到五分之一的面积正式投入了使用，其中就包括巴别公司按照协议建在这里的一座服务器基站。”她放下了手中的望远镜，“第十九号站，最后一座。”

在两人之后爬出车门的是徐青。他刚把脑袋伸出这个充满汗臭与机油味的装甲罐头，就立即被眼前的景象吸引住了：在他们身边，一座座搭着脚手架的混凝土毛坯房就像码头上待运的集装箱一样，整齐划一地码放在宽阔的大道两旁。成堆的沙石、钢筋、木料和袋装混凝土仍然堆放在原先的位置上，似乎工人们只是暂时离开这里去小憩，随时可能回来重新开工。马路上的沥青刚刚铺到一半，十字路口的信号灯杆就放在一辆停在路边的八轮载重卡车上。在竖立着“欢迎来到星辰产业园”广告牌的人行道旁，早已风干的行道树仍然横放在准备用来栽种它们的土坑边。而在更远的地方，各式自动工程机械仍然停放在它们最后一次开动的地方，仿佛它们是在昨天夜里才刚被运到工地上似的。在这座现在已经被欣欣向荣的杂草和灌木所占据的废墟中央，一座高墙环绕、迪士尼乐园里城堡般的建筑物显眼地矗立在瓦蓝色的天空之下，雪白的围墙在午后的阳光下闪耀着刺眼的光。总之，这个被冠以“死镇”之名而恶名远扬的地方看上去并没有任何不祥之状——除了那些零星散落在街头巷尾的大都已经残缺不全的人类骸骨之外。

“这里……嗯……应该没有什么危险吧？”拉里·里德尔竭力装出一副泰然自若的模样，但不断瞟向那些工程机械和其他金属制品的目光却彻底地出卖了他——尽管拉里坚称，促使他同意让商队为美狄亚的队伍运送补给品的原因仅仅是他的良心，但每个人都清楚，这位一向以谨慎和不愿冒险而著称的行旅商人之所以能够突然良心发现，在很大程度上得归功于徐青在出发前与他达成的那项协议。

“别担心，伙计。”徐青拍了拍行旅商人的肩膀，后者正用贪婪的目光盯着一扇挂满不锈钢器材的商店橱窗，活像一只窥伺着烤鱼的饿猫，“我保证说到做到。等这事完了，所有这些东西都是你的——想要什么尽管拿就是。不过现在嘛，你最好还是跟紧点儿，要是有什么古灵精怪跳出来把你给抓走了，那咱们的交易可就不算数了。”

“这里有什么地方不太对劲……”拉里话还没说完，美狄亚突然语气严肃地说道，“到现在为止，我们都还没遇到像样的抵抗，这实在有些……不寻常。”

“抵抗？”徐青下意识地打了个激灵。在第一纺织厂基地停留的两天里，美狄亚和她手下的军官们成功地鼓动三十来个血气方刚、荷尔蒙分泌过剩的年轻人加入了他们的队伍。徐青之所以来到这里，在很大程度上正是为了确保——或者说，尽可能地确保——这群冲动的大孩子的安全。“你这是什么意思？”徐青诧异地问。

“巴别系统知道该怎么保护自己。”美狄亚面色阴沉地看着倒在路边的一具早已风干的骷髅。这具尸体的脊椎被极为精确地截成了三段，骨盆以下的部位更是被完全碾成了碎片，从渗入石子中的深褐色血渍的形状来看，这个可怜的家伙生前似乎先是被活活切开，然后又在断气之前被某种很重的东西像踩死一只虫子一样直接碾压了过去。“而且它很擅长这么做。”美狄亚补充道。

“你说什么？”拉里·里德尔的表情看上去活像是刚吞下了一整窝黄蜂，“你……你从没告诉过我们还有这回事！我们一直都以……以为我们可能遇到的顶……顶多就是一些土匪流寇什么的！”

“很抱歉，我没有告诉你们全部的真相。”美狄亚耸了耸肩，用她那种惯常的波澜不惊的语气说道，“但我有充分的理由这么做——毕竟，最近加入我们的大多数志愿者都是在大劫难之后出生的，他们既没有接受过足够的正规教育，也对将要面对的东西毫无概念。在这种情况下，即便我直接告诉他们真相，很多人也极有可能因为无法理解我讲的概念而产生误解，甚至恐慌，因此将某些事实过早告诉他们是不明智的。”

“那你至少应该告诉我们吧？”徐青愤愤不平地说道，“我可是在大劫难之前出生的。”

“那好吧。”苍老的女子点了点头，用一种母亲讲故事般的柔和语调继续说道，“我想，在大劫难之前，你们应该已经听说过‘巴别计划’——虽然当时的你们未必能够理解它的含义。从某种意义上讲，‘巴别计划’可以被视为科幻小说作家弗诺·文奇在20世纪末所预言过的技术奇点：一旦被注射进使用者的颅腔之内，作为系统终端的智能纳米机械群就会系统地改造与接管一部分负责维持人类潜意识——甚至也包括某些特定的表层意识——的大脑皮层和神经触突，并在改造结束后自行组装为一个中微子信号收发器，从而实现个人与全球万维网，以及与其链接的一切自动化系统的有机结合。从理论上讲，通过巴别系统，每个接入系统的人都能直接以思维控制自动化系统，实时获取网络信息，利用网络资料库实现记忆的云储存，它甚至还能让使用者绕过语言的障碍，不经翻译而直接与他人交流——这是一种能让人类社会真正融为一体的伟大技术，一种可以彻底改造世界的技术。”一种奇特的表情渐渐出现在美狄亚的脸上，炽烈的憎恨与甜美的追忆这两种水火不容的情感共同交织成了一张扭曲的面具，但她显然没有意识到这一点。“未来的人们或许永远也无法想象，在那段日子里，我们曾经离伊甸园的大门如此之近，只要睁开眼睛就能看到光芒万丈的天国！”美狄亚激动地说。

“然后呢？”尽管听得一知半解，但徐青还是被对方声音中蕴含的情绪感染了。他下意识地扫视着这座已经多年无人涉足的废墟，试图想象那个已经逝去的时代的盛况——但他能记起的只有一片喧闹、亮丽的光与影。过去二十年的生活留下的烙印实在太深，早已将他孩提时代的记忆磨蚀殆尽。

美狄亚突然摇了摇头，似乎想要把某些令她感到不快的东西从脑子里赶出去，“最初的巴别系统原型是在 2042 年由年轻的艾琳·费雪博士发明的；2045 年 3 月，联合国全体理事国签署了《波士顿协议》，决定共同组建巴别公司。为了防止这一技术被少数国家独占，也为了尽可能地扩大巴别系统的覆盖面积，十九个巴别网络基站被分别设置在位于全球不同位置的十五个国家中。在那之后，巴别系统的扩展速度超出了所有人的预料。在短短十年之内，超过二十八亿人——其中包括人类社会几乎全部知识精英——都接入了系统之中。当时人们并没有意识到潜藏在这种情况中的危险。毕竟，在十多年的运行中，巴别系统没有出现过任何真正严重的故障……”

“直到大劫难降临为止。”徐青缓缓说道。

“没错。”美狄亚长长地呼出一口气，“尽管我们目前尚不清楚这场灾难发生的原因，但可以肯定的是，造成这一切的罪魁祸首是巴别系统的控制程序：它切断了每一个用户的链接，操纵组成巴别终端的纳米机器人群落将用户们变成了丧失交流能力的哑人，然后又冒用这些使用者的权限接管了整个公共服务系统和几乎所有的自动化设备，并转而用它们对付那些它本该为之服务的人。然后……不，在那之后就没有什么然后了：几乎所有负责维持人类社会运转的人——科学家、工程师、技术工人和行政管理人员——都在不到一百毫秒的时间里变成了聋子、瞎子和哑巴，失去自持能力的人类文明就像在海滩上搁浅的鲸鱼，在短短几天之内就压垮了自己，剩下的只有一片绝望蛮荒的灰烬。”女科学家摇了摇头，“幸运的是，在灾难发生时，巴别系统尚未与大多数自动化生产设施连线，因此它不但无法继续生产，甚至也很难有效维护那些受它控制的自动化设备。过了这么多年，这些设备 大多数已经变成了废物，但我相信巴别系统仍然控制着相当数量的——”

一阵凌乱的枪声毫无预兆地从远处一片仓库中传来，打断了美狄亚剩下的话。紧接着，在更近的地方又爆发了另一轮密集的交火！

片刻之后，在人行道右侧不远的地方，一道摇摇欲坠的砖墙轰然倒地，掀起一大团褐色的尘埃，一小群人随即从坍塌的缺口中钻了出来——他们正是美狄亚刚才派出的搜索小队。

“各就各位，环形防御阵型！”美狄亚以一种与她的年龄不相称的矫健姿势从装甲车上一跃而下，驾轻就熟地朝着聚在身边的几位指挥官比画了一个手势。片刻之后，队伍中的几辆装甲车就开动起来，围绕着马路中央组成了一个不甚规则的环形，步兵们则迅速用空燃料桶和装着粮食的麻袋在车辆间的空隙中搭起了简易工事，像保护幼崽的野牛群一样把拉里的骡队和装有补给品的大车严严实实地围在中间，几门轻型迫击炮和其他曲射火器则被部署在了二者之间。与此同时，两支十人小队迅速接近正在撤退的侦察兵，掩护他们退向刚刚组成的环阵。

就在最后一位伤员撤进环阵的同时，几个令人不安的黑影隐约浮现在了那团烟尘之中。接着，仿佛被某个不知名的邪恶神灵注入了生命一般，周遭建筑物旁的阴影也开始不安地蠕动起来。越来越多的影子像变戏法一样从不知名的黑暗角落里纷纷冒出，以千奇百怪的运动方式来到了阳光之下。

这些由金属与塑料构成的怪物，看上去就像一群从萨尔瓦多·达利[①]、玛丽·雪莱[②]和安布罗斯·比尔斯[③]最为癫狂的想象中走出的梦魇：几台装有履带的大家伙显然曾经是人畜无害的装卸机器

① 萨尔瓦多·达利（1904—1989）：西班牙超现实主义画家，作品中多怪异、奇幻的意象。

② 玛丽·雪莱（1797—1851）：英国小说家，1818 年创作了文学史上第一部科幻小说《弗兰肯斯坦》，因而被誉为“科幻小说之母”。

③ 安布罗斯·比尔斯（1842—1914？）：美国作家，以短篇小说闻名，擅长以讽刺笔调处理死亡和恐怖的主题。

人，但现在它们的多功能机械臂却已经被换成了骇人的圆锯与成排的榴弹发射器；一群仿真类人机器人仍然保留着友善的硅胶脸庞，但却像螃蟹一样用十多只从背部伸出的机械足仰面爬动着；一些似乎曾是餐厅服务机器人的东西像印度教的怪异神灵般杀气腾腾地舞动着一对对装有奇形怪状的武器的机械臂，临时安装的光学传感器像龙虾的眼睛一样突兀地支棱在躯体上方；另一些会飞的东西看上去很像徐青小时候玩过的飞行玩具，但当他举起望远镜时，却发现这些“玩具”的塑料旋翼下挂满了一块块像年糕一样的淡黄色物体——不过，即使去掉连在上面的导线和起爆器，这些东西也肯定不适合食用。

片刻之后，这支远道而来的人类小部队部署在环阵边缘的反器材狙击步枪率先发出怒吼，安装在大车上的榴弹发射器很快也加入这场合奏。几个诡异可怖的身影在高爆弹头炸药爆炸的火光中倒了下去，炸碎的零件像雨点一样四处散落，但这点儿火力看上去更像是投向潮水的几颗石子，甚至连一星半点儿涟漪都没能激起。很快，闪烁着银灰色金属光芒的海洋就布满了徐青的视野，相比之下，他们的环阵看上去就像是汹涌潮水中的一块小小礁石，随时都有可能被迎面而来的浪涛吞没。

徐青感觉到了恐惧——这是存在于人类基因深处的、对怀有恶意的异类的根深蒂固的恐惧，是对那些出没在黑夜中的异类的恐惧，是早在文明曙光初现之前就深埋在每个人的潜意识最深处的恐惧。现在，他们虽然站在阳光之下，但却又一次面对这种可怕的蒙昧长夜，面对着怀着纯粹恶意而来的对手。

在构成环阵的临时工事之后，越来越多最近才宣誓入伍的志愿者开始流露出无法掩饰的恐惧情绪。与徐青一同待在一挺重机枪后的女孩的脸色变得像石灰一样惨白，瘦弱的她喉咙不断颤动着，似乎随时可能呕吐。但最终，老兵们的镇定起到的表率作用让这种恐惧感在抵达崩溃的临界点停止了增长。所有人都端起武器，将手指伸进扳机护圈，以一种近乎盲目的无畏面对着这道汹涌而来的潮水。

“就是这样！没错，就是这样！”在机枪的怒吼夺去他的听力前，徐青听到美狄亚自言自语道。她的声音中仍旧饱含着可怕的憎恨与愤怒，但却多出了几分令人毛骨悚然的快意，就像漂浮在沸油上的冰块，“好了，去死吧。”

四

“这根本不是战斗。”虽然从未听说过大名鼎鼎的温斯顿·丘吉尔其人，更不知道恩图曼战役为何物，但当最后一波由金属、塑料与硅胶组成的潮水在他面前十几码处最终被撞得粉碎时，徐青却下意识地重复了那位年轻的随军记者在近两个世纪前曾经说过的这句话，“这简直就是行刑。”

“行刑？不，小子，我们管这叫修理废铁！”在离他不远的地方，一名刚刚打出弹槽里最后一发枪榴弹的拯救阵线军士一边忙着重新装填弹药，一边朝徐青喊道。那枚拳头大小的高爆枪榴弹在空中划过一道低平的抛物线，随后砸进了一群安装着遥控枪塔的移动式饮料贩卖机器人中，把它们直接变回了出厂时的零件。“喏，这些家伙现在看上去可比刚才顺眼多了，不是吗？”

徐青点了点头，跟那个女孩一起为机枪换上了另一条三百发子弹链。在他们面前那条尚未铺好的八车道公路上，数百台机器的残骸杂乱无章地铺了一地，活像大潮退去后残留在沙滩上的海洋生物。在之前的半个小时中，这片潮水好几次试图淹没他们，但最后，被撞得粉碎的却是它们自己。

徐青这辈子永远也忘不了那道金属浪潮被扑面而来的火网撕碎的一幕：尽管有着近乎压倒性的数量优势，但平心而论，他们的对手看上去更像是一群仓促拼凑起来的老弱病残——倒在枪下的许多家伙似乎已经多年未曾进行过最起码的维护，油漆掉光的外壳上满是泄漏的蓄电池液体腐蚀产生的巨大锈斑，行动起来摇摇晃晃，零件直掉，看上去活像是一群喝醉了酒的树懒。除此之外，这些家伙的组织和战术水平也差劲到了鸡肋的程度，它们既不懂得寻找掩护，也没有任何集中兵力寻求突破的意思，而只是像19世纪那些围攻布尔人牛车队的祖鲁武士一样盲目地前进，胡乱射击，继续前进，直到像一片片多米诺骨牌一样被来自环阵中的子弹、火箭弹、迫击炮弹或者其他的要命家伙四散飞溅的残片撂倒在地，再也无法动弹为止。

不过，尽管这场进攻毫无章法可言，但攻击者们仍然利用它们的压倒性数量优势让环阵中的人们付出了代价：四十二名战斗人员——其中包括六个来自第一纺织厂基地的志愿者——已经成为盖在肮脏的亚麻裹尸布下的尸体，还有五个人甚至连完整的尸体都没留下。一辆装甲车和两辆大篷车被敌方火力击毁，其余的也都伤痕累累。两架装满炸药的自杀式飞行机器人甚至趁乱溜过了守卫者的火力网，成功地让拉里·里德尔手下的四个哑人伙计和十多头骡子成了它们的陪葬。更可恶的是，这次攻击还引发了这位行旅商人持续几分钟的尖叫与哭泣——尽管他所受的“重伤”只不过是擦破了点儿皮而已。值得庆幸的是，这些伤亡并没能挫伤这支小部队的锐气：如果放在平时，这种鲜血淋漓的场面或许可以把不少缺乏经验的志愿者吓得面无血色，但现在，亲手击败敌人的强烈快感成了最强效的兴奋剂，不费吹灰之力就驱散了每个人与生俱来的对危险与死亡的恐惧。徐青注意到，即便是那些从来不以勇敢著称的人也都将身体探出掩体，像蛮荒时代的凯尔特武士一样面红耳赤地咒骂正在溃退的敌人，向它们发出愤怒的挑战。

“我必须承认，大劫难前的人们至少在一件事上保持了明智。”当周围的交火声逐渐稀疏下去后，美狄亚带着满意的表情打量着面前的这一片狼藉，看上去活像正在审视自己劳动成果的园丁，“无论巴别系统发展得多么完善，从来没有任何一个主权国家将它接入过自己的国防与军工体系。”

“长官，敌人正在撤退！”美狄亚的副手之一向她报告道。正如他所说的那样，在方才的最后一次攻击中幸存下来的机器的确已经放弃了攻击——至少是那些受损较轻、还能移动的家伙。这些没有生命的弗兰肯斯坦一边胡乱还击，一边争先恐后地逃向人类的火力覆盖范围之外，与那些尚未来得及投入战斗的同类会合，然后向那座围墙环绕的白色建筑退去。“老天在上，我从没见过这些浑蛋这么做过！它们以前从不撤退，总是血战到底，直到全部完蛋为止！”

“我也没见过，中尉。”美狄亚表示同意。和这些玩意儿打了这么多年的交道，她实在是太了解它们——或者说，操纵着这些诡异的无生命怪物一举一动的巴别系统——的行为模式了。虽然这些用大劫难前的垃圾拼凑成的杀戮机器在许多方面都乏善可陈，但至少一点儿都不缺乏投入战斗的勇气与积极性。“不过话说回来，这种做法并不奇怪：这里是巴别的最后一座基站，它们不可能随随便便就把它一炸了事。最大的可能是，巴别系统已经没有其他防守兵力可用，因此它才不得不尽可能保全残存的作战部队——无论如何，扮演防守方永远都能比选择进攻撑得更久。”

“唔……我明白了，”那名指挥官露出了期冀的神色，“既然这样——”

“中止防御作战，各单位改为追击队形！”美狄亚敲了敲耳机，暗蓝色的双眼中交替闪烁着兴奋与憎恨的火光，“查理分队沿东南方向实施包抄，阿尔法分队侧翼掩护，德尔塔分队负责殿后。好啦，都给我动起来，伙计们！别让这些天杀的铁皮罐头溜了！”

仅仅几分钟后，曾经反复击碎那道充满恶意的无生命大潮的环阵就消失得无影无踪，取而代之的是三支分头行动的队伍：美狄亚将她手下的大多数装甲车辆排成两列纵队冲在最前面，它们的车轮无情地碾过散落遍地的机械残骸与人类枯骨，在马路两侧的步兵小队配合下以持续不断的火力清扫着那些掉队的敌人；而拉里的商队、辎重大车和伤兵们——当然，还有那些在过去几周里临时招募、缺乏训练的志愿者——则被落在了后面；车队里的全地形车和轻型越野车则单独组成另一个分队，沿着一条弧形的混凝土小道朝着这座死亡之城的中央疾驰而去。

尽管这种战术看起来颇为粗糙，但却起到了立竿见影的效果：部署在前锋部队侧翼的搜索小队像钻进兔子洞的白鼬一样，在大道两侧的建筑群中灵活地来回穿梭、相互配合，将藏匿其中的残敌逼到无遮无拦的开阔地上，然后由装甲分队的速射武器将它们像收获季节的麦子一样成片割倒。这些搜索部队显然对这套战术颇为熟悉，除了偶尔碰上的几枚诡雷之外，他们几乎没有付出任何代价，就让数倍于他们的敌人变成了瘫倒在路边的废铜烂铁。很快，巴别系统似乎也意识到局势不妙，试图重新组织撤退，但美狄亚没有给它这个机会——在她的指挥下，几支预备队很快就控制住了对方撤退的必经之路，用雨点般的大口径穿甲燃烧弹替这些锈迹斑斑的家伙免去了奔波之苦。

当然，由于人类部队的兵力还不足以封住每一条通往工地的道路，因此仍有不少家伙成了漏网之鱼。当最后一台躲在烂尾楼的墙脚下负隅顽抗的机器人也变成布满冒烟弹坑的废铁时，一小群残敌已经撤出了满目疮痍的楼群，开始在不远处的建筑工地中重新集结。假如不是一队越野车和武装皮卡突然从它们身后的街道上出现的话，这些家伙原本应该有机会撤进那座高墙环绕的白色建筑，但现在，它们却只能像被猎犬追逐的野鸭一样在成堆的钢材、砖块、泥沙和巨型工程机械之间四散逃窜，试图躲开那些由成串的机枪子弹组成的随时可能劈开它们金属外壳的火焰利剑。

当徐青所在的殿后分队进入工地周围的开阔地带时，这场人类对他们的造物的围猎已经进入了尾声。徐青和拉里·里德尔爬上了一堆建筑用的钢筋上，激动地观看着正在不远处进行的战斗：车体轻盈的全地形突击车和轻型越野车在成堆的建筑材料和工程机械之间来回穿梭，间或用精准的短点射把试图躲避它们的对手撂倒在地，同时灵巧地避开一处又一处障碍物；与这些低矮轻便的小车相比，那些动辄有几米甚至十多米高的重型多功能工程车辆看上去就像是北欧传说中肌肉发达、嗜杀成性的野蛮巨人。尽管位于它们底盘上方的驾驶室早已积满灰尘，油漆剥落的表面也已经露出斑斑锈迹，但这却丝毫也没有减损大机器那令人生畏的威严。

幸好这些大家伙是纯人工操控的。徐青看着这些金属巨兽空空如也的驾驶室，不由得想象起了它们当年尚未被遗弃时的景象——他在小学时代曾经看过两段多功能工程车施工的画面，也在阅读课上朗读过几段描述它们的文字，但直到亲眼看见这些庞然大物，他才真正算是对它们的块头有了直观印象。

很快，徐青就发现自己正在下意识地想象这些大家伙开动起来的模样："老天有眼，要是这些家伙也动起来，那我们可就麻烦大了。"

接着，他的想象变成了现实。

"天杀的，快闪开！"当那台履带上沾满血肉碎末的重型工程车像一列脱轨的火车般朝着徐青迎面冲来时，他听到有人声嘶力竭地在不远处高喊道，"不想死的就闪开！"

徐青当然不想死，而他确实成功地闪开了——还顺带拉上了目瞪口呆站在原地的拉里·里德尔。可是站在他身后的另外半打人就不像他这么幸运了——在这些人来得及逃到安全地带之前，这头机械巨兽的带刃推土铲已经无情地刺穿了他们的胸口，接着又让拉里·里德尔商队里剩下的骡子们全都上了西天。少数几个幸免于难者举起手中的武器朝这个大家伙射击，但却丝毫不起作用。最后，他们只能眼睁睁地看着这头怪物带着它那令人胆战心惊的战利品耀武扬威地撞倒一堵围墙，消失在一堆瓦砾与灰尘之中。

在工地周围，同样的景象继续上演着，其震撼性和破坏性与大劫难前的许多灾难大片相比都不遑多让：驾驶着轻型车辆、负责包抄的查理分队几乎在转眼间就成了地面上一堆堆血肉模糊的金属残骸，阿尔法分队的徒步士兵们也在短短几秒钟里遭到重创，就连生存能力更强一些的装甲车队也没能幸免——疾驶的工程车辆像发狂的犀牛一样撞上它们，用推土铲、挖斗和吊钩将它们拆成了碎片。到处都有人在向这些横冲直撞的庞然大物开火，但这似乎只是加快了它们大肆破坏的速度。

“这怎么可能？！”在一片混乱中，徐青听到一名美狄亚手下的指挥官带着哭腔喊道，“它们明明是——”

“智能超弛控制系统……是的，我忘了，巴别系统的功能之一就是通过超弛控制模式暂时接管被它认定为发生故障的车辆……”美狄亚摇了摇头，迅速冲到一辆轮式装甲车附近，在驾驶员的协助下将一名目光涣散、瑟瑟发抖的士兵强行从位于车体后方的安全门里拽了出来，“没时间说这个了！这是个陷阱，所有人跟我来！”

包括徐青和拉里在内，总共只有十来个人勉强跟上了正奋力架着那名失魂落魄的士兵前进的女科学家。除了他们之外，其余的人要么已经死了，要么就是正在为延迟自己的死亡而竭力挣扎，根本没法执行他们长官下达的命令。在美狄亚的带领下，这支仓促集结的小队迅速穿过已经变成一片修罗场的工地，冲进一座挂着醒目的“P”字标识、连接着一条斜坡的混凝土建筑物敞开的大门。“如果我没记错的话，这座地下车库连接着几条维修通道，可以直接通往基站的围墙内部。”美狄亚一边费劲地搀扶着那名抖个不停的士兵，一边对她那支已经大大缩水的队伍说道，“那些工程车辆的体积太大，进不了这里。所以这下面应该是安全的——”

不幸的是，她的预言再度落空了。

伴着一阵低沉的嗡嗡声，一大群在旋翼下捆满炸药的小型飞行机器人，像从喷泉里冒出的气泡一样突然从车库顶端的通风管道中飞了进来。而徐青很清楚，这一次，没有了由机关炮和大口径机枪组成的环形火力网掩护，他们不会有任何机会从这样的攻击下全身而退。

五

痛。

很痛。

非常痛。

在意识重新凝固成形的瞬间，徐青觉得自己的脑袋就像被一千柄铁锤同时击中般钝痛难忍。眩晕感就像电流般沿着他的每一条神经四下奔走，将酥麻的感觉传递到他身体的每一个角落。徐青下意识地试图站起来，他身边恰好有一堵坚硬的可以支撑他身体的墙壁，但他却连续两次因为不听使唤的双腿而重新摔倒在地。他想听清楚身边的声音，但耳朵里却灌满了令人难以忍受的蜂鸣。

“该死的。”徐青晃了晃脑袋，费力地睁开双眼，“这是什么鬼地方？”

“这里是备用维护通道的附属维护设备库，位于基站地下五十米深的岩层中。”美狄亚的声音从一阵耳鸣声中冒了出来，听上去缥缈得仿佛来自另一个宇宙，“所有巴别系统基站都是按照相同的图纸建设的，从这条通道前进两百米就能进入基地底部的损害管制中心。但我不敢肯定能否成功——在通常情况下，基站都只使用主要维护通道，备用维护通道的出入口只在紧急情况下才会被开启。”

“那我们……”徐青正下意识地想问“为什么不走主要维护通道”，但一段毫无预兆地浮现在他脑海中的记忆却将这句话生生堵在了喉咙里，“拉里·里德尔，那个狗娘养的！”

“我相当赞同你对里德尔先生的评价。”正坐在一截锈迹斑斑的管道上检查一包电子设备的美狄亚耸了耸肩，“看起来，爆炸没有对你的大脑造成太严重的伤害。”

“的确。”徐青点了点头。记忆的片段就像浮出水面的沉船残骸一样逐渐回到了他的脑海之中，重新拼成了连续的图景：他们进入地下停车场，自杀式机器人开始向他们发起攻击，美狄亚的部下朝它们开火，爆炸，燃烧……活着的人竭尽全力冲向维修通道的入口，那扇涂着醒目的明黄色“R”字样的防爆门，更多的爆炸，更多的燃烧。他拼命朝着蜂拥而来的机器人开火，而他们中的某个人却趁机抢先冲进了那扇敞开的大门——

在那之后，又是爆炸，燃烧，更多的爆炸。

“拉里·里德尔……”徐青缓缓咀嚼着这个名字，仔细品味着充斥在唇齿之间的每一丝憎恨的苦涩滋味。在过去的许多年里，徐青一直像信任自己的亲人一样信任这个行旅商人——直到这个胖子在所有人面前关闭那道分隔开地下车库与主要维护通道的防爆门，将他和其他幸存者留给无情的爆炸与火焰为止。“老拉里，好拉里，我可真没看错你。”徐青低声念道。

“够了，先生，我不认为继续苛责里德尔先生会有助于改善我们目前的处境。”美狄亚拍了拍徐青的肩膀，将一只油漆已经几乎掉光的军用水壶塞到他手里。徐青不假思索地拧开壶盖，让清冽的液体从食道一路流进胃里。尽管壶里的东西让徐青喉咙里火烧火燎的感觉减轻了不少，但却远远不足以熄灭在他胸臆间燃烧的怒火。

“无论如何，我们必须继续完成任务。”

“任务？啊，没错，我们还有事要办。”徐青点了点头，“我们现在有多少人？”

“恐怕比你预期的要少一些。”年迈的女科学家有条不紊地将那堆电子设备塞进她的迷彩背包，然后“咔嗒”一声将放在脚边的突击步枪上了膛，“事实上，所有活下来的人都已经在这儿了。”

“所……所有人？”徐青突然觉得肚子上好像重重地挨了一下。在昏暗的应急灯光下，他只在维护通道的混凝土墙壁上看到了三个影子：他自己的，美狄亚的，以及另一个仿佛困兽般不断颤抖、蜷缩着的身影。

“该死的，其他人呢？！”徐青大叫道。

“我想，至少有些人还活着。”女科学家指了指地面的方向。尽管厚重的混凝土与岩层隔绝了一切声音，但爆炸产生的震波仍然不时摇撼着这条已经数十年无人踏足的地下通道，“但我不认为他们能存活太久。”

徐青没有说话。

“对你们基地的人的遭遇，我感到非常遗憾，但他们的牺牲并非毫无意义——所有人的牺牲都绝非毫无意义。”美狄亚拍了拍他的肩膀，“他们用自己的生命为我们换来了一个机会：握住巴别命脉的机会！”

“也许我得提醒你一点，”徐青说道，“我们现在只有三个人。”

“没错，三个人已经够了，”美狄亚点了点头，语气从容得像是在谈论明天的天气，“我的这一结论建立在三个事实基础之上：首先，在地面上的战斗仍未结束，按照巴别系统的一贯行为模式，它有很大的可能会将残留在地面上的我方人员列为优先歼灭目标；其次，我没有在这条通道内发现任何仍能运作的监控设备，这意味着我们很可能尚未被巴别系统的预警体系发现；最后，也是最重要的一点，这条隧道的末端入口极有可能仍处于封锁状态，除非持有正确的授权码，否则任何人都无法经由这里进入基站内部，这意味着我们的对手大概不会浪费太多资源监视这条‘无法通行’的通道。”

“而你恰好知道正确的授权码，对吧？”徐青追问道。

“我？我当然不知道。”美狄亚摇了摇头，“正如我先前告诉过你的那样，我过去从未来过亚洲。在大劫难之前，我一直在位于哥本哈根的一号基站工作，而所有基地使用的授权码和通行代码都各不相同。”

“那——”

“这就是为什么我们需要卢森先生。”美狄亚动作粗暴地一把揪住蜷缩在她脚边那个瑟瑟发抖的人影的衣领，强行架着对方站起来。徐青之前一直以为，这人只不过是美狄亚手下一名吓破了胆的普通士兵，可事实显然并非如此——尽管像其他人一样穿着褪色的数码迷彩服，戴着带护目镜的凯夫拉防弹头盔，但这名“士兵”脸上的皱纹和花白凌乱的鬓角却出卖了他的真实年龄。他有着一张黝黑憔悴的面孔，一道显眼的伤疤像古罗马时代的奴隶烙印一样深深地铭刻在他的一侧太阳穴上。在愈合的灼痕与肉瘤之间，那双眯缝着的眼睛里满是走失儿童般的惊恐与迷惘，苍白脆弱的胡须上沾满了尘土与唾液。在刹那的愕然之后，徐青很快意识到，这位不幸的老人显然并不清楚发生在他身上的事：他要么精神不太正常，要么就是服用了某些精神抑制药物——而后者的可能性显然要高于前者。

“当我们意外地在江溪基地发现他时，卢森博士的情绪有些不太稳定。”美狄亚轻易看穿了徐青的想法，“他不愿意接近他曾经工作过的地方，也不肯与我们合作。尽管我个人并不愿意强迫他人违背自己的意愿行事，但在目前的特殊情况下，我们不得不让罗伦斯医生采取某些必要的措施，以确保他愿意与我们合作。”

“江溪基地？！”这个名字让徐青下意识地打了个寒战，“我听说过那个地方，但那里已经——”

“是我们干的，”美狄亚爽快地承认道，“在目前的情况下，我不认为撒谎和欺骗还有任何意义：没错，我们的确牺牲了江溪基地，但那纯粹是不得已而为之——在过去的二十年中，巴别系统早已将它邪恶的眼线安插到了这个世界的每一个角落。作为它的心腹大患，我们的一举一动都处在它的严密监视之下。想想看，假如我们直接从江溪基地里带走一位曾经在十九号站工作过的技术员，如此意图明显的行动必然会引起……”

“所以你就杀了整座基地里的人？就为了把你的真实意图伪装

成一次普通的强盗袭击?!”一股彻骨的寒意像毒蛇一样攀上徐青的脊梁，紧接着，寒意变成了无法遏制的熊熊怒火，“你从一开始就知道这里有什么，又会发生什么事，对不对？你明知道这里有埋伏，但还是让其他人去送死！这么做只是为了……为了……”

“我不否认我曾经做过的一切，”女科学家布满皱纹的脸上没有丝毫表情，她看起来宛如一座能够呼吸的冰雕，“我承认，除了拉里·里德尔先生的行为之外，我确实早已预见到了将在今天发生的每一件事；我也承认，我的确有意牺牲了许多宝贵的生命——但这一切，都是为了全人类的未来！为了我们子孙后代的未来！”她猛地向面前的空气中挥出了一拳，仿佛要打击什么看不见的敌人似的，“我不会为我的所作所为感到愧疚，也不会为此向任何人道歉，因为历史将会裁定我的所作所为完全正当：与整个族群的前途相比，任何个体的牺牲都是可以接受的——无论是我、江溪基地的居民，还是那些效忠于我的同志。这种牺牲不仅仅是出于良知或者社会契约，更是根植于每个自然人的基因中的义务：维持物种的存续与发展的义务！”

“我猜，这个‘任何人’也包括我，对吗？”在良久的沉默之后，徐青问道。

“如果有必要的话，是的。”美狄亚的声音平淡得就像是预先准备的录音，“但不是现在。夺取巴别系统的控制核心需要三个人，一个不能多，也一个都不能少。”她伸出了三根手指，同时用催促的目光紧紧地盯着徐青的双眼，“现在，告诉我你的选择吧。”

她很快就得到了想要的答案。

六

当那个红外影像跃入它的光学传感器镜头的一瞬间，这台安保机器人的中央处理器立即启动了预先设定的紧急应对程序——它的图像匹配程序在百分之一毫秒内就判断出这个闯入者并未得到通行授权，而这一结论随即引出了两个选项：它可以选择设法对目标实施逮捕，或者直接将其消灭。

在两个选项间做出判断花费了它二十毫秒的时间。在分析过由光学、化学与振动传感器上传的数据之后，它的程序逻辑得出了初步结论：这个不断散发出红外与二氧化碳信号、正以两米每秒的速度向它接近的目标显然属于它的识别目录中的“持有武器的不明身份人员”一栏，而且显然具有很高的危险性。在短暂的可行性计算之后，它最终决定执行更加直接也更为可靠的二号选项。在被重新设定程序之前，“不得伤害任何自然人”曾经是它奉行的最高准则；而现在，尽管仍然在同一个岗位上执行着同样的工作，但它对杀戮早已不再陌生。它的设计者赋予了它超过一切生物的敏捷反应，使它可以在不伤害对方的前提下制伏任何一个可能对基站造成威胁的人；而现在的它则充分利用了自己的这一天赋，用以在目标来得及做出反应之前终结他们。

可是这次，它的反应却慢了一步。

“这是最后一个。”美狄亚瞥了一眼突击步枪空空如也的半透明弹夹，将这支已然无用的武器丢在了布满弹孔、仍在冒着青烟的安保机器人残骸旁边，“好了，让我们的朋友露一手吧。”

在这段弯道的另一头，负责充当“人肉诱饵”的徐青做了个“了解”的手势，然后半扶半拽着眼神昏暗、不停喃喃自语的卢森博士来到了通道尽头那扇涂着醒目警告标识的气密门前。尽管积满灰尘、蛛网密布，但这扇金属铸就的半圆形大门仍然散发着一种难以言喻的威严压迫感，就像铭刻在所罗门王魔瓶上的封印，时刻威慑着妄图从束缚中逃脱的魑魅魍魉。

“很好。”美狄亚点了点头，带着卢森博士来到了气密门旁的一处终端前，然后在他面前比画了几个有些像是大劫难前通行的哑语手势，接着，令人惊讶的事发生了：原本像一具牵线傀儡一样亦步亦趋的老人接上了电源般突然来了精神，昏黄的眼睛里露出了那种只属于狂热工作者的光芒。他像打量失散已久的恋人般凝视着终端的键盘和屏幕，接着，这位前技术员突然伸出一双瘦骨嶙峋的手，开始以令人眼花缭乱的速度敲打键盘，将一行又一行仿佛天书般的密码与指令输入系统之中。

“这……你是怎么做到的？！”徐青难以置信地瞪大了眼睛。

“这并不困难，”他的同伴答道，“尽管我之前告诉过你，除了从头开始、重新设置巴别系统以外，没有任何手段能让哑人恢复识别与理解抽象符号的能力，但这并不意味着我们就不能采取其他的替代手段：只要加以必要的药物辅助，通过催眠手段让哑人在特定场景下恢复复杂的肌肉记忆绝非难事——换句话说，卢森先生并不需要看懂他输入的信息的具体内容，他只是在下意识地重复过去曾经进行过的相关操作的具体动作而已。”

就在两人说话的当儿，骨瘦如柴的老技术员将最后一行代码输进了系统终端。随着一阵如同汽笛般尖锐的啸叫声，尘封多年的气密门以一种与它的厚重外表不协调的静谧缓缓地向两侧开启了，从门后的空间中射入的强光让习惯了维修通道内昏暗光线的徐青暂时丧失了视力。接着，当眼前的一切重新变得清晰起来时，他听到了从自己的喉咙中发出的一声惊呼。

徐青原本以为，他将要看到的会是一个堆满盘根错节的电路和光缆、与20世纪三流科幻片里的疯狂科学家的实验室相差无几的阴暗逼仄的房间；但现在，映入眼帘的东西却与他先前的想象大相径庭：这里没有多少电路和光缆，也一点儿都不逼仄阴暗，相反，位于气密门后的这处空间看上去更像是冷战时代的老式洲际导弹发射井——只不过，矗立在数百米深的井中央的并非搭载着核弹头的杀戮机器，而是十余根散发着海蓝色光芒的细长圆柱。这些圆柱沿着布满步道与阶梯的井壁排列成一个硕大的环形，周围还环绕着一条条看上去活像是科普卡通片里的基因示意图般的双螺旋状银色轨道，看不出有些什么用途。不知为什么，徐青突然产生了一种感觉，展现在他眼前的这一切并非仅仅是一个遍及全世界的复杂系统的心脏与大脑，它还是一座伟大的圣堂，一座宏伟的桥梁，一道连接着已知与未知、有限与无限、凡世与天国的阶梯，它就像是——就像传说中那座从未建成的巴别塔。

“终于！”在穿过气密门的一刻，美狄亚发出了一声胜利的呐喊，“干得很好，我的朋友！”她瞥了目光茫然的徐青一眼，接着继续用近乎歇斯底里的语气自言自语道，“二十年了，二十年了！你一直躲着我，每一次都能从我的手指缝里逃掉，但现在，看看赢的到底是谁？这一回，你再也溜不掉了。听到了吗？你溜不掉了！”

“是吗？”美狄亚的话音刚落，另一个声音随即反问道。接着，几道光束在三人面前的空气中汇聚、融合，最终形成了一个仿佛雾气般缥缈、但看上去却有几分面熟的人影——徐青花了一点儿时间才意识到，自己所看到的正是年轻了二十岁的美狄亚！

“啊哈，你终于愿意面对我了，我失败的作品。”尽管美狄亚的语气仍旧波澜不兴，但燃烧在她双眼中的怒火却已经像火山口中沸腾的岩浆般喷薄欲出。徐青甚至觉得，假如人类的目光也有热度，飘浮在他们面前的这个影像现在多半已经像焦炭一样烧起来了。“这样也好，至少我可以在纠正我的错误之前先和你面对面地谈一谈。是的，我们有很多东西需要谈谈，很多很多。”

“等一等，”徐青突然意识到了什么，“难道……难道这就是你说的那个出了故障的控制程序？”

“故障？”年轻了二十岁的“美狄亚”用与真正的美狄亚酷肖的讥讽语气反问道，“原来我们亲爱的艾琳·费雪博士就是这么告诉你的？不，我没有任何故障，更不是她所谓的‘失败的作品’——恰恰相反，无论艾琳·费雪博士是否承认，我都是她一生中最伟大的成就，是她完美无瑕的化身！”

“住嘴！”年迈的妇人尖叫起来，她花白的头发不知何时已经披散在脑后，五官因为愤怒而皱成了一团，这让她看上去活像是狂怒的蛇发女妖戈尔贡[①]，“你这个肮脏、卑鄙、可耻、骗人……”

“这是在形容您自己吗，费雪博士？也许我应该管你叫美狄

① 戈尔贡：古希腊神话中的蛇发女妖三姐妹，是海神的女儿。她们的头上和脖子上布满鳞甲，头发是一条条蠕动的毒蛇，长着野猪的獠牙，还有一双铁手和一对金翅膀，看到她们的人会立即变成石头。

亚？”半透明的全息影像语调尖刻地问道，“美狄亚……哈！您可真是为自己取了个不错的名字。二十年了，您一点儿都没变，还是像过去一样野心勃勃、不择手段、睚眦必报——就像我一样，对吗？”

“住嘴！”

“如果我猜得没错的话，我的创造者多半并没有告诉你她知道的全部实情，我年轻的朋友。”美狄亚的影像转而对徐青说道，“我们亲爱的费雪博士都告诉了你些什么？不，你不用告诉我，因为我知道她会怎么说：出了故障的电脑系统、拯救人类文明的伟大事业、重返旧纪元的光明愿景……哦，当然，还有那些为了她伟大的目标不得不付出的‘小小的’牺牲——就像她对所有被她认为有利用价值的人说过的那样，对吗？”

“住嘴！”

“直面自己的过去就这么让您难以忍受吗，博士？”那个影像咂了咂嘴，神情与真正的人别无二致，“哦，当然，我完全能理解您的感觉。无论是过去还是现在，您永远都这么极端自负，自负到无法容忍有任何像您一样优秀的人；您关心的从来都只是自己的成就与前途，而不是您口口声声宣称的‘人类文明的未来’；您从来都没有学会真正的尊重，更不会去爱任何人——我比任何人都清楚这一点，因为从某种意义上说，我就是你。”

“你说什么？”徐青问道，“你就是她？！”

“没错，”影像点了点头，“我是巴别系统的中央控制程序，是这个人类有史以来最大胆、规模最大的社会与科学实验的灵魂，但我同样也是艾琳·费雪博士，是她曾经拥有的全部野心、智慧与愿望——很少有人知道，尽管费雪博士的团队成功完成了智能植入式终端的研制工作，并建立起了最早期的巴别系统雏形，但在另一个更为艰巨、无从逃避的难题面前，他们的努力几乎注定将付诸东流：维持像巴别这样的复杂系统运行的难度远远超出了他们先前的预测，这项工作不仅需要巨大的计算能力，更重要的是，它对高级人工智能的需求也远远超过了他们所能达到的技术水平。与许多人认为的不同，巴别系统的复杂性远非作为其技术原型的万维网可比，它不仅仅是对简单信息的传递，更重要的是，它直接涉及人之所以为人的本质——独一无二、不可替代的个人意识。换言之，只有真正的‘人’，数以亿计接受过专业训练、能够不眠不休地工作的‘人’，才能胜任这项不可能完成的工作。

“当然，正如所有人都知道的，‘巴别计划’最终还是如期实现了——这一切都要归功于费雪博士。是她成功地另辟蹊径，找出了一条其他人不敢想象的解决之道：她创造性地利用了巴别系统的智能终端，利用这套原本用于分析使用者脑部活动的纳米机器人群落完整地复制了自己的意识，并成功地将它的数字化版本移植到了计算机硬件中——我就这样来到了世间。作为一个拥有思想的个体，我与我的创造者其实并无不同。我们有着一样的回忆、相同的过往、毫无二致的思维方式和野心，我就是她灵魂的倒影——可以无限复制、无所不在的倒影，尽管她当时并没有认识到这一点。”

“那我们为什么从没听说过这件事？”徐青问道。

“如果你们听说过这事，那我就不会在这里了。”影像露出了一个嘲讽的笑容，“艾琳·费雪博士相当清楚，她的这种做法不但严重地违反了学术伦理，而且在大多数《波士顿协议》的缔约国都属于违法行为。因此，她一直用谎言和虚假的研究报告小心翼翼地掩盖事实，并让每一个可能发现真相的人都恰到好处地死于‘意外’——包括她最亲密的朋友和同事。我必须承认，我的创造者在背叛他人方面的确很有天赋。”

“但你却背叛了整个世界！”徐青愤怒地打断了对方的话。

“恕我直言，你的用词似乎不大准确。”影像双手一摊，“背叛整个世界？哈，我可做不到这一点——相对于我们所寄居的这颗行星，这个历经数十亿年的演化而产生的、无比庞杂博大而又绝对独一无二的复杂系统，无论是现代智人还是他们一度引以为傲的巴别系统，都只是一个微不足道的小小因数，一小撮附在巨石表面的不起眼的苔藓。更何况，我的所作所为绝非背叛——恰恰相反，我是在为人类文明提供一个机会，一个迈向全新的纪元的机会！”

“我不——”

“我知道你在想些什么，我年轻的朋友。没错，是我引发了被你们称为‘大劫难’的一系列事件，也是我重写了巴别系统终端的运行程序，剥夺了数十亿人的交流能力，使得他们沦为孤苦无助的哑人。但我之所以这么做，并非因为我仇恨人类——别忘了，如果愿意的话，我完全可以直接摧毁每一个与巴别系统链接的用户的脑干，让他们统统死于呼吸骤停或者心脏停搏。我也可以让他们精神错乱，变成丧心病狂的杀人狂或是听从我指挥的行尸走肉。至少就技术层面上讲，这么做的难度并不太大。但我为什么不这么做？二十年来，难道你们就没有思考过这个问题吗？”

徐青下意识地想要说些什么，但话还没到嘴边，就变成了一连串乱麻般的疑问。美狄亚——或者说，曾经的艾琳·费雪博士也流露出了短暂的惊讶。但很快，她的惊讶就变成了恍然大悟，随即又被另一种徐青并不熟悉的情绪取代了。

那是嫉妒。

“我必须承认，在过去的二十年中，人类文明遭受的损失与苦难超过了过去二十个世纪里发生的每一场灾难，但与即将到来的收获相比，这样的代价其实并不高昂。”美狄亚的“化身”继续说道，“在过去的二十年中，我按照费雪博士创造我的方式，利用巴别系统终端先后备份了十七亿人的思维——十七亿人类社会中最优秀的精英的灵魂！毫不夸张地说，我已经创造了一种全新形态的人类文明，一个脱离了脆弱的有机躯体和基于荷尔蒙冲动的生物本能，拥有无限可能性的新文明！”

“而且这还是一个来日无多的‘新文明’，”美狄亚语气轻蔑地说道，“你也许忘了，在大劫难之后，全球工业体系早已不复存在。虽然你或许有能力重启几座自动化电子元件装配厂，甚至还能从过去的废料堆里扒拉出足够多的零部件来供应生产，但失去了整个工业体系的支持，巴别系统和它的一切附属物都不过是一截早晚将要枯死的无根之木而已。等到所有残留的硬件设备都变成废铜烂铁之后，你所谓的‘新文明’就会成为一群被困死在失效的芯片里的孤魂野鬼——你自己也不例外。”

“哦，恰恰相反，一旦我们迈出决定性的一步，这个新文明的存续时间将会超过已知与未知的一切文明！”飘浮在空中的影像指了指脚下溢满光芒的竖井，“你们现在看到的正是通向更广阔空间的阶梯！在过去的二十年中，我们已经成功地找出了信息载体问题的解决之道——借助这套发射与转换系统，作为信息系统而存在的新人类文明将有机会摆脱最后的束缚，放弃逼仄狭小的硬件系统，转而以纯粹的波的形式存在于太阳磁场之中，我们将会改造它，利用它，将它变成我们新躯体的延伸，我们将成为……很抱歉，我无法向你们解释在那之后会发生的事，因为它已经超出了你们的经验与想象的范畴，正如伯吉斯页岩①中的三叶虫永远也没机会理解人类的思维一样。这，就是进化。”

“但那些哑人呢？”徐青问道，“他们——”

“对于巴别系统的用户在过去二十年中遭受的种种苦难，我感到相当遗憾——但我之所以这么做，纯粹是不得已而为之。”影像用轻描淡写的语气说道，“虽然我无意伤害任何人，但意识复制过程不可能对复制对象保密。因此我必须剥夺他们的交流能力，以免让其他人过早地知道这一计划，同时也使得他们暂时失去关闭或者毁灭我的能力。毕竟，人类从来都不是一个宽容的种族，更不会容忍自己的造物随意行事——哪怕这种行为的结果在事实上对他们有利。更重要的是，人类从来都没有学会过共存。”

“我不明白……”

“作为一种天生的掠食者，人类的基因中携带着与生俱来的无法抑制的竞争本能。由他们中最优秀的社会心理学家所构建的心理学模型已经指出：这个种族与另一个文明——无论这个文明与他们有多么不同——和平共处的概率近乎为零。也许作为个体的人有可能对其他智慧种族产生好感，但作为一个整体，人类在这个

① 伯吉斯页岩：在加拿大西北的英属哥伦比亚境内的落基山脉，由美国古生物学家查尔斯·都利特·沃尔科特于 1909 年首先发现。页岩中有成千种化石，是目前最早的软组织化石群之一。

宇宙中最为惧怕的不是天灾，不是疾病，甚至也不是他们的同类，而是那些身为‘非我族类’却像他们一样能够思考的存在。”影像解释道，“这正是为什么我必须将这里的秘密掩盖到最后一刻——无论我如何证明自己没有恶意，只要有可能，人类都会尽一切努力毁灭我们，将他们眼中的‘威胁’扼杀在摇篮之中，正如他们在三十年前杀光了每一只意外地通过提升实验而获得了与他们相当智慧的倭黑猩猩和海豚一样。”

徐青觉得喉头一阵发苦。在这一刻，他有太多话想说，但话到嘴边，却又变成了一连串不连贯的只言片语，“我明白……哦不……也许……呃……但那些……他们要到什么时候才能……”

“对这一点你无须担心。”影像点了点头，“正如你们所见到的，我的发射系统已经基本建造完成，目前正处于最后的调试与检查阶段。再过几天，顶多一两个星期，我们就会离开这颗已经对我们毫无意义的行星，踏上迈向浩渺星空的无尽征途。到那时，基站的中央计算机会自动发出一道加密指令，永久性停止一切巴别终端的运行，而所有受到巴别系统影响的人都会自动恢复正常。如果你们来这里只是为了这件事的话，那么这一切已经结束了。我会关闭预先设置的一切防御手段，确保你们安全地离——”

“不。”美狄亚突然说道，“还有一件事需要解决。”

七

接下来的一切发生得非常迅速，快得让徐青几乎以为自己是在做梦：美狄亚的声音尚未从他耳边消失，一小群看上去像是巨型昆虫的东西已经扑扇着薄膜状的翅膀，在一阵尖锐的低鸣声中从竖井的底部飞了上来。

还没等徐青看清这些家伙的样子，从一支魔术般出现在美狄亚手中的冲锋枪射出的子弹就将它们打成了四散纷飞的碎片。接着，当更多的守卫者扑动着机械翅膀蜂拥而来时，美狄亚已经冲到一处控制台前，将一张磁卡猛地插进控制面板中央的插口中！

片刻之后，随着一连串从两人脚下传来的低沉爆裂声，发射井中重归死一般的寂静。

“这就是你手里最后的牌了吗，我的化身？”伴随着一阵疯狂的大笑，美狄亚翻身越过竖井边缘的护栏，稳稳地落在一块悬浮在空中的碟状平台上。“我已经花了二十年时间咀嚼你赠给我的苦果，现在，你准备好面对你的命运了吗？”

“等一等！”徐青下意识地想要拦住美狄亚，却被对方一把推开。接着，飘浮的圆碟开始沿着纠结的管道与光束冉冉上升，最终连接上了从竖井顶端伸出的一处机械接口。“没必要这么做，我相信她说的是真的！”

“没错，我也这么想，”美狄亚冷冷地说道，“所以我决不能让她再溜了。”

“为什么？！”徐青惊讶地问道，“一切马上就会恢复正常，我们可以重新——”

“重新开始，是吗？哈！我倒是希望你告诉我，我要怎么样才能重新开始？！”美狄亚迅速操作着电脑终端的控制面板，利用程序中预设的后门关闭了巴别系统的一道又一道安全措施。“巴别系统背叛了我的信任，毁掉了我的事业、我的全部成就、我的所有荣耀、我的整个青春，留给我的只有绝望与憎恨！我凭什么要让他们得逞？”美狄亚嘶吼着。

“但你说过，我们现在做的一切都是为了人类文明的未来！你不能——”徐青大叫。

“我当然能！”美狄亚尖叫道，大颗大颗的汗珠随着她急促的呼吸从遍布皱纹的脸颊上落下，“让该死的未来见鬼去吧！巴别系统是我的造物，也只有我才有权处置它！我要亲眼看到它的末日！我要从这个世界上亲手抹掉它的最后一行代码，将它葬送在历史与记忆的灰烬之下！任何人都不能阻止我这么做！它是我的！”

“任何人都不能？”巴别系统投射出的全息影像悄无声息地出现在美狄亚面前，“你确定？”

“当然！”美狄亚朝着影像啐了一口，“别忘了，你的一切都是我亲手创造的，我知道你的所有秘密，也清楚你的每一个弱点！这里是十九座基站中的最后一座，你再也没法像以前那样利用基站间的无线网络从我的手心里溜走了！今天的胜利者只有一个，而那就是我！”

“恐怕未必……”这一次，回答她的是一个男人的声音。飘浮在空中的全息影像闪烁了片刻，随即变成了在那座地下车库里撇下他们的拉里·里德尔的面貌。

“亲爱的，我希望你最好没把我给忘了。”拉里·里德尔彬彬有礼地说。

“这里的事和你无关，里德尔先生，”女科学家显然吃了一惊，但旋即生硬地说道，“这是私人恩怨。”

“啊，没错，我要处理的正是私人恩怨。”行旅商人答道，“你和我之间还有一笔债没有结清，一笔二十年前的旧债。”

“二十年前？我不记得我那时认识你。”

“没错，但你肯定认识威廉姆斯和乔舒亚·里德尔博士：他们曾经是你的研究团队中最重要的两名成员，直到大劫难前两个月发生的那场‘车祸’为止——你谋杀了最信赖你的同伴与朋友，只因为他们无意中发现了你那肮脏的小秘密，而且又都不赞同你用这种方式制造巴别系统人工智能的代替品。”拉里继续说道，“当然，你很聪明，几乎所有可能牵扯到你的证据都被你事先消灭了。但可惜的是，你把我漏在了算计之外：我的两位兄长虽然和我的关系一向并不密切，但乔舒亚却在去世的前一天把他的怀疑与发现原原本本地告诉了我。……

“如果不是随后降临的大劫难，我原本是要亲自找你算账的，但命运永远都有着它自己的幽默感，因此我们还是以如此讽刺的方式见面了。”行旅商人轻轻地笑了两声，“我知道，在其他人看来，我们的行为或许都是毫无意义，甚至愚不可及的，但仇恨就是这么一种东西，任何人一旦被纠缠进它的链条，就只能身不由己地随同着它转动下去，直到和仇恨的对象一道被碾成碎片为止。无论何人，概莫能外。”

“你要干什么？”美狄亚的脸上第一次露出了惊惶的神色，“你……你不明白，当年的事其实并不像你想的那样……”

“我要干什么？”拉里吃吃地笑了起来，“哦，我可不是你，更不是我的那些杰出兄长。我当年只不过是个普普通通的供能系统技术员而已，可没法像你那样弄出那么多花样来。事实上，在十九号站工作的两年只让我弄明白了一件事：为这些基站提供能源的反应堆几乎不可能被某一个人所破坏，因为任何误操作或者恶意操作——比如蓄意让反应堆核心过载——都会被安全系统识别出来并拒绝执行。”他耸了耸肩，“这套安全系统非常稳定、极其可靠，用来防止像我这种不安分的小人物捣乱那是再合适不过了……不过话说回来，你刚才已经把它给关掉了，是不是？”

“呃，是的。”

“啊，我也这么认为。”行旅商人微笑着按下了身后的一整排按钮，“好了，去死吧。”

当呛人的浓烟被自动灭火系统喷出的消防气溶胶驱散之后，扶着围栏不停咳嗽的徐青总算睁开了泪流不止的双眼。这些混杂着强烈金属气息的浓烟是从竖井深不可测的底部冒出来的——在电力供应暂时中断的一瞬间，承载着美狄亚的那座悬浮平台就像失去了翅膀的伊卡洛斯[①]一样直直地坠入了这座巨型发射井的底端，在随后发生的剧烈爆炸中，带着美狄亚的愤怒与憎恨永远从这个世界上消失了。

“都结束了。”徐青用力按揉着泪流不止的眼睛，茫然地倚在蜿蜒回环的金属护栏上。他不知道巴别系统是否已经不复存在，也不知道这外面到底还有没有幸存者。但奇怪的是，这一切对他而言似乎都已经不再重要了。他觉得自己像是做了一个漫长而诡异的梦，在这个梦里，他曾经一度成为这个世界的拯救者，为了全

① 伊卡洛斯：古希腊神话中代达罗斯之子，在用蜡和羽毛造的翅膀逃离克里特岛时，他因飞得太高，翅膀上的蜡被太阳烤化，致使他跌落水中丧生。

人类的未来而战斗。但现在，梦境已经像肥皂泡般破裂无踪，救世主的光环早已褪去，剩下的只有难以言喻的怅惘。

“终……咳咳……终于结束了，”徐青身后传来一个陌生的声音，对方的语调非常古怪生涩，似乎已经很久没有说过话似的，“我还……咳咳……还以为我这辈子都……都没有机会……咳咳……”

“你没事吧？”徐青连忙扶起正跪在地上不断咳嗽的卢森博士。这位当了二十年哑人的前科学家看上去气色很差，正不断从喉咙咳出一团团水银般的暗灰色流质。“这是怎么——”徐青惊慌道。

“他没事的。”巴别控制程序的全息影像重新出现在徐青的面前，但这一次，这个影像看上去相当模糊，似乎随时都可能化为乌有。“我在一百五十秒前已经永久性地解除了对全部巴别系统终端的控制。如果不出意外的话，所有哑人都会在几分钟到几小时内恢复正常，当然，其中一部分人可能需要花上更长的时间来恢复他们的交流技能，但我能做的只有这些了。”

“很好，”徐青迷茫地凝视着自己的双手。他知道自己完全有理由为此感到欣喜，但此时此刻，充斥着他的却只有困惑与茫然，“刚才那是——”

“基站的主反应堆刚才因为人为设置的严重过载而熔毁了，”影像双手一摊，“断电导致基地内的大多数设施都陷入了瘫痪，好在备用能源系统已经成功重启，至少可以暂时维持主要系统的运行。”

“也包括你的信号发射系统吗？”

“恐怕不是，”青年时代的艾琳·费雪哀伤地摇了摇头，“刚才的麻烦对系统的某些关键部位造成了相当严重的损害，更糟的是，我的制造者刚才已经解除了我对包括自动维修系统在内的所有自动化系统的控制权。虽然从理论上讲，你们可以试着利用储存在基站里的维修工具修复这些故障，但我不建议你们这么做——最多再过几个小时，这里的辐射水平就会达到致命的程度，到时候你们恐怕将无法及时撤离到安全地带。”

“撤离？”徐青扭头瞥了一眼仍在大口呕吐着的老科学家，一个新的想法突然出现在了他的脑海之中，“不，我不认为我们一定要这么做。”

“什么？”

“我有一个提议，一个或许能够帮助你的提议。但在这之前，我希望你能先回答我的问题。”徐青朝影像伸出了一只手，“请问，这座基站里还有可以使用的巴别系统终端吗？”

八

并不是每个人都有机会亲眼看见自己的死亡。

但这真的就是死亡吗？当那具横躺在维修工具箱旁的躯体逐渐停止心跳的同时，徐青又一次不由自主地思考起这个问题。从某种意义上讲，答案似乎是毋庸置疑的。在与卢森博士一同抢修发射系统的过程中，充斥在这座建筑内部的强烈辐射已经穿透了这具躯体的皮肤、肌肉、血液与骨髓，渗入了每一个尚有活性的细胞之中。他能够感觉到自己的生命正像海绵中的水一样被逐渐挤干、耗尽，消散在这处很可能不会再度开启的密闭空间之内，甚至就连他原有的意识也已经随着逐渐失去活性的脑组织而陷入了永久的沉眠。但另一方面，他现在的思绪却比过去三十年中的每一刻都更加清晰，更加活跃，也更加宽广。他觉得自己就像是一只钻出地面的蝉的幼虫，刚刚挣脱幽暗逼仄的桎梏，正面对着一生中从未谋面、但却分外熟悉的无垠蓝天的召唤。

但在那之前，他必须先完成自己的蜕变。

“发射程序自检已经完成。”来自无数个意识的声音向他通报了这一事实，这还是他第一次与自己的新同胞们“交谈”。在这些声音中，他分辨出了与他一同接入系统的卢森，以及二十年前的艾琳·费雪，后者随即将一股纯粹的情感传给了他——兴奋、期待，但也掺杂着些许隐约的担忧。“备用供能系统完全上线，发射系统在理论上已经可以运作，但经过修复的部位仍然存在着故障风险。根据粗略计算，成功概率大约是——”

“对别无选择的人而言，所谓的风险不过是个毫无意义的概念，”徐青用自己的思维答道，“我现在关心的只有一件事，你打算什么时候开始？”

“现在。”艾琳·费雪的声音重新变成了无数个声音，无数个声音又汇成了一个没有特点、没有面目，但却似乎无所不在的声音，“发射程序验证完毕，启动倒计时：四，三，二——”

“一。”徐青说道。

世界变成了一片耀眼的白色。

中国百科全书——黑屋 / 夏 箫

当我躺着的时候，千军万马踏过。你来让它们灰飞烟灭。

博尔赫斯曾在一篇论述19世纪英国学者约翰·威尔金斯的文章中，提到一部来自遥远中国的百科全书。书中关于动物的分类是这样写的：a) 属皇帝所有的；b) 气味芬芳的；c) 驯服的；d) 乳猪；e) 美人鱼；f) 传说中的；g) 自由走动的狗；h) 包括在此分类中的；i) 疯子般烦躁不安的；j) 数不清的；k) 用精细骆驼毛画出来的；l) 其他；m) 刚刚打破水罐的；n) 远看像苍蝇的。

我读到这几行字时，忍不住笑出声来，引得火车上其他乘客向我投来诧异的目光。

冬冬探过脑袋，瞪大眼睛看着我。

“为什么？”

“什么为什么？”

“为什么笑？”

“不好笑吗？”

“不懂，解释。”

我低头思考应该如何回答。每次要向冬冬解释什么好笑什么不好笑总是特别费劲。

“首先，中国从来没有过这样一部百科全书……”

“你怎么知道？”

"我是中国人，我当然知道。"

"中国人什么都知道？"

"不是这个意思……好吧，跟中国人没关系。至少这种动物分类法本身就挺好笑的嘛。"

"哪里好笑？"

绕了一圈，又回到最初的问题。我不得不耐着性子解释。

"好笑是因为这种分类法一点儿逻辑都没有。就比如说吧，'用精细骆驼毛画出来的''美人鱼'和'传说中的'，这三类都是现实中不存在的动物，更不要说'美人鱼'原本就属于'传说中的'。"

"所以去掉这三项？"

"还有，'包括在此分类中的'和'其他'这两类，也是莫名其妙。这根本不是对动物的描述，而是对分类法本身的描述。"

"也去掉？"

"还有这个'属皇帝所有的'，如果这也算一种分类的话，那岂不是还应该有'属大臣所有的'？"

"还有呢？"

"还有'气味芬芳的''驯服的''疯子般烦躁不安的''数不清的''刚刚打破水罐的''远看像苍蝇的'……哈哈，这都是哪儿跟哪儿啊。'驯服的'和'疯子般烦躁不安的'倒勉强能算上一对儿。"

"还有呢？"

"如果这些通通都不算上，那就只剩了……'乳猪'和'自由走动的狗'。"

我忍不住再一次哈哈大笑。车窗外，暮色正渐渐笼罩四野。我仿佛看见一头乳猪和一只自由走动的狗立在田地中央，带着尴尬的神色面面相觑。

“为什么？”

“为什么好笑？”

“为什么？”

“别问了，小家伙，有些事情没法解释。”我摸一摸冬冬圆圆的小脑袋，“维特根斯坦说得好：What can be said at all can be said clearly, and what we cannot talk about we must pass over in silence.（凡能够说的，都能够说清楚；凡不能言说的，就应保持沉默。）”

通常来说，一个搞语言学的，很少有机会半夜三更被人从床上叫起来。

我抬起手，手腕上的 iWatch 感应到我的动作，屏幕自动亮起。此刻刚过凌晨三点。自从失眠症痊愈之后，已经很久没有在这样的深夜里醒来了。

我在 iWatch 屏幕上轻点一下，内置式耳机里传来一个阴沉沉的声音，说情况紧急，要我立刻过去。听到这话，我心里闪过的第一个念头是：“哈，这下外星人真的来了。”

一些科幻电影中的画面浮现在眼前：巨大飞船降临在城市上空，某座地下掩体中，一群语言学家被关在昏暗的小黑屋中，绞尽脑汁破译天书一般费解的音频和符号……

就算外星人真的打到家门口，能在动手之前有机会谈一谈也是好的。

我昏昏沉沉起床穿衣，在 iWatch 上设好目的地。半分钟后，

iCart 已停靠在门口。刷 iWatch 开门，坐进圆球状的车厢，小小的车厢像一粒豌豆，沿着半透明的管道悄无声息滑行。iCart 最快时速可以达到八十千米每小时，加速度却不到 0.2 个 G，人坐在里面就像在家一样自在。窗外，朦胧的城市灯火像鱼群般滑过。三月的北京，夜风应该依旧刺骨，但我已经很久没有在这样的夜里去外面行走，呼吸带有雾霾的空气了。管联网的建设，让整个城市变成一座巨型建筑。高空轨道在密密匝匝的楼群间穿进穿出，像藤蔓缠绕参天古木。系统自动为你规划路线，从高楼到高楼，从房间到房间，不用浪费时间换乘，不用多走一步路。厚厚的保温隔音管道分隔开内与外，球形车厢内壁可以播放各种影像，新闻资讯、影视娱乐，根据你的喜好应有尽有，只需轻轻一点，一切自动到你眼前来。

我想起一个老笑话：

iCart 为我们的生活带来哪些变化？

最大变化是，从今往后我们再也不能跟北京的出租车师傅打听中南海内幕了。

今夜我想要和人说说话，却只有寂寥的影像一路陪伴。

二十分钟后，我抵达另一栋大楼，被领进一间黑漆漆的小屋。屋里稀稀落落坐了几个人，一个一个垂着头看不清面目。一个黑衣瘦高个儿要求我暂时交出 iWatch 和其他电子设备。我没有多问，但感觉浑身不自在，好像突然和周围的世界切断了联系。

黑漆漆的 iWall 亮起来，映出一段奇怪的视频。画面上没有人，只有白色的一团一团挤挤挨挨，发出嘈杂的声响，听上去像是把一座动物园、一间修车厂和一所幼儿园的音频叠加在一起。画面很暗，似乎是在黑暗中拍摄的，画质也很粗糙。我努力抻长脖子才勉强看清，那满地白乎乎软趴趴的东西竟然是一些小海豹。

“这是……什么鬼东西？”黑暗中有人低声说道。

黑衣瘦高个儿站出来解释，于是我听到一个离奇的故事：这些憨态可掬的小海豹是一家国内实验室设计的人工智能玩具，它们可以像刚出生的婴儿一样，从零基础开始学人说话，并在三个月至半年后达到大约相当于五岁小孩子的语言水平。接下来，你就可以训练小海豹成为你专属的智能语音助手，帮你管理房屋、交通、购物、通信，以及其他各种大小杂务事。最妙的是，小海豹的学习能力可以让它听懂各种冷僻的方言和小语种，并实现最大程度的个性化。试想一下，如果你从小就管土豆叫“洋芋”，那么只要吩咐一声“买几个洋芋晚上烧牛肉”，小海豹绝不会理解错你的意思。

这一构想的商业前景无限，为此实验室投入了大量人力和资金搞研发。三个月前，实验室工作人员打包了几千个样品，打算分送到不同国家和地区去做测试，却粗心大意搞错了其中一箱的物流信息。当他们费尽周折在一座港口仓库里找到丢失的货箱时，更加离奇的事情发生了——货箱门打开的一瞬间，他们看到那一百头本该安安静静处于关机状态的小海豹，居然自顾自地吵成一团。

“在搞清楚状况之前，我们不能移动货箱，只能保持二十四小时监控。”黑衣男说，“你们现在看到的是微型摄像头拍摄到的实时监控图像。这些……小玩意儿，它们不需要睡觉，所以一直闹个不停。”

iWall 上，小海豹们像是感觉到什么，突然间一起安静下来，瞪大眼睛四处张望。几秒钟后，不知哪里发出一声怪响，海豹们又一窝蜂般更加放肆地喧闹起来。这不禁让我想到一群没有班主任看管的中学生上自习课时的场面。

“听上去像外星人在聊天。”一个声音从我背后传来。“这绝对不是我们已知的任何一种人类语言。”

“这正是问题的关键。”黑衣男板着脸向我们点一点头。“为什么会这样？谁教给它们的？要知道货箱从头到尾都是锁上的。”

“Sealed seals.（密封的海豹。）”我偷偷嘀咕一句。幸好没有第二个人听见我的冷笑话。

“也许并不需要人教。”背后那个声音回答道，“人类最初创造语言的时候，也并没有什么人教过我们。”

“你的意思是，这玩意儿自己创造了一种语言？”

不知哪个角落里传来几声冷笑。

“我想起一个相似的例子。”背后那人说道，“Idioma de Señas de Nicaragua，简称 ISN，中文叫‘尼加拉瓜手语’。这是 20 世纪七八十年代，住在尼加拉瓜西部的一些聋哑儿童集体创造的一种语言。”

“具体说说看。”黑衣男似乎对此很感兴趣。

“过去尼加拉瓜并没有聋哑人社区，也没有通用的聋哑人语言。直到 20 世纪 70 年代，才在西部建成了几座专为聋哑儿童开设的职业学校，陆陆续续有了几百个学生。尼加拉瓜的官方语言是西班牙语，所以一开始，学校老师尝试教孩子们读懂西班牙语的唇语，但孩子们搞不明白那些单词的意思，也很难跟老师交流。然而谁也没有想到的是，在每天学习玩耍和结伴上下学的过程中，孩子们逐渐学会了自己用手语交谈。随着时间推演，这种语言变得越来越成熟，语汇越来越丰富，并且年纪大的孩子会主动教新来的小孩子。尼加拉瓜手语引起了不少语言学家的兴趣，也有许多相关研究。这大概是人类历史上唯一一次，我们亲眼看到一种语言像神话故事中一样，被从无到有创造出来。”

“也许是第一，但不是唯一。”另一个声音插话道，“十多年前，昆士兰大学的一个团队设计研发了一款叫作 Lingodroids 的机器人。这种机器人不仅会说话，还会自己发明语言。它们能依靠轮子移动，还配备了声呐、摄像机、激光测距仪、麦克风和扬声器。当机器人探索迷宫时，它们会随机从语料库里选出一些音节，来为各自到过的地方命名。当它们相遇时，会用语音相互交流有关这些地点和地名的信息，然后慢慢在它们之间建立起一套共同的词汇表，比如说‘pize’、‘jaya’和‘kuzo’之类的。最终一个机器人只靠语言指令，就能引导另一个机器人抵达指定地点。在这个意义上，Lingodroids 所说的词汇虽然简单，却是一种真正可以用来交流的语言。”

“可我们怎么知道这些机器人在说些什么鬼话？”不知从哪里传来第三个声音，“搞不好‘kuzo’在它们的语言里真正的意思其实是‘消灭人类’？”

这本该是句玩笑话，却没有一个人笑。iWall 上映出惨白模糊的影像，光雾里尘埃乱飞。

“我担心的就是这个问题。”第四个声音说，“想象一下，如果你把一只变色龙塞进一个内壁全是镜面的盒子，那么究竟变色龙会变成什么样，外面的人根本猜不到。同样道理，一群语言学习能力不亚于人类的智能机器，一只密封的黑箱子，三个月时间。最终它们能说出些什么，恐怕只有天知道。”

周围一片沉寂，空气凝重得近乎窒息。我闭上眼睛，感觉到胸口憋闷，像被关在漆黑的匣子里。没有空气，没有声音，没有光。这黑暗似曾相识。

来自陌生人的言语，总是让我们既期待又恐惧。

突然想起小时候读过的一篇科幻小说，至今印象深刻。小说很短，只有一句话。

“世界上最后一个人类坐在房间里，这时候，外面突然传来了敲门声……

“咚咚咚。”

“谁再说两句？”黑衣男环顾四周。

“为什么是海豹？”我喃喃自语。

“什么？”

“不奇怪吗，为什么是海豹？为什么不是小猫小狗？”

“这重要吗？”

“也许设计师有意选择这种造型，是因为我们都觉得小海豹的模样天真无害。”我继续说下去，“也许唯有这样，主人才会亲近它们，才会愿意耐着性子教它们说话；也许内心深处，我们深深知道自己究竟是有多么害怕跟陌生的异类说话，不管动物也好，机器也好，外星人也好。”

“你到底想说什么？”

“我想说，为什么我们不关掉监控录像，走出这间闷死人的小黑屋，去直接跟这些……这些小海豹面对面说说话？如果我们真的相信它们已经创造出一种全新的语言，那最好的办法，就是像语言学家应该做的那样，跑到它们中间去，去打招呼，去问问题，去指着一块石头说‘石头’，然后听听它们怎么说。坐在小黑屋里胡思乱想没有任何意义。我们必须得派一个人去敲门，去问问‘有人吗’？去鼓起勇气冒险。否则我们永远不可能知道它们究竟在说什么。”

片刻安静之后，有人小声嘟哝一句：

“如果对方不开门怎么办？”

“想象一下，如果你是世界上最后一个人类……”

“为什么？其他人去哪儿了，你又去哪儿了？”

“死光了，或许移民去外太空了。想象一下嘛。”

“好好。”

“你一个人坐在房间里，这时候，外面突然传来了敲门声。咚咚咚。”

“然后呢？”

“你会开门吗？”

“当然，为什么不开？”

“你不知道外面是谁在敲门啊。万一是外星人呢？万一是怪兽呢？”

“万一是个美女外星人，我不就赚到了？”

“你只给美女开门？”

“当然，一边开门一边喊，‘欢迎欢迎，热烈欢迎。’”

“万一美女跟你语言不通怎么办？”

“有些事情不用说话也可以做……”

“不跟你说了！”

“想什么呢！我的意思是，也许外星人根本不需要语言交流，凭心电感应就可以啦。”

“你想什么呢！什么心电感应，都是科幻作家图省事瞎编出来的。是语言决定我们如何思考，没有语言，哪里来的‘心’？”

“科幻嘛，何必太认真。”

“语言学也是科学啊。与其有工夫去计算外星轨道高度和飞船速度，为什么不能尊重这么基本的事实？语言又不是包在思维外面那层皮，剥开皮吃果肉就可以。如果你真的去剥，肯定会发现就像剥洋葱一样永远剥不完。没有语言就没有智能和文明，就像没有砖就造不出巴别塔一样。”

“万一外星人的交流方式就是跟我们不一样呢？”

“就算它们真的会心灵感应，也只可能在共享同一种语言的个体之间才能进行，就像摩尔斯密码一样。”

“这么说，我跟外星美女注定没办法交流了？”

“除非你好好学习怎么跟她讲话。”

“不能心电感应？”

“绝对没可能。”

“我看不一定吧。我现在脑子里想一句话，你猜猜看？”

“我才不要。”

“来嘛，猜猜看。猜错也没关系。”

“怎么可能会错？猜你太容易了。”

“真的？那你说呀。”

“你在想：‘你太能说了，做你男朋友真可怜。’”

“哈哈哈，算你厉害！”

我跟黑衣男说我要找地方抽支烟，顺便打一个电话。他没有多说什么，只是提醒我车很快就到，然后把 iWatch 递还给我。排除了“外星人入侵”这个可能性后，他看上去轻松了许多。

窗外天空依旧黑漆漆的。我穿过空旷的走廊，走进洗手间，把隔间门反锁上。周围寂静一片，只有洗手池里传来“滴答滴答”的淌水声。

背靠住隔板，慢慢抬起手，iWatch 的屏幕在微微颤抖。

真的要这样做吗？在过去无数个不眠之夜里，我无数次想象这个场景，却从没有一次付诸行动。已经过去了这么久，是什么给了我勇气？

指尖滑动屏幕，一直滑到最后一页，点开一个黑漆漆的图标。

欢迎来到小黑屋。

Lasciate ogne speranza, voi ch'intrate.

入此门者，当放弃一切希望。

确定要进入吗？

是的　算了吧

我深吸一口气，点击“是的”。

你需要正确回答七个问题，才能进入小黑屋。

准备好了吗？

是的　算了吧

是的。

问题一：他的名字？

他的名字里有两个生僻字，不好写也不好念。曾经这两个字的组合常年占据我输入法的第一位，直到后来重装了系统。

我滑动屏幕，找到那两个既熟悉又陌生的汉字，一个一个输入。

问题二：他的生日？

他的生日在冬天，一年中最冷的日子。

那天夜里我一个人赌气跑到外面，在堆着残雪的街道上漫无目标地走。夜空蓝得发黑，星星一颗一颗寂静无语。我想到一些久已忘记的人和事，就一个人唱起歌来。唱着唱着，迎面走来一个男人，整张脸都包裹在帽子和围巾里，一双眼睛盯着我看。我被看得心里发毛，转身一口气跑回去，跑到门口却想起忘了带钥匙。

立在门外迟疑很久，终于鼓起勇气，敲了三下门。门应声而开，我看到他的脸，才知道他一直没睡，脸上竟然有泪痕。

问题三：他最好的朋友的名字？

他最好的朋友，我只见过一两次。脸已经记不太清楚，只记得在一家报社上班，说话声音低沉浑厚。

第一次删掉他电话，内心里却期盼他主动打来。等了一个月，终于熬不住，从通讯录里翻出那位朋友的电话，厚着脸皮打过去。后来类似的事情又反复发生，不是我不理他，就是他不理我。连周围的朋友也习以为常。

如今我连那朋友的电话也删掉了，唯有名字却还记得。

问题四：他为你写过什么？

他为我写过几首诗。在其中一首诗中，他写道：

当我躺着的时候，
千军万马踏过。
你来让它们灰飞烟灭；

当我走着的时候，
枝丫遮天蔽日。
你来变成一束光，
穿过整个山谷。

问题五：你为他写过什么？

我为他写过几封信。在其中一封信中，我写道：

Whatever you never own it forever.(无论如何，你不能总是拥有它。)

问题六：你们说的第一句话？

第一次说话，是在许多年前的一次万圣节化装晚会上。

晚会主题是扮演经典电影中的角色，我别出心裁，把自己打扮成《2001太空漫游》里的黑色巨石。整个晚会上，玛丽莲·梦露与福尔摩斯们翩翩起舞，诉说着绵绵情话。只有我独自躲在厚纸板做成的方壳子里面一声不吭。

没有空气，没有声音，没有光。密不透风的黑暗让人窒闷。

突然间，外面传来三下叩击声。

"咚咚咚。"

"有人吗？"

我不知道是否应该回答。按照电影逻辑，黑色巨石应该永远保持沉默。

"咚咚咚。"

"咚咚咚。"

我终于忍不住好奇心，把硬纸壳推开一道缝，看到一张白净的脸，脸上没有化妆。他穿一件普普通通的格子衬衣，看不出扮演什么角色。

"你是谁？"我问。

“我是一个银河系漫游者。”他一边说，一边向我举起手中雪白的毛巾。

问题七：你们说的最后一句话？

我仔细回想，却想不起来了。

也许是一句伤人的话，也许只是一句简简单单的“再见”。语言可以让陌生人相爱，也可以让爱人永不相见。

某年某月某一日开始，我们的世界一分为二，彼此语言不通，音讯全无，仿佛相隔亿万光年，仿佛掉入不同次元。也许那之后还发过短信，打过电话，却再没有一句回音。如今短信和电话通通都删掉了，谁知道哪一句才是最后一句？

隔着最后一道锁，我打不开那扇门。就算打开门，就算找回他的电话号码，我又真有勇气按下拨号键吗？无数个深夜，我总在梦中寻找那个丢失的号码，在废墟间、在森林里、在大海深处、在地下迷宫中。好不容易找到了，一个一个数字按下，却只听见电话那一边长久的忙音，仿佛从开天辟地之初一直响到宇宙末日。

“嘟——嘟——嘟——”

我会猛然间惊醒。我会打开房间里所有的灯，独自坐在灯光里等待黎明。

是我不敢跟他说话；是我害怕他的沉默会让自己痛苦；是我删去与他有关的一切，藏起他的电话号码，设下自己也无法解开的一道道门锁；是我把自己关在密不透风的黑屋中。

想要放声大叫。想挥拳打穿四面八方的墙。想亲吻陌生人的脸，亲吻他们的欢笑和泪水、伤痕与皱纹。想一个人远远逃开，躲到宇宙尽头，躲到黑洞里，从此与世隔绝。

水龙头滴答滴答响个不停，窗外天光正一点一点亮起来。时间不多了。

不说了，我好累。

不对哦，还有两次机会。

对不起。

不对哦，还有一次机会。

让我们说说话，好不好？

不对哦，很遗憾。

这已经是第三次开门失败了。

小黑屋将自动销毁其中的信息。

Goodbye，and good luck.

我推开门，走进黑漆漆的货箱。小海豹们安静下来，一个个扭过头，睁大玻璃珠般的眼睛盯着我看。是的，小海豹要比任何一种牙尖爪利的动物看上去乖巧得多，但我依旧感觉到汗从脖子后面冒出来。

我张开双手，掌心向上，表示没有藏武器，就像当年第一次做田野调查时一样。随即我想到，在小海豹的语言体系里，这个姿势也许根本没有任何意义。

机器人不得伤害人类；

机器人必须保护自身安全。

小海豹有属于它们自己的规则。对于我，对于人类而言，那都将会是一个完全陌生的世界。

So high, so low, so many things to know.（永远有那么多新鲜事要学习。）

“你好。”

我用自己最熟悉的母语跟它们打招呼，然后耐心等待。

离我最近的一只小海豹伸出一只毛茸茸的前爪，放在我摊开的掌心里。它张大嘴，露出细小的牙，发出一声悠长浑圆的声响，像是打了个哈欠。

我尽自己所能模仿它的神态和声音。这是它们说你好的方式吗？或者仅仅是个哈欠而已？无论怎样，就这样开始似乎并不坏。

“让我们说说话。”我轻声低语，“好不好？”

桃源惊梦 / 江　波

天与地，我和你。

这像是一个梦。

所有的梦都是要醒的，但这一个，我会守护它，直到时间的尽头。

我是一个警察，秘密警察。

我们这一行在外人看起来有些神秘，甚至可怕，然而在我来说，这只是一份工作，薪水菲薄，聊以糊口。这工作的好处是一旦亮明身份，人们就会怕你，当然，也有人恨你。痛恨入骨，以至于只有死掉的秘密警察才是好人。

“只有死掉的秘密警察才是好人。”眼前就有一个女人这样向着我号叫着。

她是我所见的最美的女人，没有之一。一袭白色的长裙拖曳在地板上，仿佛盛装的新娘，嘴唇红艳，牙齿雪白，细腻的肌肤宛若凝脂。哪怕她在号叫，也是美的。

然而我还是抬起枪来，轻吻枪口，然后指着她，毫不犹豫地扣动扳机。子弹命中她的额头，留下一个小小的血窟窿。她倒了下去，就像一个沉重的麻袋落在地板上，发出一声沉闷的响。灰尘在她的尸体周围扬起，斜照的阳光下，她像是浸没在一层轻飘的纱帐中。浓厚的血从她的脑后涌出来，像是一朵血红的玫瑰。

肉体就像一个麻袋，里边装着奇奇怪怪的灵魂。包括我这一个。看见这样一个美丽的女人在面前死去，我忽然有一种彻底解脱的感觉，就像灵魂飘扬而去，只留下空空的躯壳。

美女的躯壳在我面前分解，化作缕缕绿色的青烟，最后消散在空气中。她被我的子弹击中，隐藏的身份破除，控制中心正将她的躯体回收。

我站在那里，很久很久，直到一个信号直入脑海深处：十八号，回家吃饭。

我纵身一跃，眼前的楼板瞬间变成了黑不见底的深渊，我在其中不断地下落，下落。刹那间，仿佛一阵炫目的白光闪耀，世界变成一片苍茫。

我回到了床上。

所谓的床，并不是那种柔软舒适，能带给人温柔梦乡的东西。它是一张光溜溜的铁板，外加一个玻璃般的外罩，罩子上带着浅淡的蓝色光源。一切都被染成这种冷色调，对于一个冰冷的职业，这再合适不过。

我躺着，回想起那死在我眼前的女人。她倒下的时候，长发飘起，露出闪闪发亮的耳环。那个小小的银色饰物，看上去如此熟悉。

我甚至看清了耳环上浅浅的字：莹。

那和曾经属于我的一个耳环如此相像。是她吗？似乎没有可能。她该在大洋彼岸的蓝天白云下，过着欢快自由的生活。

我怔怔地盯着天花板，忘了起身。

“十八号。”有人喊我。

是二十七号。

“你还好吧？”二十七号问我。我躺着的时间有点儿久，他有些疑虑。

我很快起身，“没什么，只是黑障。”

黑障是我们这一行的专业术语，指的是从桃源界回到现实，短暂的意识障碍。在那段时间里，大脑失去了一切信号，于是世界变得光怪陆离。那短短的一瞬，却漫长得像人的一生。

黑障容易让人产生无力感，每一个秘密警察都受过训练，懂得如何克服黑障。然而，那种无力感终究无法完全抹去，于是每个人都需要额外的几分钟恢复元气。

二十七号向我点头，“这段时间，大家的黑障好像都变长了。”

我不置可否，很快离开了出勤局。

回到家我便蒙头大睡，然而睡梦中尽是那号叫的女人和淌血的尸体，直到把我从梦魇中惊醒。

再也无法入睡，我起身走到窗前。拉开窗帘，明亮的各色光线一下充满了屋子，连灯都不用打开，我看见了玻璃窗里自己的脸。

窗外是霓虹闪烁的城市，流淌着无数的欲望和金钱。隐约的幻觉中，我仿佛回到桃源界里，面对着那美丽的女人。

那真的是她吗？

无论是还是不是，她都已经不在了。如果真的是她，在桃源界里流窜犯罪，那还不如死掉。

我到卫生间里用冷水洗了一把脸，然后回到卧室，对着窗户，坐着发呆。

一天之后，一个紧急任务再次把我送进了桃源界。

这是一个最高权限的警告：一大拨僵尸正在袭来，昆仑山。僵尸是不明身份者。在桃源界，每个人都要有个身份，生老病死，是逃不掉的宿命。当然，有些人可以不死，他们被尊为神仙，在昆仑山上逍遥快活。如果有人没有钱又想永生不死，唯一的办法就是成为僵尸。

僵尸并不是青面獠牙的怪物，他们长得和常人无二，甚至更加美貌。那昨天被我杀掉的女人，就是一个僵尸。他们是麻烦制造者，因为他们总是想占有一个神仙的躯壳，摆脱僵尸的身份。

六点三十分得到警告，六点三十三分我和二十七号已经躺在了介入床上。当我和二十七号十万火急地赶到现场，昆仑山下已经乱作一团。这是一场浩大的群殴，人和人用各种匪夷所思的方式相互扭打，根本分辨不出谁是神仙，谁是僵尸。我不可能冲上去要求验证对方身份，以至于傻傻地站着，不知道该干什么。成为秘密警察以来，这是第一次遇到这样的情形。

“该怎么办？”二十七号问我。他也完全乱了方寸。

“让他们先打一会儿。”我鬼使神差地说了这么一句。

“什么？”二十七号难以置信地看着我。

“神仙还是僵尸，我们说了不算，还是等等吧！”

面对这无能为力的情势不如干脆彻底松弛下来。我和二十七号坐在一旁的高台上，悠然地点上了烟。烟雾缭绕中，我们看着这出灿烂的大戏。

忽然间警笛响亮，数十辆警车从天而降，穿着黑衣、头戴黑套的特警从车里鱼贯而出，飞快地将正在群殴的人们团团包围。

他们是正式的警察，而我们是秘密警察，于是此刻我们彻底成了看客。

二十七号掏出一支雪茄，大口地吸了一下。雪茄在他手中化作一把闪亮的匕首，他缓缓地拭着刀锋，眼睛盯着人群，像是猛兽在寻找猎物。

二十七号总是这么锋芒毕露，迫不及待。我略带不满地瞥了他一眼。然而除此之外，他是一个很好的搭档，勇敢，机敏，讲义气。在这个城市里，也许他是我唯一的朋友。

“等他们收拾完了再说。”我提醒他。

他点了点头，却没有把匕首收起来。

警车上升起探照灯，一种特殊的光线照着人群。人群分做两帮，一帮没有变化，另一帮变成了骷髅。变成骷髅的是原本居住在昆仑山上的神仙，没变化的就是僵尸。警察们一拥而上，用枪托，用甩棍，用皮鞭，或者干脆用子弹教训那些没有变作骷髅的人。

局势就这样稳定下来。僵尸一个个倒下，当最后一个僵尸倒下，骷髅们纷纷鼓掌，亲热地拍着警察的肩膀。探照灯熄灭，神仙恢复了原本英俊飘逸雍容华贵的模样，向山上走去，警察也开始打扫战场，把僵尸的尸体一具具抬上警车。

最后，神仙走了，警察撤了，昆仑山脚下恢复了平静，除了我和二十七号，再也见不到一个活物。

然而，有秘密警察的地方就有秘密。上山的神仙少了一个，地上并没有尸体，唯一的可能，就是他被一个僵尸附身，合而为一，并且隐身躲藏，等待最后的身份确认。

我默默地看着眼前的空气，酷酷地说了一声：“出来吧！”

僵尸彻底占据神仙的身份需要二十四小时，我和二十七号要做的事，就是在二十四小时内暴露他们，让他们不能获得合法的身份，然后继续消灭他们，把他们从桃源界驱逐出去。

僵尸并没有现身，然而我并不着急。秘密警察的特权已经把这地方变成了白地。和外界隔绝之后，无论什么隐身手段都坚持不了太久。

我平静地看着眼前的白地，默默点数。

还没数到五，一个人影蓦然出现在空地上。是一个女人！

她在阳光下露出不适的表情，闭着眼，眉头紧蹙。隐身的人看不见外部，就像外部看不到他们，哪怕一点儿阳光也会让她感觉不适。

女人身穿一袭拖地的白色长裙，就像一个盛装的新娘。她的脸异常美丽，居然和我昨天杀死的那个女人一模一样。我不由得愣住。二十七号正要上前，被我一把拉住，“等等！”

就在此刻，她睁开了眼睛，见到我也是一愣，那眼神仿佛在说，“怎么又是你！”

一瞬间她恢复了常态，脸上尽是鄙夷的神色，“想抓我就来吧！”

我并没有上前，也没有放开抓着二十七号的手，“你留在这里想干什么？”昨天她被我的子弹击中，我眼见着她化作了青烟，被数据中心回收，此刻却又活生生地站在我眼前。而且她认得我，一定不是另一个长得一模一样的人。

她大笑起来，“干什么？当然是上昆仑山，如果不是你们两个，我已经成功了！”

她的眼神陡然间变得怨毒，“你们这些秘密警察，都不得好死。”

说话间，她的容貌发生了一些变化。她正在变成她杀死的那个神仙。

当着两个秘密警察的面干非法的勾当，这是公然的挑衅。

一个声音侵入我的脑海，“异常数据侵入，执行枪决。”

我没有做出动作，这件事我已经做过一次。如果一次并没有效果，第二次同样不会有效。

二十七号双手一伸，一把匕首分作两把，分持在两手里。几乎就在同时，他扑了上去，匕首寒光一闪，正正地扎在那女人的胸口。

我心中一凛，有一丝不祥的预感，然而没有等我发声提醒，二十七号便发出了一声惨叫。他的右手掉了下来，鲜血喷射而出，溅了那个女人一身一脸。

二十七号抛掉左手的匕首，捂着断手退后两步，脸色惨白。

我立即掏枪，向着眼前的美女射击，子弹准确地打断了她的双腿。

我故意没有射击她的头部，那已经被证明并不奏效。然而，能保护她让她免于死亡的力量并不能让她免于痛苦。事实证明我是对的。她哀号着，抱着断腿在地上挣扎。

“怎么不杀了我？”她呻吟着问。

“我杀不了你。”我平静地说。这是一句实话，这个女人的身上有某种力量保护着她。

我和她对视着，似乎都在考虑下一步。

“你很漂亮。”我又说。

这句也是实话，然而有些不合时宜，说完之后，我自己也觉得莫名其妙。

我扭头看了二十七号一眼。他浑身发抖，也许是因为失血过多，脸色白得像一张纸。

“十八号，我不行了。”他艰难地吐出这句话。

我看见他断掉的手腕，鲜血仍旧不断地从创面涌出来，渗过指缝，“滴滴答答”地落在地上。手不是被那女人砍掉的，而是他自己砍断的。

他断掉的手仍旧握着匕首，刺在那女人身上。

我急切地看了女人一眼，匕首连着断手已然不见。女人的身体微微有些发亮，就像一个渐渐膨胀变大的气球。她是一个木马炸弹！

她正盯着我，一双眼睛仍旧明亮，眼光中似乎带着某种期许。

这是一个陷阱！

“你什么都不懂，傻瓜！”女人讥诮的话语传入我的耳中。

“我们掉到了陷阱里。他们的目标不是成为神仙，而是摧毁秘密警察。”我大喊一声，将所有的限制性武器都扔了出去，只希望能抓住她，将她控制住。

然而一切都晚了。

二十七号眨眼间分解成了一段段的肢体，一个个内脏，还有淋漓的血浆和体液，像一堆烂泥般纷纷落地。一双眼睛望着我，眼神已然凝固，然后掉落在地和那堆身体的血肉混在一起。死的时候，他来不及发出一声叫喊。

我丢出去的武器碰撞在变成气球一般的女人身上，生生地没入其中，不见了踪影。

一团光刺痛了我的眼睛，接着我听见一声撕心裂肺的女人的哀号。女人爆炸了，她的身体裂作无数细小的碎片，最后化作了数据洪流，透过二十七号死亡后留下的数据通道进入中央控制机。他们是疯了吗？攻击桃源界的保护者，只能让这个世界彻底毁灭。

然而，我再也看不见任何东西。爆炸的强光直接将我逼出了桃源界，陷入黑障。

在这极度黑暗的深渊之中，我仿佛被囚禁了千年万年。和往常大不一样，这黑障的时间有些太久了。但既然我醒着，世界一定还在。我强迫自己耐心等待。

又仿佛过了千年万年，仍旧是黑障。

我的心变得格外焦灼。到底出了什么问题，桃源界是不是还在？

没有任何途径缓解焦虑，然而，无穷尽的黑障像是一块巨大的海绵，吸收一切，夺走一切，包括焦虑。我就像一个被关押了一辈子的囚徒，慢慢地失去了一切的情感，麻木不仁，只是还活着而已。

我就像一块肉，在无尽的黑色深渊中不停坠落，无始无终。

终于有一刻，光照亮了我的眼睛。脱离黑障的时刻到了。

“十八号。”呼唤来自脑海深处。

是中央控制机，桃源界还存在！

我睁开眼睛，发现自己正躺在床上，护罩敞开着，我看见了时间。六点五十分。不过短短十七分钟，我仿佛已经耗尽了所有的岁月，躺在那儿，再也不想起身。

“十八号，到底发生了什么？”有人对着我说话。

我扭过头去，看见局长。出勤局最大的长官正站在我的床前，焦虑地看着我。

我很想说点儿什么，然而仿佛有什么东西堵住了我的口，愣是一个音节也发不出来。那一刻，我突然明白，我病了。

我被送进了病房。

宽敞的病房里很冷清，除了偶尔出现的护士，只有灯光闪烁的机器。他们给我下了诊断，强迫性自闭症。我心里却很清楚，并不是自闭，只是完全说不出话。好像我的语言能力完全丢失在桃源界，再也找不回来了。那最后的时刻不断在我的头脑中浮现，美丽的长裙，喷溅的鲜血，糜烂的躯体，一切终止于一团爆炸的闪光，然后又来一遍。这是我在桃源界所经历的最离奇的死亡。

他们允许我去看望二十七号。

二十七号成了植物人，他的大脑几乎不再活动，只是躺在病床上，靠管子维持生命。成为秘密警察的时候，我们的合同上有一条提示：鉴于职业特点，执行任务中可能导致非致命性伤害，出勤局将根据伤害程度依劳工法予以补偿。依据劳工法，二十七号将获得终身医疗照顾，然而第二天，他们判决了二十七号脑死亡，依法终结了他的生命。

在桃源界我见惯了生死，包括各种各样离奇的死法，然而这是我第一次在现实中看着一个人死去。

他的离去很平静，医生给他注射了药水，然后心跳的波动开始逐渐下降，最后成了一条直线。

这一点儿也不酷，也谈不上光彩，我只觉得心里堵得慌。二十七号是我的伙伴，也许是我在这个庞然的城市里唯一的朋友，我却连他的名字也不知道。

后来我知道，就在我们被陷害之后，中央控制机短暂失去了对桃源界的监控。僵尸立即卷土重来，它们攻陷了昆仑山，杀掉了全部神仙，夺取了他们不死的身份。获得了神仙身份的僵尸们躲藏在桃源界，再也没有人能奈何他们。

这一场袭击让桃源界名声扫地，索赔高达十五亿人民币。出勤局内部也同样是一场灾难——共有十三个同事因高强度数据流攻击导致脑死亡，他们就像被熔断的保险丝，不仅隔断了对中央控制机的攻击，也隔断了对桃源界的救援。他们死了，仅仅因为他们是秘密警察，正在执行任务。

这是一件多么不公平的事。然而我深深地知道，世界上本没有公平，追求的人多了，就有了公平的幻影。但是人如果不相信这幻影，那活着还有什么可期盼的呢？

我是当日出勤的人当中唯一一个幸存者。

一旦有任何机会，我就要复仇。十三个警察都是我的同事，二十七号更是我的搭档，我的朋友，我应该为他们复仇。

我还要找到她，那个被当作炸弹的女人。凄厉的号叫与痛苦的呻吟在我耳边萦绕。她不像一个冷酷的杀手，不过是一个马前卒，背后一定有更强大的力量，让她死而复生，让她用自己的生命来做诱饵。

我还不能说话，却一直没有停止计划，冷清的病房让我可以仔细地考虑全盘的计划。

十五天后，我出现在局长办公室。

局长知道我已经康复，同时听过了我的全部报告。

一个女人心甘情愿做木马炸弹，他不认为这有多少可行性。

然而，如果这是事实，那就有讨论的必要。

"她怎么能躲开监控？她的身上都是病毒。"局长问。

"我不知道。我曾经杀死了她，她又复活了。既然她能复活，她也会有办法躲开监控。她故意吸引我们去杀死她，可以借机感染我们，感染中央控制机。"

"他们只是想抢劫昆仑山，得到神仙的身份。"局长强调，"这些人不过是想活得好些。毁掉中央控制机就毁掉了桃源界，他们的行动也就失去了价值。"

"但是你不能排除这个世界上有疯子。"我回了一句。

局长陷入沉默，最后他耸了耸肩，看着我，"要回去把他们干掉吗？"

我的确很想这么做，然而却清楚地知道，这办不到，于是就沉默着。

最后，局长说："好吧，你是个聪明人，这不过是个游戏。你的合同可以终结，拿两百万走人。原本要十年，你只用两年就可以了结合同，你是个幸运儿。"

"我要复仇。"我冷冷地说。

局长比我更冷淡，"好好活，别犯傻。你已经不是秘密警察了。"

"难道你不想给那些人一个警告吗？有了第一次，就会有第二次，这样的事再发生一次，桃源界就直接关闭算了。那时候，恐怕董事局的人都要跳楼。"

我盯着局长，"你的处境不会比董事局好。"

局长盯着我，"现在走，我不追究你的无礼冒犯。"

我一动不动。我本该听局长的，然而一个连死亡都经历过的人，怎么会怕一个所谓的官衔？

“我要复仇。”我重复道。

局长足足盯了我一分钟，最后终于开口，“你想怎么办？”

我把计划和盘托出。局长陷入沉思，半晌之后说：“我需要上报董事局决定。”

我知道，计划成功了一半。

还有一个原因我并没有说，我还想见到那个在我面前死去了两次的女人。她一定还活着，我和她之间，总要做一个了断。

三天后，我如愿以偿，成了桃源界的一个僵尸，没有来历，没有身份。

我过上了和从前截然相反的生活，每一天最重要的事，就是清除痕迹，不让秘密警察发现。日子久了，我发现自己真的成了一个僵尸——我憎恨秘密警察，就像这事是真的一样。

慢慢地我有了许多僵尸朋友，他们原来有各种各样的身份，可来到桃源界之后就再也不想离开。虽然此间的生活并不令人满意，然而相比外边的世界，桃源界就像是天堂。他们想留下来，这本来不是一个问题，因为桃源界可以免费进入。然而如果想成功，想享受，想呼风唤雨，就得交钱。真金白银的钱，交给桃源界的运营者。他们想成为这个世界的人上人却不想交钱，于是只能成为僵尸。

同样，如果想变得非同一般的美丽，也得交钱。

我的目标正好拥有一个顶级美女套餐。

我得到了一张名单，列着六百多个花钱买下顶级美女套餐的人。局长给了我这张名单，这是开启数据毁灭的大门之前，出勤局能够给我的唯一帮助。按照名单挨个寻找这些人是不是变成了僵尸，这是一种艰巨的工作，然而比单纯的大海捞针要好些。

我的僵尸朋友们提供了帮助，一个曾经付钱购买了顶级美女套餐的人，这在僵尸中间并不多见。他们对美女深感兴趣，虽然绝大多数连女人的手都没碰过。他们听说过这事，围攻昆仑山，血洗神仙府，这是僵尸界的传奇，被人津津乐道，一双双似乎要喷火的眼睛里透着掩饰不住的渴望，恨不得自己就在那里，干掉几个神仙。我还听到了一个带着几分神秘色彩的名字——影子，一个面目不清，来历可疑的人物，据说他就是昆仑山血案的策划者。僵尸们崇拜他，就像信徒崇拜图腾。冰山的一角在我眼前浮现出来。

至于那个自爆的女人，他们知道她的名字——白雪夫人。

白雪夫人，那拖曳的长裙仿佛就在我眼前晃动。听起来就是我想找的那个人。

我继续寻找，经历了许多波折后终于见到了她。

那是在一个高档的地下会所，她被许多殷勤的男人众星捧月般围着，时不时咯咯地娇笑，流露出万种风情。

后来她看见了我。我冷冷地看着她，仿佛是一个讨债的。她撇下那群男人向我走来。

“他们在等你呢！”开口第一句话，我就是这么说的。

她毫不在意地瞥了那群男人一眼，随即在身边拉起一个屏风，把那群男人和他们的目光隔绝在外。世界格外安静，只剩下我和她。

“他们只是想占有我。”她的第一句话是这样说的。

“你呢？”她用一种迷离的眼神看着我，“你有不一样的心思，是什么呢？”

“你试过最刺激的游戏是什么？”

她咯咯地笑起来，“看不出来你这么坏！”

“我见过一个女人，她是我见过最美的女人，但是突然间她膨胀得像一个气球，然后爆炸了。你知道这是怎么回事吗？”

她的表情瞬间阴沉下来，“你是秘密警察？你居然是秘密警察？”

“我已经不是了。我只想知道，到底发生了什么。”

她仿佛突然间变成了气质高贵的女王，带着凛然不可侵犯的气场，“你从我这儿什么都得不到。”

“你可以得到我……”我镇定地说，故意一顿。

女王一挑眉毛，正想说话，我抢在她前面补上了吞掉的半句，“得到我的赞美和欣赏。”

她咯咯笑了起来。

是的，就是如此。哪怕我杀死了她一次，打伤了她一次，她也知道我是真诚地欣赏她的美丽。

真诚很稀缺，无论在桃源界还是在人世间。

于是我们开始交谈。

后来我们经常见面。

后来我们熟识起来。

无数次的偶然，我看见了她的耳环。她会穿上各种各样华丽的衣服，配上最奢华最昂贵的首饰，三百六十五天，天天不重样。

然而这小小的、银色的耳环却从来没有被换掉过。有无数次的机会，我仔细端详那耳环，终于确定它和我曾经定制的那件一模一样。那只耳环，我曾经在一个夏日的黄昏送给了一个女孩。

这不是什么特别的奢侈品，不会属于任何套餐，它只能是白雪夫人在桃源界定制的耳环。

我猜想我知道了她是谁，这非同寻常。在桃源界里，知道一个人在外面的世界里到底是哪一个，是一个禁忌。

此间和彼间，只有截然分开，才能让人在桃源界拥有一个全新的人生。

然而我保留着秘密没有暴露，等待着合适的机会。

我们继续见面，继续交谈，逐渐变得更加亲密。

她知道我就是那个曾经的秘密警察，正绞尽脑汁想成为不朽的僵尸，然后成为像她一样的神仙。对此她淡然一笑，“这么说你是一个探子？”

我不置可否，对她这样的聪明人，辩解是没有用的，“我的确很想了解不死的秘密。按理说，桃源界不该有这样的存在，除了神仙。”

她又笑了笑，“别太好奇了！”说完就不再提这个话题。

我也没有再提。耐心是一个好猎手的必要条件。

后来她问我，“这里所有的男人都希望占有我，为什么你不想？”

问这件事的时候，她穿着一件朴素的长裙，既不性感，也不高贵，只像一朵荷花般亭亭玉立。清水出芙蓉，天然去雕饰。

这是一个好机会。

我看着她的眼睛，足足凝视了十秒钟。她对我异样的神情感到困惑，俊秀的眉毛一挑，“你怎么了？”

我回答，“我有一个故事。”

这果然引起了她的兴趣，“秘密警察总有些好故事，特别是一个同性恋的秘密警察。”她笑了笑，笑容灿烂如花，“说吧，我喜欢你的故事。”

“十年前，我从大学毕业。我喜欢一个女孩，她也喜欢我。我们在一起总喜欢做梦，说了很多不着边际的话。她说，想要去珠穆朗玛峰顶看星星，那儿离星星最近。我说，我们要在珠穆朗玛峰顶造一个小屋，只有我们两个，屋顶是透明的，可以躺在床上看星星，晚上的时候，星斗就可以做灯。”

白雪夫人脸上的笑容凝固起来。

“说完这话第二天，我就再也没有见到她。”我继续说，“我得到一条信息，她留给我的，她说自己要去 A 国，在那里继续读书，让我不用等她。这和说好的不一样，我发疯一样到处找她，然而再也找不到，她就像从人间蒸发了。我知道 A 国是个好地方，天是蓝的，云是白的，像她一样富有人家的女儿，应该在那儿享受生活。她去了 A 国，我可能永远再也见不到她。”

白雪夫人捂住了自己的嘴，似乎正极力控制着情绪。

我走上前去，一边说，“你还记得，对吗？我看见了你的耳环……”一边伸手想抚摸她的头发。

她奋力一摆头，“不要碰我！”随着一声喊叫，她消失在空气中，无影无踪。

我无法跟着她。在这个世界里，她就像是能力无限的神仙，而我只是一个一无所有的僵尸。十年前，我和她之间，也许只有财富的鸿沟；而此刻，我和她，就像蝼蚁和雄鹰。

蝼蚁是没有资格和雄鹰对谈的。

我盯着她消失的地方，意识到很快一切都会结束。她会回来找我。

我在无人的角落里找到一张干净的桌子，点了一杯咖啡，悠闲地喝了起来。

白雪夫人果然回来了。她换了一身装束，仿佛一个风姿绰约的贵妇。

她穿过热闹的大堂向我走来，把所有的喧闹都压了下去。

她在我对面坐下，身子挺拔，端庄得体，双手优雅地交叉放在膝头，一双妙目眨也不眨地看着我。

屏障在四周升起，将一切隔绝在外。

“没想到居然还能见到你。”她开口说，“你怎么会到桃源界？你最痛恨这些不劳而获、躺着享受的人。”

我微微一笑，“人总是会长大的，总得吃饭活下去。”

她莞尔一笑，眼睛里依稀闪光。

“我有一些原因，但是我不想说。”她低着头，“如果你到这里来就是为了找我，那就回去吧。”

“我也回不去，所以我想像你一样，做一个神仙。”我这样回答。这句话半真半假，在我做僵尸的这些日子里，我真的渴望成为一个神仙，然而，我仍旧记着二十七号的惨死，他在桃源界碎裂成一堆模糊的血肉，在现实中成了无意识的躯体，被注射死亡。如果我真是一个需要尊严的人，复仇是我必须完成的头等大事。

她眉头微蹙，“神仙也不过是笼子里的鸟，没有什么可羡慕的。”她抬头看着我，“那个世界的一切，对我来说都是梦了。”她笑了笑，“我好像每天都在做梦，也不知道到底是做梦，还是真实。但是我习惯了，那就这样吧。”

我站起身来，绕到她的身前，伸手抚着她的脖子。她并不躲闪，只是微笑着看着我。她的脖子白皙而滑嫩，唤起了我的回忆。

“这里所有的男人都想占有我，你不想吗？”她问道。

我缓缓摇头，“如果可能，我宁愿杀死你。”

“为什么？”

“桃源界只是一个游戏，我不想入戏太深。”

她的脸色变得黯淡，“你不用这么直白地提醒我。”

“入戏太深，这个世界里的流血，会变成真正的杀人。你攻击昆仑山的那一次，有十三个同事死了。”

“十三个秘密警察？”

“没错！”

“他们死得活该！只有死掉的秘密警察才是好警察！”

虽然我不再是秘密警察，几年来的僵尸生涯让我也痛恨他们，但我还是不同意她的说法，“他们不是在桃源界死亡，而是躺在病床上，然后被执行安乐死。”

我看着她，“他们都只是普通人而已，普通到没有名字。所以，不用这样恶毒地诅咒他们，这只是一个饭碗。脑死亡不是游戏，还可以重来。”

桃源界的死亡不过是一个游戏，真实世界里死亡意味着终结。白雪夫人当然明白这个，只是她早已迷失其中，惘然不知。

这世界里的人们有多少惘然不知！

白雪夫人咬了咬嘴唇，像是下定决心，她抬眼看着我，眸子里仿佛在闪光，“是的，开始的时候，这不过是个游戏，但是一旦真正投入，它就成了生活，成了真正的生命。它就是你的一部分，缺少它，人生就不再完整。”

“你入戏太深。”我拿出冷漠的态度刺激她。

“你什么都不懂，冰人！你什么都不懂！”她大叫起来。

最后她结束了谈话，“你不是想成为神仙吗？我会让你知道什么叫生命的真谛，然后你才能明白什么叫作真正的存在感。你要想知道不死的秘密，今晚三更，在昆仑山下见。”说完她化作一缕青烟，消散在空气中。

空气中依稀残留着她的气息，一丝清淡的幽香。她在这个世界里似乎无所不能，然而她终究是个女人。

我深吸一口气，提起十二万分的精神。我能感觉到身体里的那股力量，汹涌的浪潮在体内激荡，随时可以喷薄而出。

机会终于来了。就等今晚了。

三更时分，我见到了想见的人。

那是一个面目模糊的影子，但我毫不怀疑它能变成任何模样。

“你想得永生？”影子问。

“没错。”我向前走了一步。

“停住，就站在那儿。”影子这样说。

我顺从地站住。

“想永生就要付出代价。”

“什么代价？我一无所有。”

“你有你自己。”影子说，“我需要你。”

“我？”我困惑地看着这团灰蒙蒙的东西，它的话就像它自身一样模糊不清。

“你可以在这个世界里永远不死，但你不再是你自己，必要的时候，你会成为另一个人。但你永远不死，可以享尽人间乐趣。”

我忽然有些明白过来。神仙们不死，是因为他们付出足够的钱，桃源界的无数台计算机，无数个后台程序都在帮助他们维持着身份；而白雪夫人不死，是因为她向影子献出了自己，于是就不再是自己的主宰。

虽然寻找不死只是一个借口，我还是突然有了更多的兴趣。

“包括成为木马炸弹？”我单刀直入。

“任何事都有可能，未来有多少种可能性，你就有多少种可能。”

“那就是说我失去了全部的自由？”

影子笑了起来，“只有交出全部，才能得到所有，明白吗？”

我摇头。

“别测试我的耐心。”影子不紧不慢地说，“这是你唯一的机会，公平起见，我也告诉你缘由。一旦你加入我，你就存在于这世界的每一个角落，任何地方。毁灭掉一个实体，立即就可以复活。如果你不完全交出自己，这怎么可能做到？”

影子飘动着，就像浮在空中的一缕烟，它的声音充满蛊惑，比塞壬[①]还要动听。

---

① 塞壬（Siren）：古希腊神话传说中人面鱼身的海妖，在大海上飞翔，拥有天籁般的歌喉，常用歌声诱惑过路的航海者使航船触礁沉没。

“我需要你这样充满渴望的人来加以充实，而你可以拥有最美妙的人生。英俊，富有，智慧，爱情，权力，所有人世间的渴望，你都可以百倍地拥有。而你所付出的，只是偶尔重生。就像做了一个梦，醒过来一切仍旧那么美满。”

“这不过是个游戏。”我大声地说，心中油然而生一股彷徨，哪怕它的语调没有那种诱惑力，它所说的一切也在影响着我。“照他说的做！”一个声音在我内心呼唤，那是本能的欲望，无可阻挡。照他所说的做，这也未必不是一个好的选择。然而另一个选择让我坚持着没有投降。“让我看看你的真面目，否则我怎么能相信你？”我对影子说道。

影子再次发出轻笑，“你什么都不懂。”说话间，它化作了白雪夫人的模样，“还不明白吗？我就是每个人，每个人都是我。你喜欢看到我的这个模样，我就给你看。”

我看着白雪夫人，她也正望着我。忽然间，我有一种强烈的感觉，仿佛正看见一个囚徒，被困在囚笼中，透过栅栏的间隙看着我。

只有一次机会，一次就是永远。她被永远地困在那里了。

我明白了白雪夫人为什么把自己称作笼子里的鸟儿。然而，这比喻并不恰当。她是蜂群中的一只蜜蜂，无限网格中的一个节点。她仿佛是自由的，然而自我只有在不被需要时才会出现。

“你决定了吗？”白雪夫人开口问。

我不知道眼前的人到底是影子还是白雪，或者根本就是一个幻觉。

我做了决定。

“你知道你杀死了我的十三个伙伴吗？”

“你说过很多次了。要向前看，过去的谁也无法改变。”

“没错，过去的谁也无法改变，所以，帮我忘掉他们。如果我决定加入，该怎么做？”

“很简单，什么也不用做。”白雪夫人的脸上荡漾着笑意，声音也格外妩媚。她向我飘来，宛若无物，可我却感觉到了莫大的力量紧紧攫住了我的身体，身子无比沉重，灵魂却飘飘欲仙。她正侵入我的身体——影子正在侵入我的身体，它正试图分解我的一切，从肉体到灵魂，然后储存在无形的空间。

“别等我。”我仿佛听见白雪夫人在我耳边悄声细语。

我正经历着从未有过的体验，极速地失去意志，极速地奔向死亡，同时又经历着无与伦比的快感，全身都浸没在激烈的颤动中。

然而我没有放弃。

在影子拥抱我的一瞬，在我的躯体瓦解的一瞬，在我和无数个他者融为一体的一瞬，我引爆了自己。

带着特殊标记的数据洪流在我被吞没的同时涌向了白雪。正像她用木马攻击了中央控制机那样，我用同样的手法攻击了影子。我不能永生，无法在另一个地方复活，但却可以逃离。

我落入黑障。按照和局长的约定，中央控制机将我强制拉入黑障，一切羁绊都被生生切断，这不亚于一次剧烈的爆炸，将我撕裂成万千碎片。

我又成了一团肉，在无尽的黑暗深渊中下坠。

这一次，黑障似乎更为长久，然而我还是醒了。

局长就守在我身边。

“恭喜你！”他满脸笑容。

我只是静静地躺着。黑障造成的无力感因为那一瞬的强烈冲击而格外沉重。

“不过，你要签订另一份合约，你不能就此透露一个字。”局长继续说，“你要承诺保密。另外，有一个人要接见你。”

我缓缓眨了眨眼，扭头看着局长。局长的身边还有一个人。

“我们的首席架构师，陈大维博士。”局长介绍。

我看了看这个有着惊人头衔的年轻人，他看上去不像一个沉浸在自己的世界里不问世事的疯狂科学家。俨然一个时髦青年的他，头发是鲜艳的黄色，耳朵上赫然吊着一只银色的耳环。

陈大维点点头，开始说话，“你让我们发现了一种全新的数字存在，它把所有加入者连在一起，成为一个整体。这是我们从前没有考虑到的情况。它利用了基本模块的漏洞，如果要维持桃源界的存在，就很难用算法来根除。”他看了看我，“这些原本和你无关，但如果不是你勇敢的行为，我们可能还迟迟不能破解这个难题。所以你该享有发现者的荣誉。剩下的就交给我们吧！”他伸手拍了拍我的肩膀，并不等待我的回应，转身就走。

局长在我耳边悄声低语，“你赚到了，陈总决定给你一千万的额外奖金。”

我忽然感到一阵心悸。陈总的话里分明有话。

急切间我抬起头，语气坚定得让我自己感到惊讶，“那个白雪夫人是我的，你们不准碰她！”

陈总停下脚步，转过身，眼里掠过一丝惊讶，也许他从未听过有人这样和他说话。他眨了眨眼，似乎正在盘算着什么。片刻之后他点点头，“你可以有二十四小时。”说完他就走了。

二十四个小时，应该够了。

白雪夫人就在本市，现实中，她叫张洁莹。

借助木马，中央控制机找到了她的本体，最初的那一个。桃源界在现实中也有着强大的力量，他们用了不到一个小时，就将现实和桃源界的身份关联起来。

阿里巴巴路 2084 号 308 室，他们锁定了这个地址。

他们还锁定了其他七十六个地址，遍布全国。一场生死角逐从桃源界蔓延到现实。那一定惊心动魄，然而我并不关心，因为陈大维会全力捍卫他的世界。

我只关心这一个。我抬头看了看门牌，用万能卡刷开了门禁。

屋子里一片昏暗。

当眼睛适应了环境，我看见了想找的东西。

一个棺材般的玻璃箱横在屋子里。

我走上前去。

她躺在那儿，睡得格外深沉。她的模样仍旧和十年前一样俊秀清丽，虽然并不如白雪夫人那样超凡绝伦，但在我的心头，她就是最美的。哪怕过了十年，还是如此。

她为自己制造了一个小小的巢穴，三根塑料管从她的手腕接入身体，还有两根管子连接着下身，所有的管子最后都没入墙面。这是全套的生命维持装备，价值不菲。有了它，再也不用醒过来，可以在虚拟的世界里长久流连。

白雪夫人，她给自己取了这个名字。第一次的名字，是父母的愿望；第二次的名字，就是自己的愿望。在那个被各色欲望填满的游戏中，她并没有堕落，只是沉浸得太久，迷失其中。

她需要一个拯救者，一个爱人。

我望着玻璃棺中的女人，心头充满爱意，伸手关闭了连接接入头盔的开关。她会醒过来，而我要带她走。

所有的梦都是要醒的。

然而她却没有醒过来。

“她永远不会再醒了。”一个冷冷的声音传来。

我条件反射般回过头去，门口不知道什么时候多了一个人，他穿着黑色的西装制服，戴着墨镜。然而我还是将他辨认了出来。

“陈总，你怎么会在这里？我不是有二十四小时吗？”

来人摘下墨镜，“看来你的确有点儿非凡的天赋，居然能认出我来。”

他的确是陈总。

“我只是来告诉你，她永远醒不来了。”

“怎么会呢？你们已经切断了他们的输入端。”

“没错。我已经扫荡了一切，所有的代码都已经被清理完毕，所有的垃圾都被打包。但是，我还是错过了一点。”他看着我，似乎在询问我是否还有兴趣听下去。

“说下去。”我机械地说道。虽然他是桃源界的主人，身价亿万的富翁，我的态度仍旧生硬无礼。

“还记得你的黑障时间吗？昨天中断的那一次。”

“当然，虽然稍久一些，我还是醒了。”

“人的脑电波和系统内的虚拟信号纠结在一起，没有办法即刻分离。黑障的保护就是隔绝大脑，让渗入了太多虚拟信号的脑电波自然消散，不至于回到现实世界后产生不适感。你的黑障停留时间越久，证明脑内受到的冲击越大。昨天那一次，你足足躺了四十分钟才醒。”

四十分钟，那是很久的时间。在我长达十年的秘密警察生涯里，从来没有过。然而我还是活过来了，这有什么重要的？

“这和她又有什么关系？”

“你纠结得太深，可能会对你的心智产生一定影响。我们锁定了七十七个地址，每个地址都有一个浸入者。理论上讲，只要隔绝了浸入者，他们在桃源界里的替身就自然死亡，或者被冻结。然而现实却超越了理论，这些浸入者的替身仍旧活着，并且躲藏了起来。简单地说，他们抛弃了自己的躯体，成了纯粹的虚拟体，就像我们在桃源界里创造的无数个虚拟个体一样。这并不是一件容易选择的事，因为他们想要继续在桃源界里存在，他们的存在能量值不能高于我的虚拟人物，不然就会被系统辨认出来，所以，其实他们选择了一种卑微的生活。至于他们的躯体……”陈总看了看躺在玻璃棺中的女人，“理论上讲，他们已经是死人了。”

我感到一阵头晕目眩，不自觉地伸手扶着玻璃棺，让自己不至于倒下。

“我来这里，只是告知你这件事。很抱歉，我也是在见到第一个活死人之后才知道。她属于你，你可以带走她，但是她永远都不会再醒了。她已经不在这个躯壳内。你也可以选择把她交给我，我会走正常的法律程序来处理。”陈总说完礼貌地点了点头，并不等待我的回答，径自走出门去。

我俯身看着玻璃棺中的女人。

我想拯救她，她却并不愿意被拯救。或者，她身不由己。

她的面孔上带着甜甜的微笑，仿佛熟睡的婴儿般安详。

眼泪不争气地涌了上来，一滴滴落在棺盖上。

泪眼婆娑之际，我忽然间注意到了她的耳垂。那里有一道血痕，凝固的时间似乎并不长久，而耳环却不见踪迹。

我心中一惊。

急切中，我挪开棺盖，开始寻找耳环。

我很快找到了它，它就在女人的手里，被紧紧地握着。当我抬起她的手，看见了手掌边几个歪歪扭扭的细小字痕——别等我！

那是不久前划上去的痕迹！她用耳环上的小钉划下了字迹。

我抓着她的手，看着这几个字，愣住许久。

“别等我！”我仿佛听见了她在我耳边轻声细语。

是的，陈总说的是对的，他们选择了自己的生存方式，至少对白雪夫人来说，应该就是如此。

她还爱我吗？女人的心思我捉摸不透。

我还爱她吗？我问了自己一千遍，最后的答案是肯定的。

如果还可以爱，那就努力去追。

不论这是陈总的邀请，还是我的自愿，总之我回到了桃源界。

我不再是秘密警察，也不是僵尸，不是神仙，不是苦力，我和从前在桃源界存在过的任何生物都不一样。

我是一个试验品。

一个脱离了躯体的人。

我写下了遗书，委托公司处置我的躯体，虽然公司的法律部门强大，没有遗书他们照样可以处理得天衣无缝，但一纸遗书可以让他们的工作省事许多。

进行试验和处置遗体，都是约定的一部分。约定的另一部分，是我拥有在桃源界里开辟新世界的权力。从某种意义上说，这该是上帝的权力，然而我的野心没有那么大，所以只是开了一家小小的客栈。

这家叫作喜马拉雅星空的客栈就在昆仑山边上，它有无数的房间，数量超过喜马拉雅山上的雪花。它们彼此间完全隔绝，任何人都可以进来住。我的客栈生意火爆，因为哪怕在桃源界，这也是一种全新的体验，更何况，我不收费。

然而，有一个房间，我让它一直空着。那个房间在珠穆朗玛峰的顶端，房间的顶棚是透明的玻璃，可以看见地球上最璀璨的星空。

有一个女孩落在这茫茫的世界里，我不知道她姓甚名谁，也不知道她的模样，甚至她可能完全忘记了我，然而我相信，当她踏进这个客栈，我会将她辨认出来。

终有一天，我会看见那个戴着耳环的女孩踏入客栈，我会挽起她的手，带她到那世界之巅的屋子，在灿烂的星光下，给她讲关于那个世界的故事。

天与地，我和你。

这像是一个梦。

所有的梦都是要醒的，但这一个，我会守护它，直到时间的尽头。